浔阳江畔

周瘦鹃游记集

周瘦鹃　著

吉林人民出版社

图书在版编目（CIP）数据

浔阳江畔 / 周瘦鹃著 . -- 长春 : 吉林人民出版社，
2024.2
（周瘦鹃游记集）
ISBN 978-7-206-20224-7

Ⅰ . ①浔… Ⅱ . ①周… Ⅲ . ①随笔—作品集—中国—
当代 Ⅳ . ① I267.1

中国国家版本馆 CIP 数据核字（2024）第 006814 号

出 品 人：常　宏
选题策划：吴文阁　四季中天
责任编辑：张　娜
封面设计：李清逸

浔阳江畔：周瘦鹃游记集
XUNYANG JIANGPAN : ZHOU SHOUJUAN YOUJI JI

著　　者：周瘦鹃
出版发行：吉林人民出版社（长春市人民大街 7548 号　邮政编码：130022）
咨询电话：0431-85378007
印　　刷：天津画中画印刷有限公司
开　　本：650mm×960mm　　　　1/16
印　　张：18　　　　　　　　字　　数：220 千字
标准书号：ISBN 978-7-206-20224-7
版　　次：2024 年 2 月第 1 版　　印　　次：2024 年 2 月第 1 次印刷
定　　价：58.00 元

出版说明

　　周瘦鹃，原名祖福，字国贤，笔名瘦鹃、紫罗兰庵主人、泣红等，后以笔名为正名，祖籍安徽歙县，1895年生于上海，我国近代著名的作家、翻译家、编辑家、园艺家，民国时期通俗文学"礼拜六派"创始人之一，"鸳鸯蝴蝶派"代表人物。周瘦鹃集创作、翻译、编辑于一身，著译累累，是当时上海文坛的风云人物，他翻译的《欧美名家短篇小说丛刻》被鲁迅誉为"近来译事之光"。他创作的散文、小说，已初具现代都市文学特征。作为一位"名编"，他在二十世纪二三十年代几乎撑起了上海市民大众文坛的"半爿天"，相继推出了张爱玲、秦瘦鸥等著名作家。

　　本书是周瘦鹃的游记集，写作时间跨度大，自一九二〇年代前期至六〇年代中期。周瘦鹃曾先后居住于上海、苏州，他的游踪以江浙皖三省为主，其中以杭州为最多，有《窥西小记》《窥西续记》《西湖之夜》《富春江上的回忆》等诸篇代表作。随着现代旅游业和交通运输业的发展，他在莫干山、雪窦山、雁荡山、黄山、栖霞山等地也留下了游踪。

　　从周瘦鹃的整体散文创作来看，游记所占的比例并不大，但自成一格，他的游记具有以下特点：一、游程清晰，侧重记游程，写景物，抒感受；二、好引用，除引用前人诗词外，还引用自作诗词和朋友之作；三、摹写富有想象，将五官感受用文字呈现出色彩和光影效果；四、以真实游历，穿插虚构故事。有学者认为，他的散文成就远高于小说，其中尤以花木小品、山水游记、民俗掌故为"三绝"。这些作品，兼具知识性和趣味性，文笔隽永，行文流畅，娓娓道来，具有相当的可读性。

鉴于此，我们编选了这部游记集，希望本书既能展现周瘦鹃的游记特点，又能兼顾当下读者的阅读特点，编选说明如下：

一、选自周瘦鹃最具代表性的四部散文随笔集《花花草草》《花前琐记》《花前续记》《花前新记》。

二、保留原作中符合当时语境的表述，只对错别字、常识性错误进行改动。

三、参照2012年6月实施的《出版物上数字用法》国家标准，在"得体""局部体例一致""同类别同形式"等原则下，对原书中涉及年龄、年月日、数字等数字用法，不做改动（引文、表格和括号内特别注明的除外）。中华人民共和国成立后的年、月、日统一采用公元纪年法表示。

周瘦鹃是一个极具生活乐趣的人，他栽花养草、寻迹访古、编辑创作，他总能把平凡的日子过得诗情画意，他热爱生活，歌颂生活，相信广大读者，能够从他的作品中得到有益的启示和借鉴。

编　者

目 录
contents

窥西小记 ……………………………………… 001

窥西续记 ……………………………………… 008

记白云庵灵签 ………………………………… 016

锡游小记 ……………………………………… 018

西湖之夜 ……………………………………… 026

禾游小记 ……………………………………… 028

游屐馀痕 ……………………………………… 034

湖舫坐雨录 …………………………………… 038

古塔招魂记 …………………………………… 044

卅六鸳鸯楼 …………………………………… 050

龙华春色 ……………………………………… 058

天平俊游记 …………………………………… 060

法公园看灯记 ………………………………… 062

富春江上的回忆 ……………………………… 064

虞山星辉记 …………………………………… 068

白门之行 ……………………………………………………… 070

莫愁湖之秋 …………………………………………………… 075

吴淞之一日 …………………………………………………… 077

灵岩之游 ……………………………………………………… 080

太湖之畔 ……………………………………………………… 082

公园之一日 …………………………………………………… 084

山中琐记 ……………………………………………………… 086

秋之园 ………………………………………………………… 101

新冬湖趣录 …………………………………………………… 104

湖上的三日 …………………………………………………… 107

雪窦山之春 …………………………………………………… 122

黄山纪游 ……………………………………………………… 130

我所爱游的名山 ……………………………………………… 137

绿水青山两相映带的富春江 ………………………………… 143

杨梅时节到西山——记洞庭西山之游 ……………………… 159

雪窦纪游 ……………………………………………………… 181

湖山胜处看梅花 ……………………………………………… 183

姑苏台畔秋光好 ……………………………………………… 191

秋栖霞 ………………………………………………………… 203

万古飞不去的燕子 …………………………………………… 205

江上三山记 …………………………………………………… 209

绿杨城郭新扬州 ……………………………………………… 214

听雨听风入雁山 ·· 219

欲写龙湫难下笔 ·· 222

雁荡奇峰怪石多 ·· 226

南湖的颂歌 ·· 230

双洞江南第一奇 ·· 234

浔阳江畔 ·· 241

举目南滇万象新 ·· 252

公园赏荷 ·· 259

探梅香雪海 ·· 261

观光玄妙观 ·· 265

访古虎丘山 ·· 271

灵岩揽胜记 ·· 276

窥西小记

梦想西湖垂十年，欲游而不得闲，襁褓如我，得不被山灵笑煞。入春以还，索居苦闷，老友倚虹居湖上，数以书来，敦促往游。因约小蝶偕行，及期，以事集作罢，蹉跎可一星期。会红蕉欲游湖，飋同行，意乃立决，遂偕小蝶、筱巢，倜装并发。薄游三日，快若登仙。湖上颇多见闻，随笔记录，颜之曰《窥西小记》，曰窥西者，因游之未畅，等于一窥西子而已。壬戌四月既望，瘦鹃识于紫罗兰庵。

抵杭时，方在子夜，不获见西子绝世之姿，怏怏就寝，恨不能以巨烛一照之。诘旦迫晓起，不事盥沐，趋湖滨若渴，则见水色山光，悉在晓雾溟濛中，正西子晓妆时也。观赏良久，恋恋不忍去，觉水晶帘下，看美人梳头，猥下正不足数。

南屏之钟，声清而宏，似能打入吾人心坎者。游净慈时，尝一叩之，厥声四散，荡湖上，一水皆鸣，不知海上警钟，视此为何如也。

小瀛洲一桥迤逦，四顾空濛，自亦湖山胜处。水中植荷，嫩叶方抽，惜我来太早，未能见红裳翠盖之胜也。刘阮重来，当期之池荷作花时。

雷峰塔崔巍奇古，绝肖吾乡虎丘一塔。夕阳下时，竟体明靓，宛然若弥勒笑。出净慈后，与红蕉、筱巢同造塔下。塔中有贫僧趺坐，厥状如鬼，见人至，起而索资，声格格如怪鸱叫，听之毛戴。塔颠有树，仰插苍穹，伫观久之，觉塔岌岌作欲坠状，亟曳杖引去。

刘庄荒芜满目，草长没胫，虽陈饰绝侈丽，而金碧剥落，黯败无色。其他诸庄，亦就荒落。游观所及，令人兴慨。

湖上闻三种鸟声，莺声娇脆，鸠声萧瑟，鹃声凄惋。予自号曰鹃，而前者未尝闻鹃声。雨中游灵隐，忽闻丛绿中有呼"居起居起"（俗呼归去曰居起）者，以问小蝶，小蝶笑答曰："此君之声耳。"因念昔人禽言之诗，称鹃声曰不如归去，洵不吾欺也。

耳莼菜、醋鱼之名久矣，抵杭而后，食指乃跃跃动，顾一经上口，浅尝即止。醋鱼，吾病其淡；莼菜，吾苦其腻，翻不若青椒炒肉丝一器，差堪下饭耳。故知处士纯盗虚声，正不足怪，莼菜、醋鱼，亦犹是也。

立吴山高处，观钱塘江，江水澄清如匹练；偶忆"立马吴山第一峰"句，神为之王。

西泠桥堍苏小小墓，已髹漆一新，正与吾乡真娘墓同一恶俗，吾恨来迟，未克一见真面目，不知芳魂有灵，其亦爱此新妆否。

西湖诸胜，游人之题诗题名者，疥壁殆满，间有一二佳句，已不能忆。惟孤山上有"梅多山不孤"一句，似尚可诵。虎跑泉畔，新粉其壁，张小广告，作冷语刺人，并托济颠乩示，劝人惜字，读之称快。

冯小青墓在孤山下，尚仍其旧，差未遭劫，殊较苏小为有幸也。其背有菊香墓，不知为何许人。小蝶云："小青本无其人，先是有富翁某，丧女菊香，痛之，为卜葬孤山下，而杜撰一冯小青，以哀艳之史，耸人观听，俾人之来凭吊冯小青者，兼知有菊香也。"其言信否，殊不可考，姑存之。

岳鄂王庙，闻由倪嗣冲出资修葺，庙貌一新。精忠柏贮一西式小亭中，护以铁阑。岳王墓亦新葺，隆然如馒首。吊古之士，每以其失真为憾，予亦深悔迟来十年也。参拜之馀，觉鄂王英灵犹在，诚愿其一显灵异，以惩创今日一般变相之秦桧耳。

公园以最高处为胜，登高一望，则远山展黛，近水生碧，弥有佳致。遥视雷峰塔，被夕照似笑，恨不能呼与共话白娘许仙故事也。

孤山巢居阁下一带，即空谷传声处，引吭一呼，对山作应声，历历可辨，第作语以简短为善，长则不能毕闻矣。予于此曾高呼"你来么"者三，此一"你"字，亦不自知其何指也。山灵有知，其将笑吾痴乎。

孤山上有林处士墓，旁有鹤冢，雅士高风，似千百年不能销歇也。惜时值暮春，不能观满山梅花，徒呼负负。

放鹤亭古迹尚存，小立须臾，恍见一鹤凌空，驮夕阳而去，为之神往。

语云，晴湖不如雨湖，雨湖不如月湖，月湖不如雪湖。予游湖只三日，除晴湖外，竟得睹雨湖之胜。小蝶诗云："真是美人能解意，亲为公瑾洗浓妆。"西子厚吾，吾深感之矣。

雨中游灵隐，别有清趣，雨丝拂面上，尘氛尽涤。道中观诸峰高处，腾腾有云气，小蝶戏谓山灵方举火作炊，为状殊肖。湖上雨雾濛合，山水皆在湿霭中，则又似西子之被轻绡矣。

玉泉以五色鱼闻，大小殆数百尾，以绛、黑、花白三种为多，中有一巨鱼，作浅黑色，曲其腰，厥状绝奇。予戏谓此鱼殆从名利场中来，折腰过频，遂成斯状耳。向僧人购得十馀饼，投之水，群鱼争集，唼喋有声，大嚼后，张鳍鼓腹而去，意滋得也。若斯泉者，诚可谓鱼乐国矣。泉畔有匾额，曰"乐不如鱼"。予生而多感，百忧摧心，睹此群鱼嘻嘻之状，弥兴乐不如鱼之慨。因语小蝶："鱼而入玉泉，福分大矣。作玉泉鱼可也，何必人。"小蝶曰："作玉泉鱼固佳，特恐夜深人静时，终作僧人釜中物耳。"相与一笑而出。

玉泉后为珍珠泉，方广约丈许，鱼少于玉泉，水亦不甚冽。引足力践边石，则有细泡无算，冉冉上升，若散珠然，殆以水底土松故耳。

飞来峰状若虚悬，石多奇致，谓曰飞来，颇相类也，不知飞来许久，千百年后，尚有飞去时否？昔人诗词，多有咏及飞来峰者，予最爱杨廉夫"妾死甘为望夫石，望郎忽似飞来峰"句，为有情致也。

冷泉瀺然出山趺，不损其清。目注于水，心与俱往，小立移时，颇思濯足，顾恐玷污清白，将为山灵所呵，废然而罢。小蝶、筱巢就石间一小孔吹之，谓可作猿啸，以中气弱，累试不验。

一线天，殆山上一小罅耳，无足奇。僧人以长竿指示，仅见一处微白，大如银圆，谓有佛像坐其中，吾未之见。第见香案之上，香资山积，不知当年孰为最先发见者，不啻为山僧觅得一聚宝盆也，一笑。

冷泉亭、壑雷亭之间，有亭亭。见此二字，颇联想及于个人姿态，诚愿彼亭亭者，亦一见此亭亭也。

市芒鞋着之，冒雨登韬光，夹道修竹沐雨，葱翠染衣袂，雨声中闻鸠声隐隐，似相迎者。造其巅，谓可见海，予短于视，仅见钱塘江外，有一线如白练而已。遥望久久，恨不能一舸远去，慷慨长行，歌海天风涛之曲也。

雨后新晴，湖上群山似笑，湖水益明润，如宝镜新磨，水凫忘机，踏波往来，颇羡其能自适也。舣舟平湖秋月，无意近艳，似曾相识，小蝶作《湖楼春影辞》记之。闻寒云昔年游湖，曾于灵隐识一酒家女，侍坐清谈，颇可人意，临行，女以酒盏赠之，寒云珍藏至今，耿耿不忘。云去岁尝一见女于海上，已嫁富人，坐摩托车，招摇过市矣。

雨后新晴之西湖，景尤奇丽，如美人娇啼初罢，啼痕犹湿，而忽嫣然作倩笑者。晴湖，雨湖，不足方也。

着芒鞋步岸上，游女目笑，觉而去之，以所撷紫蝴蝶花置其中，浮水上，观其逐流远去，而后来归宿之所，良未可知。自顾藐躬，亦正与此鞋等耳，一叹。

破晓出涌金门，指理安而发，乘蓝舆，可半日程。予与小蝶分携姚梅伯《疏影楼词》六帙，各据其三，一路看山读词，别饶佳趣。时有落叶，飘堕书上，亟捉之，盖疑为飞蝶也。姚词最工小令，嚼蕊吹香，风致独绝。有《一痕沙》词云："卷起低低帘子。飞出双双燕子。不见也相思。况逢时。　　燕早飞飞去了。帘又低低垂了。若识恁匆匆。悔相逢。"予剧赏之，高唱上南高峰，声入云中，山谷若相应答，滋足乐也。

石屋洞之上，有乾坤洞，大仅如斗，差可容身而已。一老衲指以相告，云为康王避难处。末路帝王，乃狼狈至此，令人怵然于国之不可亡，而帝王之不可为矣。

龙井一泉，水声汩汩，清湛不染纤尘。近水有石，镌四字，曰"锺灵毓秀"。汲一勺泉，和龙井茶叶，烹以疗渴，当清入心脾。

九溪十八涧，峰峦四合，老翠扑天，四顾幽复清丽，疑非人间世也。溪涧中水韵咽石，如聆仙奏，山花照眼，似迎似笑，尤有野鸟弄吭，嗑嗑若老人笑。而所谓九溪十八涧者，曲折回环，汤汤过脚下，最可人意。身临斯境，至不能发一语以扬其美，盖亦有心噤丽质之概焉。

胡雪岩墓，在龙井寺道中，荆榛匝地，落叶不扫，不审子孙贤劳何似，乃听其荒芜至是也。钜富如胡，而一棺既盖，抔土长封，与婆人子无异，所异者，特墓制较为闳肆耳。言念及此，不胜富贵浮云之感。

理安诸山，有野花烂开，猩红如血，乱绿中着此明葩，仿佛吴娘手中活绣也。小蝶曰："此花名曰映山红，可食，子曷一试之？"予就村女市数枝，撷一二朵，去其花须，内口中嚼之，果觉清芬沁心。花形与杜鹃花略同，别有浅紫与黄色二种，浅紫味涩，黄色含毒，惟红色者可食。

六和塔在钱塘江畔，帆影当窗，明波可接，外视凡十三层，实仅七八。予与红蕉造其颠，犹病其不高也。每层壁间，墨痕纵横，题诗题名无隙地，如人之病疥然，颇为此七八层粉壁惜之。拾级而下，得二百七十二级。塔新葺未久，闻有某富翁死，诸子争产，相持不下，母怒，因析其产之强半，以葺此塔云。然则此今日之六和塔者，可谓打破遗产制度之一纪念品矣。

九龙断头处，有某煤油行西人，构屋于山巅，西湖之江，俱收眼底，风景甚胜。据舆夫言，此屋不可以居，入夜，恒有菩萨显灵，金身丈六，安步山中，每至人床次，植立弗去，西人虽雄于胆，亦无有敢居者，故至今空闭，为鸺鹠、蝙蝠所宅云。

虎跑泉极清洌，质厚，盛碗中，内青铜钱百，水隆起不溢，如易以铜圆，则可容二十馀。以小银币二市一樽归，颇珍视之。堂中有画一虎爪地出泉，笔致雄健，不知为谁氏手笔。观赏久之，觉生气虎虎，自画中出。

游湖三日，疑在上界清都之府，一履沪渎，又堕尘网。幸湖山胜景，尚镌心头，凝神追味，足资咀嚼。秉笔记此，犹仿佛闻九溪十八涧汤汤幽响也。

原载《紫兰花片》1922 年第 1 期

窥西续记

壬戌之春，偕小蝶、红蕉游西子湖，尝有《窥西小记》之作，今忽忽一年矣，追忆旧游，辄为神往。今岁清明，李常觉以校中春假，欲游湖以苏积困，鬻予偕行，欣然从之，并约小蝶，小蝶亦报可。夏历二月十八日之晨，遂俶装共发，同行者尚有小蝶之母夫人，并弟次蝶、妹翠娜、表妹紫绡，栩园丈以事冗不能行。则附车之龙华，看桃花而返，是日亭午，至杭，卸装于环湖旅馆。此游凡四日，所见所闻，颇有足记者，因草《窥西续记》，用志胜游。癸亥春三月望日，瘦鹃识于紫罗兰盦。

十八日午后，买舟渡湖，至岳庙，以人力车赴灵隐。道中有东海花园者，植桃数百树，红云一片，烂开似笑，间有一二白桃树，则如美人淡妆，屏除铅华，而自有动人处也。

灵隐云林寺中大殿，曰“妙庄严域”，匾字遒劲有致。与之对者为前殿，有匾额曰“最胜觉场”，殿中供四大金刚绝巨，于门次得一联云：“灵鹫向云中隐去，奇峰自天外飞来。”其字有龙蛇飞舞之致。

入韬光径，徐步而登，顾为明日壮游计，咸弗欲达其颠，遂下。就壁间读游人题字，见有丁悚铅笔之书，小蝶戏图一龟于其下，曰“愿明年慕琴来此见之也”。

　　螯雷亭畔之泉声，予最爱听之，顾以春潦未至，泉水之力弥弱，不复作春雷响。有乡人就呼猨洞石上小孔吹之，厥声乃绝肖猨。

　　玉泉在清涟禅寺内，寺前有古树，曰龙树王，夭矫如龙，不知他日亦能挟云雨上腾否。

　　玉泉旁有廊，曰"皱月廊"，为栩园丈所题匾，字尚作新绿色，书家何颂花先生手笔也。康南海亦有一匾，曰"非鱼知鱼乐"，私念吾人非鱼，故知鱼乐，恐彼身为鱼者，正不以为乐，而致羡于人之乐耳。廊中有小轩，曰洗心亭，有联曰："桃花红压玻璃水，蘋藻深藏翡翠鱼。"颇工艳。

　　泉中之鱼，似少于去年，问曲腰之鱼安在，寺僧曰，已以去冬死，其栖息泉中者，盖三十馀年矣。

　　清涟禅寺之后殿，曰西方接引殿。殿前有二池，一曰古晴空细雨池，池底有细孔，水冉冉上升如珠。据寺僧言，每日亭午，水珠喷薄尤多。其旁一池，有小鱼无数，泳于池中，迫视之，大不逾寸也。

　　晚棹过湖，见众山沉沉，似将入睡，湖水沦涟，黝如泼墨，而雷峰塔立暮霭中，亦渐有倦容矣。

　　十九日，游虎跑、云栖及九溪十八涧，浦东中学校长顾珊臣君与焉。晨九时，共以舆行，过雷峰塔畔，见湖中有一人裸立，撷水草，望之如鹭。常觉曰："此君肌肤白皙，美男子也。"予笑曰："君愿为美女郎配之乎？"常觉不能答。

　　虎跑一带，杜鹃花盛开，锦堆霞簇，山坡如绣。山中时有杜鹃鸣声，声声道不如归去。私谓吾辈酣游正乐，又安肯归去乎？

　　虎跑有寺，曰定慧禅寺，入门即见一溪涓涓，抱树趺下泻，声若碎玉，冷沁心脾。有古树一，高数丈，古藤盘树而登，如虬如龙，枝叶伸至最高处，忽又纷然下垂，如缨络，如流苏，别饶奇致。

寺有堂，堂中有联云："泉流两峡夜不绝，花笑一溪春有声。"佳构也。虎跑泉之旁，有滴翠轩，轩中有曲园联云："一念不起，彼我俱化；空山无人，仙佛皆来。"又陈豪联云："林与山幽，不知年岁；竹随风静，可以晤言。"又有息庐一联，上联为"割一片云，补我老衲"，剧赏之，下联则不足取矣。

虎跑泉水甚厚，盛碗中，益以青铜钱百，而水不溢，翠娜以所购小佛像加其上，水不溢如故。予戏语之曰："此达摩渡江缩影也。"

去虎跑，沿钱塘江赴云栖，左顾钱江，见风帆叶叶，似在镜面上行。时日将中，遥望水波作嫩绿色，远山蒙雾，一一如障轻绡，真奇观也。

小蝶、翠娜，均抑西湖而扬钱江，予则谓西湖妩媚，钱江雄壮，各有妙处，未可轩轾，如为夫妇，亦是佳耦。

沿江多田，田中多菜花，似铺鹅黄之锦，因知吾辈虽苦，尚有菜根可嚼也。

舆过大龙头下，舆夫不敢涉水行，因盘曲登山，忽高忽下，岌岌然若欲下堕，山径复狭仄，只容一舆过，山树山花，时时碍面。山坡多白色野花，与红杜鹃花相间，殊有娇滴滴越显红白之致。

去大龙头可数丈，有平江台，云为钱王射潮之处。今潮势仍急，澎湃而鸣，钱王有知，其亦能挺弩而起乎。

入云栖，过一亭，亭中有碑二，一曰"云栖"，一曰"松云间"，夹径修竹数万竿，浓翠交织，绿上衣袂。幽篁丛篆中，但闻鸟声，竹叶无言，瑟瑟自落。

云栖选佛禅林，有堂曰绿云静境，得一联云："清溪一曲泉千曲，竹径三分屋二分。"至是同人俱苦饥，饭焉，一侍者见予等所挟摄影机，愕眙良久，不识为何物，以叩小蝶，小蝶具告之，而深羡其蠢蠢也。寺中有一肉身佛像，云为此寺始祖莲池大师，位一龛中，干瘠成枯腊，髹以漆，光泽照人。

去云栖，沿钱江折往九溪十八涧，过大龙头下，舆夫惮于登山，犯潮而行，水深没膝，咆勃作怒响。若欲卷舆而去，令人心魄为荡焉。

理安寺门有一塔，曰藏经塔，系吴兴周湘舲君为其母董太夫人建者，四周有楠数百树，高丈馀，挺直如矢。予等以惧见僧侣，未入寺，及山门而止。予戏曰："吾与诸君骂山门何如？"同人皆笑。

九溪十八涧，溪溪皆幽，涧涧并妙，舆过丛山间，似在黄子久、戴醇士山水手卷中行也。每过一溪一涧，二十武外即闻水声，弥觉昔人"空山不见人，但闻流水响"一诗之妙，惜春潦未涨，水势较温文耳。予等觅一涧胜处，各摄一影，归后晒印，以予影为最，名之曰《幽涧听水图》（见第十集《紫兰花片》）。此间水声绝妙，小坐片刻，便可忘世。

入龙井寺，就龙泉试茗处小立即出。沿途见山家妇孺熙熙，各得真趣，似不知人世间有忧患事者，致足羡也。

去龙井，盘曲而登南高峰，舆上下顿荡，格格有声。舆夫俱喑默，第闻足声，疾徐相应。予仰坐舆中，神游天上，山风吹处，快若登仙，左顾见西湖一角，仿佛有美一人，窥人于帘角也。

烟霞洞谓可通福建，窥其中，黝黑如漆，不敢越雷池一步也。洞口有碑，镌五字曰"烟霞此地多"。左向数十武，有一石龛，供佛像，龛下有石，状如巨象，停视移时，栩栩欲活。

烟霞洞之颠，有陟屺亭，以石径通之，凡百二十级。亭柱题诗题字纵横，鲜有可诵者。偶见一柱上有铅笔书云："总长与伯言、曙窗在此割肉充饥。"小蝶曰："此前财政总长王克敏氏所题也，自称总长，得意可想，割肉云云，不知何指，殆亦如《铁公鸡》中之吃人肉耶？"一笑。

石屋洞僧寺曰，大仁寺内有一洞曰瓮云，窥之，濛濛有云气。其右一洞，曰沧海浮螺，作田螺形。据寺僧言，清明后，白蝙蝠结队来，满洞翔舞，通幽径上之青龙洞中亦有之。上通幽径，观康王避难之乾坤洞，时已薄暮，匆匆遂下。小蝶忽朗诵曰："日之夕矣，牛羊下来矣。"予笑曰："君自为牛自为羊可乎？吾等则明明人也。"

二十日晨，小步清河坊，阛阓之盛，与海上小东门大街埒。午游湖，至平湖秋月、孤山、西泠印社。葛岭下有招贤禅寺，又称玉佛寺，寺中供释迦牟尼像，像以石刻，而光泽如玉，衣褶俱绘金彩，与玉色相衬，弥复可爱，觉意大利名美术家雕刻之像，不能及也。殿外有楹联云："若论佛法，此间亦有些子；现成公案，上座且作么生。"

登孤山，遇海上说梦人于巢居阁，阁中有联云："水清石出鱼可数，人去山空鹤不归。"以为善，录之。孤山之东，濒湖新建一亭，额曰"云亭"。据海上说梦人言，有杭人许奏云者，居上海，入世既深，勘破一切，因自营生圹于此，每星期必来杭，啜茗亭中，是亦一达人也。

去孤山，应毕倚虹之约，饭于楼外楼。饭后同游栖霞岭，徐步登石级，偶忆倚虹《人间地狱》中"莫忘栖霞山下月，腕铃一响一魂销"之句，为之神往。

栖霞岭上有紫云洞，外门有联云："灵鬼灵山，风马云车历历；一丘一壑，玉阶凉夜愔愔。"集龚定公句，浑脱可喜。

紫云洞窈深葱倩，致复可爱。入其中，森然有冷意，洞底豁然开朗，露天光一片，中供三菩萨，曰南无观世音菩萨，曰阿弥陀佛，曰大势至菩萨。左有泉，曰七宝泉，下瞰无所见，投以石，惟闻水声淙然而已。

紫云洞有老僧，曰文通，道貌蔼然，洗盏瀹茗以进，问其年，已六十九岁矣。堂中有康南海联云："紫云导仙气，玉洞起秋风。"书赠犹未久也。堂后有小轩，面山而筑，小坐其中，神怡心旷。倚虹谓去岁来此，尝有一诗云："相携一迳入栖霞，眼底烟尘十万家。石上三生何处问，寒泉一盏紫云茶。"叩以相携者何人，笑而不答。轩中有俞曲园联云："子曰于此，知其所止；佛言非身，是名大身。"又有金冬心所绘佛像，并题语云："读书托钵，三教中在人世缠扰不清者，其实不过此二事耳。"画像时年正七十。

紫云洞下，有牛皋墓，群谋摄影，刊诸《半月》，以碑字漫漶，因向老僧借笔砚，倩小蝶描之，海上说梦人为摄三影。倚虹以诗见调，有句云："不向西泠问苏小，却披荆棘访牛皋。"常觉忽发童心，戏于墓畔烧干草，倚虹戏曰："是谓火牛，即仿田单火牛故事也。"调诙入妙。

二十一日为清明日，偕倚虹、常觉、小蝶、次蝶、翠娜、画师杨士猷，并小蝶之表弟妹等，凡十二人，同游西溪，以重资赁西湖中小舫二，舁往松木场下水。西溪本以芦花胜，入秋两岸如雪，足资观赏，惜此来方值桃花开候，不能见芦花耳。倚虹口占一绝云："寻春隽侣且招携，认取荒庵旧品题。莫忘今年今日事，清明载梦过西溪。"小蝶和之云："听莺双檐每相携，照影春衫自品题。认得库塘江畔水，销魂五尺入西溪。"

西溪多汉港，迂回曲折，别成幽境。交芦庵左近，风景尤胜，濒水芦荻，方苞青芽，时有小鸭，衔芦芽而出，拍拍水面，因忆及"春江水暖鸭先知"之句，玩味久之。沿途每闻呼声隐隐，荡为奇籁，则以是日为清明日，人多有为其宗祖营茔兆者，此呼声，盖即坟工攧灰椿之声也。

交芦庵中，藏有名人书画，甚可宝，游人多题名，历久成数巨帙。有堂曰叶举堂，得一联云："一钵春风梧子饭，半帘秋雨菊花泥。"署名为长白文元。堂后有轩半楹，额曰"获浦渔庄"，为董其昌手笔，又有联云："屐分莎径凉蛩语，水涨桃花小鸭骄。"亦佳。轩外有小庭，植山茶一树，烂开作怒红，间有谢者，落红遍地，为痛惜久之。翠娜撷得并蒂者一枝，剧有得色。

饭后与常觉、倚虹谒厉杭祠，内供词人厉樊榭先生与德配蒋夫人、姬人月上之木主，杭董浦先生及其妻姜陪祀焉，两壁有联云："丈室花同天女散，摩围诗共老人参。"

去交芦庵，复至秋雪庵，谒历代词人之祠，有冯梦华联云："小筑吟窝，正玉筦吹凉，翠舫留醉；试招仙魄，有丝阑旧曲，金谱新腔。"尚有词家朱古微一联，已不之忆。中有巨额，曰"草堂之灵"，为王西神手笔。庵旁有一弓地，植桃梨多株，白梨绛桃，怒放如云。将登舟，乡人聚观，如睹异物，一小儿可五六岁，见翠娜、紫绡等靓妆，惊怖而啼，予以所撷桃花一枝予之，始止啼。

自西溪归，日已西矬，饭于清和坊王润兴。王润兴者，俗称王饭儿，杭城著名之饭肆也，以倚虹为提调，菜肴尤丰美，所制件儿与鱼烧豆腐，脍炙人口。堂中新张一联云："肚饥饭碗小，鱼美酒肠宽。"又诗云："左手拉骖卒，右手携名姝。入座相顾笑，堂倌白须眉。问客何所好，嫩豆腐烧鱼。"署名玄庐，盖即浙江省议会议长沈定一氏也。

二十二日晨，以七时四十五分车返沪。此游之乐，尤胜去年，媚水明山，饱览殆尽，恨不能如《惨睹曲》中所谓"把大地山河一担装"耳。

原载《紫兰花片》1923 年第 11 期

记白云庵灵签

暮春同小蝶、红蕉等逛西湖，第二天冒雨谒净慈，顺便到白云庵去，瞧瞧老祠。庵中游人不多，庭心里野草自绿，小鸟往来觅食，四面静静的，连落花的声音都听得了。白云庵的签很灵验，我久已闻名。往年老友晚秀，爱上了窑子里一个姑娘，两下里打得火热，一回游白云庵，向月老祠求签，问他们俩的缘分如何，得一签是"月移花影，疑是玉人来"两句，当时也不知道是什么意思，后来却和那姑娘发生了意见，无意中又相遇了一个姑娘，芳标上有一个"月"字，小字中有一个"玉"字的，那两句签语，不是应了么。我们到了月老祠中，便也提议求签，点上香烛，叩了头。红蕉说是要默祷的，我便呢呢喃喃的，不知道说了些什么话，到得摇动签筒时，跳出三四根签来，红蕉眼快，给我拾了最先出来的一根，见是第五十四签，签语是"不思旧姻，求尔新特"两句，大家瞧了，也觉得莫名其妙。当下又在月老祠中徘徊了一会，瞧那月老是个黑须子的小老儿，披着个红风兜，端坐龛中，瞧他一张笑嘻嘻的脸，似乎很得意，不知道到底撮合成了多少佳耦啊。龛旁有一副联，觉得有些意思，由小蝶抄了下来，上联是"此事古难全，仗妙手调停，怨耦结成佳耦"，下联是"有情终易合，看良缘凑泊，前生早定今生"，不知是谁的手笔。四壁匾额很多，大概都是有情眷属感谢月老的。这夜回到旅馆中，倚虹来访，听说我们到过白云庵，便把以前灵签的故事说给我们听，很有趣味，那知我健忘，回到上海后，全都记不起来，前天承他函示，便照录在下面。

汪大燮（伯棠）乡试时，向白云庵求签，得"必得其禄，必得其寿"两句，同人以为必中，咸为汪贺，比揭晓，汪中第一百十名举人，盖"必得其禄"两句中小注为"舜年百有十岁"也，名次且先宣示，奇矣。

某年浙省乡试，有仁和附贡生高冈者，求签问科名，签云"凤凰鸣矣，于彼高冈"，得者大喜，以为必中，乃揭晓时，竟名落孙山，而榜中果有一高冈，则东阳县之高冈也，签语明明曰"于彼高冈"，非奇验乎？

某钜公入都应试春官，得"逾东家墙而搂其处子"。比揭晓，某钜公殿试得中探花。回忆签语，无异一灯谜也。

某日偕人赴白云庵求签，各默祷，一庄君得"不有祝鮀之佞，而有宋朝之美"，同人亦莫解其意。比舟达湖岸，家人方持电伺庄君，盖庄之大父去世矣。回忆签语，乃暗含下句"难乎免于今之世矣"一句也。

瞧以上的几节，可见月老不但管人的姻缘，还管人的功名和生死，够多么忙，这真是能者多劳了，呵呵！

原载《紫兰花片》1922 年第 2 期

锡游小记

壬戌中秋前十日，老友李常觉，偕海关西员华生氏，参观无锡无敌牌制镁厂，邀予与俱，并以船菜相诱致。予方困于文事，颇思一游，以苏吾困，闻有船菜，食指复大动，因决然往。同行者常觉、华生与小蝶，栩园丈则先一日行，将于厂中有所布置也。清游两日，事有足记者，因拉杂记之。

行之日，风雨交作，予挟雨衣行，意致殊索莫，窃叹劳人草草，虽小游亦招天妒也。常觉志在必行，骁勇如战士。小蝶亦欣然无沮丧意。既登车，予仍邑邑，则以阅报自遣，每顾窗外湿雾，盼阳光，直欲引手天际，抉云幕而出之，良以两日之闲，得之非易，安能容雨师杀风景哉？

车过苏州，风雨俱止，日影隐云后，跃跃欲出，晦暗之气，一时俱扫。予顾常觉、小蝶而嘻，常觉则起指虎丘，谓华生曰："彼远山一痕，似迎似送者，即 Tiger Hill 也。"华生频点其首，似亦稔知之者。回忆前年春暮，曾登虎丘拜真娘墓，觅西施妆台，摄影于千人石上。古塔欲语，落花无言，今忽忽两年矣，不知当年立处，已长碧苔否。

至无锡，阳光已朗照，惠山展其笑靥，作迎客状。予乐甚，一跃下车，常觉笑曰："幸运儿，天公做美，又恣尔两日畅游矣。"予笑颔之。旋各以车赴蓉湖庄无敌牌制镁厂，厂有高楼，厥名四宜，栩园丈尝为之记云："己未岁，于无锡之蓉湖庄辟地五亩，中建一楼，四面皆窗。登临北望，则惠山如抱，近接几席，朝烟夕雾，景色万状。其西，则铁桥架空，崇楼杰起，时有帆影，落于窗槛，盖黄埠墩也。南则锡山之塔，卓立如锥，烟云四绕，楼观与林木相参差。楼面乎东，左右二楼，夭矫如卧虹者，新筑之惠商桥也，通惠山，故名。其路曰通惠，为桥凡二，曰惠农、惠工，此惠商桥者，实由车站向西之第三桥也。右之雁齿颓然作老人态者，普济桥也。对岸为乡老院，所以惠无告之民，故曰普济。桥下一水澄清，橹声欸乃，不绝于耳。登楼四眺，如读画然。楼居之人，则诗酒琴棋，无所不能。登楼之客，则士农工商，无所不有。当春之时，田畴一绿，麦浪接天，推窗下视，仿佛在楼船中也。夏则绿树参天，浓荫忘暑，长廊互接，好风自来，楼旁植以修竹，雅胜碧犀之帘。秋则远山红树，娇艳如妆，斜阳四映，玻窗面面，煊奇彩焉。冬则漫天遍野，一白如银，玉宇琼楼，闪耀眉睫，而为景尤奇，北窗面山，本许平视，雪后早起，忽失所在，初疑为愚公所移，后乃知为雪光所掩，虽有好诗名画，亦不能状其景也。楼高三寻，四无邻嚣，当秋冬之交，风声如潮，奔腾澎湃，足令惊寐，读欧阳子《秋声赋》，觉其所写，不啻为斯楼而作也。月夜景物，则又幽蒨殊绝。两山如拥髻美人，蟾圆若镜，皎然映于其中，风帆掠雁声而过，则似罗袜乍拂，曼语偶闻，又不知置身何处矣。楼成之日，予家人以书存问，因作记炫之。楼不可以无名，因上述之景物，皆成四数，遂名之曰四宜。或曰雪也，月也，风也，何独无花。予应之曰，稻花满顷，菜花满畦，枫叶之红，芦荻之白，益以诗成则喜，棋胜则豪，心花有时而怒发，酒酣作歌，琴罢揽胜，眼花有时而撩乱，即今作记，则笔花墨花，亦复灿烂而盈前，吾诚记不胜记耳。"文至清俊，不负斯楼。惟当此时会，四顾苍茫，将不胜王粲登楼之感耳。

栩园丈闻吾侪至，迎于门，即导观全厂，兼及惠泉汽水厂。华生逐事廉察，一一笔之于书，备极精密。常觉作舌人，亦指示甚详。予与小蝶不能耐，则潜出登普济桥。桥下澄波粼粼，如碧玻璃，有小舟来，划玻璃立碎。下桥见一隅有红墙隐现，叩之农父，云系都城隍庙，今日方演剧，颇可观也，因欣然往。至则空梁尘落，阒其无人，并香火无之。农父以演剧相欺，抑又何耶？城隍纪信，像貌颇威武，史言信为汉之忠臣，项羽围荥阳，高祖被困，不得出，信伪为高祖，出降羽，高祖得脱去，羽怒，因烧杀信云。

亭午，饭于厂中，席次谈笑甚欢。予戏问华生："君亦喜读贵国柯南道尔氏之《福尔摩斯侦探案》乎？福尔摩斯有良友曰华生，交甚密。今君来锡，胡不与福君偕也？"华生不能答，相与拊掌。饭罢，华生匆促欲返沪，予等尼之，许以船菜，华生坚持不可，谓临行许内人以三时之火车归，不可爽约，竟引去。常觉亦以教务羁身，不克留宿，遂偕华生行。予窃叹西人守约之诚，与伉俪之笃，为不可及也。三时许，从栩园父子游惠山。先至寄畅园，园以树木胜，古树千章，老翠欲滴，园心一水潆洄，游鱼可数，惜不甚洁。予等坐知鱼槛啜茗，啖四角菱，甘之。对岸临水有二古树，同根相连，枝叶扶疏，仰插如巨叉。栩园丈曰："此连理树也，旧曾有句云：'四百年前连理树，夜游应忆旧红妆。'盖因此有情之树，而推想及于夜深人静时，必有有情之艳魅，徘徊其下也。"亦可谓想入非非矣。园中有乾隆诗碑二三，御笔依稀可诵，诗劣，殊不足道。一隅有古藤绝粗，绕一古树上，蜿蜒上盘，如龙如蛇，殆亦数百年物矣。知鱼槛左近，有一室，云为浴室，内置铁锅一，即供就浴之处。私念下爝以薪，水沸于锅，浴者坐其中，犹就烹耳，安名为浴，意者项羽烹太公，此其遗制欤。

惠山一泉，似怠于爱护，望之似不甚冽。泉水自一石龙口中下注，渐渐可听，惟于此时，差觉清冽耳。泉中有鱼，颇肖杭州玉泉，内有一红鱼，亦折腰，与玉泉中一浅黑色鱼类。鱼且然，无怪人世间之多折腰者矣。正壁有数石，一石居中，古藤贯石罅间，上有小碑，字模糊不可辨。左右二石，作人形，若金童玉女然。泉旁有茗肆，村夫杂坐其中，嚣且尘上，亟去之。栩园丈诗云："惠泉山麓不生苔，试茗游人一半呆。输与路旁扪虱者，听松石上听松来。"故知惠山佳处，不在试茗处也。

有小贩售糖饵者，导予等登云起楼，意至殷勤。过隔红尘径，壁间题句，都不可诵。栩园丈有诗云："隔断红尘三十里，坐看云起有高楼。梁溪自昔无崔灏，尽许题诗在上头。"盖讽之也。然吾观梁溪名胜少，题壁诗之产出亦为锐减，若西子湖上，则几于无壁不疥，无处无诗矣。

云起楼实不甚高，四围景色亦无足观，与昔年海上愚园中之云起楼，正堪伯仲。登临之馀，深为失望，凭阑见山石间有双树作花，色如火齐，小蝶谓为紫薇，脱引手搔树皮，树叶即瑟瑟颤动云。因树遥，手不能及，未获一试。

惠麓街市间，多泥人肆，衡宇相望，泥人林林然，有作天女散花、黛玉葬花、宝蟾送酒及童子军者，较为新颖，馀则大阿福、不倒翁、蚌壳精、螺蛳精一类旧制，观之生厌。如能改良之，则未始非一种美术品也。

予等寓无锡饭店，是夕，制镁厂经理过君设宴相款，肴馔颇丰腆。过君，梁溪才女温倩华女士夫也，女士下世后，闻已娶其小姨，可谓佳话。夜过半，始别去。寝后入梦，忽逢个人，共以轻红一舸，作五湖之游。狂笑而醒，而朝日杲杲，已弄影于五色玻璃窗上矣。

九时，厂友陶君来伴，予与小蝶往游梅园、鼋头渚，棚园丈因须屏当厂事，不果往，约午刻相聚于王巧仙家画舫，试船菜也。陶君先已雇定人力车，其指管社山而发。四顾厂屋棋布，烟突撑空，窃喜斯土实业之鼎盛也。一路多桑树，亦足觇蚕丝之利，顾以非养蚕时，不见采桑人耳。沿途时见牵牛花，柔条迎风，娇葩摇影，点缀墙阴篱角间，掩映殊佳，亦有攀桑树而上者，其明艳之紫色，尤令我苦忆紫兰不止。龚定庵有《减兰》一词，咏牵牛花云："阑干斜倚。碧琉璃样轻花缀。惨绿模糊。瑟瑟凉痕欲晕初。　秋期此度。秋星淡到无寻处。宿露休搓。恐是天孙别泪多。"佳句的的，足为此花生色。

车过一小村，见一农舍前，有小儿女并坐高竹椅上，共弄一小狸奴，笑语喁喁，弥见情致，闻车声，则回眸作鸭视，恨未与慕琴、之光同来，一写此无猜两小也。

车上管社山，止于万顷堂外，谒项王庙。庙门有汪兰皋联云："到此疑仙，蓬莱瀛洲方丈；不知有汉，美人名马英雄。"王西神先生《草管社山庄篇》刊《半月》，曾及之，先生亦有诗云："披襟快挹大王风，眼底虫沙一笑空。未必芒砀护云气，却来此地拜英雄。松楸响合疑嘶马，湖海秋高起蛰龙。何似谷城山下路，丹崖花发美人红（原注：由旁有石，名虞美人崖）。"故末句及之云。予因急于入庙，忘未一观虞美人崖。

既入庙，见其地甚湫隘，项王像亦小不盈丈，貌恂恂如儒者，无威武气，心窃疑之，讵以垓下一蹶而后，遂委顿至是耶。继至万顷堂，小坐啜茗，三万六千顷之太湖，已见一角，群山环拱，新翠如沐，西湖妩媚，自不及太湖之豪放也。壁间有碑，镌前无锡县知事吉林杨梦龄一记，内有句云："列窗洞然，以面太湖，独山耸其前，漆湖绕其后。鼋头之渚，杳霭出没；独月之山，阴云蔽亏。水气升岸，飞结轻绡；古树影波，漾落晴采。撇舟唱晚，林香花气相喧；蜡屐寻春，读画看山可拟。而太湖莽森颎洞，三万六千顷，沉浸诸峰，奔涌屏列于斯堂之下。"读此数语，已足尽万顷堂之妙。记之后半，则阐发项王庙之误，备极周详，大致谓大禹辟独山门，故祠于此，庙中之像，非项王也，予乃恍然于像貌之恂恂无威武气矣。索读联语，无佳者，惟孙寒厓所书"天浮一鼋出，山挟万龙赴"一联，为可诵耳。

出万顷堂，以小舟渡湖，赴鼋头渚。滨湖为菱塘，有村姬三五，坐桶采菱，偶忆昔人《采菱曲》中，多芬芳侧艳之辞，见此群姬，窃为匿笑，不知几个能唱"生小侬家风露里，采菱乘晓未梳头。郎心其奈湖心似，烟雨迷离无定时"等艳句也。

予等以小银圆一市菱斤许，挟以登舟，一路湖水荡碧，山光结翠，几疑舟在画中行也。菱方新撷，鲜甘异常菱，予与小蝶恣唼不辍，腭为之碎。遥望鼋头渚，则一亭翼然，渐渐而近，似磬折相迓者。如是约十分钟，舟已傍渚，予等褰衣而登，直造其颠。亭曰涵虚，面湖而筑，放眼四顾，佳景悉罗眼底，真胜处也。小蝶旧有诗云："一气涵虚天地合，千峰回亘水天分。我来独立苍茫里，长啸一声风满襟。"予等从红尘十丈中来，身临斯境，自觉胸怀壮阔，长啸不禁矣。渚上有横云小筑、净香松榭，未坐即出。下有荷池，但见枯叶而已。近水石壁上，镌有"包孕吴越"四大字，笔甚雄健，想潮来激壁时，当有可观，栩园丈诗有云："从知吴越兴亡事，只在风波起落间。"慨乎其言之矣。

归棹风逆，舟行略缓，水花仰溅如散珠，着面奇爽。遥见管社山坡有奇松一树，亭亭如车盖，松叶纷披，浓翠欲滴。小蝶曰："此车盖松也，夙有声，天生此状，以视矫揉造作者远矣。"

既登岸，即以人力车赴梅园。园地为一小山之坡，由锡之富翁荣氏独力购入，构为斯园。园中植梅树数千株，惜来非其时，不能一赏此香雪海也。石颇多，顾伧俗气太重，未见佳致。栩园丈曩游斯园，颇有微辞，尝于《锡游偶记》中咏之云："梅园楼阁傍山开，鬼斧神工小有才。不是扶桑观日处，如何点缀似蓬莱。香海何如香雪海，原来不屑作苔岑。平添十倍龙门价，莫惜当年五十金（原注：梅园主人曾以五十金丐康南海书"香雪海"三字，嗣康来游，见为伪作，因易"香海"二字）。人与梅花一样清，图书四壁重连城。主人妙解生公法，要与南宫结弟昆。（园中置巨石数大块，立如人状。）"小蝶诗云："一株石笋一阑干，手种梅花万树寒。如此主人原不俗，如何终不似孤山。"

亭午，宴于王巧仙家画舫中，妓奇丑，尚婉转作呻吟歌，客有飞水符召其所眷者，须臾，莺燕纷纷，各挐小艇而至，顾皆粗枝大叶，未见明葩晻蔼也。吾人至此，不特心中无妓，并目中亦无妓矣。船菜风味不恶，翅尤可口，闻是日所费，凡四十金云。栩园丈曾于六月间来锡一次，宴于冯家画舫，以诗寄予云："复槛重廊卅二重，纳凉人倚画楼东。为怜独客无情思，吹送珠兰鬓角风。吴侬爱好出天然，不住红楼住画船。六扇蛎窗明似雪，电灯低处学调弦。渡喧终夜乱如潮，绮阁三层不避嚣。绝似廿年尘梦里，瓜山灯火听吹箫。憔悴经年杜牧之，绿阴成后久无诗。偶然赚取周郎顾，为写风怀寄所思。"诗绝缛丽，想见其兴复不浅。

宴罢，已四时。予等假王巧仙家小艇，重赴惠山，为小鹃物色泥人，陶、李二君争出资，市泥娃娃二，童子军与小花脸各一，举以相赠，可感也（小鹃顽皮甚，竟日跳荡无已时。方予属稿之际，渠已枭童子军之首矣，予见而呵斥之，则扮鬼脸而去，卒亦无如之何也）。舟过江尖，见系陆地一片，伸入江中者，如绕之行，则虽作千百匝，仍在故处，"江尖嘴上团团转"一语，即由于是。其地店肆悉售缸甓等瓦器，殆数十家。是日为夏历七月三十日，肆人累小缸为宝塔，一年一度，由诸肆轮值。每一缸上，各置油盏一，入夜燃之，作繁星攒聚状，殊可观也。

庚申天佑节，栩园丈与常觉、小蝶游锡，折柬相邀，予以夜失眠，届日，因不果往。小蝶以诗见调云："鄂君绣被香犹暖，想见江东大小乔。只算周郎无福分，等闲辜负两灵箫。"江东大小乔，吾实无此艳福，而两灵箫云云，亦不知其何所指也。此次作两日游，差觉满意，所憾者黄埠墩被火，黄公涧无水，过公园未入，见三茅峰不登耳。夜以七时半车返沪，越旬日而草斯记。

原载《紫兰花片》1922年第5期

西湖之夜

看不厌游不厌的西湖，正好像西子妆一般，无论淡妆浓抹，横看侧视，都是绝美的，所以晴湖好，雨湖好，雪湖也好。据几个游过月湖的朋友说，西湖之夜，更好似月下的美人，风姿绝世，比什么晴湖、雨湖、雪湖都好，那西湖上有名的三潭印月、平湖秋月，可就是月湖的代表咧。袁石公说："论湖景当以雪为第一，其次月，皎蟾当空，波光生艳，众山静绕，如百千美人，临镜梳鬟，四季皆妙，不独秋也。"看他虽把雪湖推为第一，对于月湖却也尽力描写，足见西湖之夜，确有动人处了。

《词苑丛谈》说，龚定山尚书与横波夫人月夜泛舟西湖，作《丑奴儿令》四阕，自序云："五月十四夜，湖风酣畅，月明如洗，繁星尽敛，天水一碧，偕内人系艇子于寓楼下，剥菱煮芡，小饮达曙。人声既绝，楼台灯火，周视悄然，惟四山苍翠，时时滴入杯底。千百年西湖，今夕始独为吾有，徘徊顾恋，不谓人世也。"看那末尾的几句，衬托出西湖之夜的美来，加倍有力，瞧他言下，何等的踌躇满志，我也很愿这千百年西湖，独有这么一夜呢。

西湖之夜，最先在我心中留一个印象，是读了李息霜（叔同）先生的一篇《西湖夜游记》。今年春间，到西湖游了三天，就想夜中游湖，一尝李先生《西湖夜游记》中的风味。谁知一连两夜，都没有月，可就不能去赏玩那西湖之夜。回来后，心中还耿耿的，总想去游一次呢。李先生早在三年前抛笔焚砚，遁入空门了，可没有机会再读他的文章，我姑且把这篇记录下来，作为纪念罢："壬子七月，余重来杭州，客师范学舍，残暑未歇，庭树肇秋，高楼当风，竟夕寂坐。越六日，偕姜、夏二先生游西湖，于时晚晖落红，暮山被紫，游众星散，流萤出林，湖岸风来，轻裾致爽。乃入湖上某亭，命治茗具，又有菱芰，陈粲盈几。短童侍坐，狂客披襟，申眉高谈，乐说旧事。庄谐杂作，继以长啸，林鸟惊飞，残灯不华。起视明湖，荧然一碧，远峰苍苍，若现若隐。颇涉遐想，因忆旧游。曩岁来杭，故旧交集，文子耀斋，田子毅侯，时相过从，辄饮湖上。岁月如流，倏逾九稔，生者流离，逝者不作，坠欢莫拾，酒痕在衣。刘孝标云：'魂魄一去，将同秋草。'吾生渺茫，可唏然感矣。漏下三箭，秉烛言归，星辰在天，万籁俱寂。野火闇闇，疑似青燐；垂杨沉沉，有如酣睡。归来篝灯，斗室无寐，秋声如雨，我劳如何，目暝意倦，濡笔记之。"

六月十九的西湖之夜，听说是一年中夜游最热闹的时节，因为这一天是观音生日，红男绿女，都坐了船往天竺进香。西湖中钗光钿影，和明月掩映，微风过处，一水皆香，觉得西湖真是美人湖了。但是这一夜的西湖之夜，未免太热闹些，怕反损坏了它的真美。我以为还是在平时的三五月明之夜，趁没人游湖时，和素心人同载一舸，看水看山看月，缓缓地荡去，那时可就不让龚芝麓以千百年西湖今夕"独为吾有"骄人了。好美丽的西湖之夜啊，愿你永永美丽。

原载《紫兰花片》1922 年第 5 期

禾游小记

壬戌秋九月下浣，寒云主人徇禾中赈灾游艺会之请，赴禾演昆剧两夕，俶装将发，坚约偕行。予以文字丛脞，踌躇不能决。寒云曰："子以《半月》待刊，索吾《三十年闻见行录续稿》亟，今即以是为交换条件可乎？子朝允吾行，夕脱稿矣。"予强诺之。及期，寒云先以稿来，而予因《申报·自由谈》用稿未及屏当，去书谢弗往，寒云不悦，飞函责爽约，不得已，允以翌日行。翌午，即以沪杭车如禾，勾留两日有半，同游者除寒云夫妇外，有寒云之戚唐君采之及其高足沈君国桢。

午后二时许至禾，以车赴县公署，因寒云方下榻署中也，署人导至一小园中，入花厅，寒云欢然起逆。别有一冠服少年揖于座间，就索其刺，审为平湖县长吕葛侯先生；旁一客道貌岸然，唇际有微髭者，则嘉兴县长汪楚生先生也。吕子为吕海寰先生八公子，幼尝旅德意志，知德文，服官以风厉称，不徇私，不爱钱，榜其署门曰"司法神圣，谢绝请托"，民间有称之为吕青天者。问其年仅二十有六，可谓难矣。吕子自言好小说，公馀之暇，辄以一卷自遣，而尤好《半月》及《紫兰花片》，目为至友，予逊谢不遑，请指教焉。汪子历长浙省诸县，能诗，能画，能技击，晨必舞剑，定为日课，临民刚柔相济，闾阎翕然，里巷中多讴歌声。尝收藏汪氏书画三百馀种，牙签玉轴，粲然盈几案，日夕摩挲弗辍，是盖以雅人而现宰官身者，非寻常俗吏所可同日语也。

署中有园，曰约园，小小结构，别具风致，有亭有榭，植花百馀本。时菊花未谢，尚凌风作傲态，然亦微有憔悴意矣。石几上有蔷薇，袅娜可爱，观其状，花发似已经旬，而残馨拂拂，犹甜媚可人意。因忆及曼殊上人所译英吉利诗人彭斯氏《颍颍赤墙靡》一诗，娟娟此花，足以当之矣。

晚八时，汪子设宴精严寺相款，座有团长锺君、税局长姚君、商会长高君等，谈笑尽欢。赈灾游艺会亦在斯寺举行，酒酣耳热时，外堂笑声如沸，则技人人人笑方作百鸟朝凤之声也。

昆剧场设寺之一隅，曲家多自平湖来，佐以海上全福班伶人如干人。寒云以十一半时登场，演《长生殿·小宴》《惊变》，自饰明皇，高君叔谦饰玉环，二子皆此中老斫轮手，自是不弱，曲终人散，颇多赞叹声。十二时相偕返署。吕子后至，抵掌作长夜谈，寒云与吕子均健于谈，滔滔不竭，予亦倾听忘倦，竟及四时。此一夕话，殊无异共魏晋人清谈也（清谈误国，吾未之敢信）。

吕子之言，颇有足记者，曰："吾做一日官，必做一日做官应做之事，脱遇一事而吾良知以为然者，必尽力做去，不为威迫，不为利诱，务达吾的而后已。"又曰，"吾性倔强，最服膺倔强之人，他日拟往西湖修武松墓，因武松亦一倔强人也。"又曰，"吾服官不为自身求虚荣，但期为民众谋实利，异日吾或他去而民众或德吾者，第送吾行二十里足矣。去思之碑，特猾吏掩恶具耳。"予闻其言，窃为拊掌称快。吕子又曰："吾人生于宦家，初无异于常人，而常人之见称也，辄曰'少爷班子'。生平最痛心疾首于此四字，不愿承也，且一般人之重吾，亦往往由于推重吾父而然，实则父自父，吾自吾，但观吾为何如人，奚必问吾父之为何如人哉。"此等语痛快绝伦，直无异于并州剪、哀家梨也。

翌晨，汪子邀予过其治事之室，出汪氏书画多种见示，类皆外间希有之品，古色古香，弸彪手眼间，为之赞叹不已。别有禾中故名画师潘雅声氏《十二金钗图》一册，尤精美，寒云亦称赏，谓制版作《紫兰花片》封面，庶不落寻常窠臼，予以为然，汪子亦慨允见假，十二集后，当一试之。

是日，天奇寒，如入严冬，狂风掠屋顶过，有若虎啸。予以匆促启行，未挟衣被，御驼绒之袍，颇瑟缩有寒意。寒云有驼绒袍二，亟以其一相假，予御之于内，而以己袍加于外，顾以绒毛修，两袍各不相容，扭掜若作战，而予臃肿弗灵之身，乃大感不适，第以畏寒故，卒强忍之。午后锺团长来，偕予等赴济生分会，会与精严寺为邻毗，辟一楼供佛祖像，楼心烛影摇红，香烟飏碧，入其中，令人穆然而生吾佛来止之想。寒云固坛弟子，参拜极虔诚，俄扶乩叩时局，乩笔走沙盘中，索索如飞，谕示多衰飒语，知佛祖之忧国深矣。历半小时，求佛祖谕示者犹未已，予静极思动，因与沈子国桢潜出，同赴北门观闹市。时日已下春，市中似恹恹有倦意。据云此间无夜市，以午后一二时为最热闹，过此则渐归清闲矣。就一茶食肆中市果酥少许，以车返县署。果酥者，捣花生为泥，和之以糖，殊甘香可口，禾中著名之食品也。

是夕仍往精严寺游艺会，昆剧场演员如昨，有某君演《照镜》，突梯滑稽，可发一噱。寒云与高君叔谦合演《折柳》《阳关》压轴。予向汪子假得《遏云阁曲谱》，按字听辨，倍觉有味。寒云之李十郎，高君之霍小玉，摩拟特工，当把别时，阳关一曲，红泪双抛，其宛转缠绵处，直可抵江文通《别赋》一百篇也。

夜午返署，各进白兰地以驱寒，寒云平昔夙嗜此，尽三四盏不言醉，予虽不能酒，亦能勉尽一二盏也。时署中诸司员群匄寒云书，寒云欣然命笔，两小时中成二十馀副，并为予书"紫罗兰盦"横额一，遒劲可喜。寒云生平作书之勤，当以此夕为第一次。

第三日之晨，予与沈子国桢先作烟雨楼之游，丐一署员为伴，买舟湖涘。舟中一女郎，貌不甚美，而妆束殊楚楚，坐鹢首，挑红绒绳织冬袜，荡桨者一中年妇，则其母也。舟行未久，见湖之一隅，有荒寺就圮，野鸟争栖其中，鸣声绝凄厉。署员云，为小烟雨楼，昔年毁于火，迄未修复，闻邑人今方动议兴工云。

湖在县之南三里，邑人称为南湖，亦曰鸳鸯湖。《名胜志》云，湖中多鸳鸯，或云东南两湖相接，如鸳鸯然，故名。以予观之，后说殊近似。至湖中鸳鸯，予等未之见。昔人诗歌，以朱竹垞《鸳湖棹歌百首》为最著。后之作者，有朱朵庭《鸳湖棹歌》一首云："浮家惯住水云乡，不识离愁梦亦香。依荡轻舟郎撒网，朝朝莫莫看鸳鸯。"又继莲龛有《鸳鸯湖歌》云："鸳鸯湖水浅且清，鸳鸯湖上鸳鸯生。双桨送郎过湖去，愿郎莫忘此湖名。"均可诵也。

烟雨楼岿立湖心，景物绝胜，闻为吴越钱元璙建，迄于今不知经几度修葺矣。登楼一望，诚有晨烟暮雨、杳霭空濛之致，予等虽以晴日来，亦觉烟雨之满楼也。中有鉴亭与来许、宝梅诸亭。宝梅亭壁间，有彭刚直画梅刻石二，刚劲如其人，颇令人联想及于刚直当年之一段艳史，以宝梅名，度亦刚直之所乐闻乎。楼阴有小院落，植古树，群鸦绕树而飞，牙牙争鸣，丑石离立如人状，尚有奇致。楼之前檐，有山阴魏缄所书"烟雨楼"额，铁画银钩，弥见魄力。魏与吾友谭子踽盦善，能驰马击剑，挽五石弓，亦工书，能文章，洵奇士也。

鸳鸯湖四周无山，殊属憾事，顾渔庄蟹舍，亦复点缀有致。鉴亭壁间有《八景图》勒石，出包山秦敏树手，画笔尚不恶，录其名云，"南湖烟雨""东塔朝暾""茶禅夕照""杉闸风帆""汉塘春桑""禾墩秋稼""韭溪明月""瓶山积雪"，八景颇出勉强，自不足以比西湖。瓶山低且小，犹一土墩。汪子楚生言，昔韩世忠尝犒军于此，群士进酒已，遗瓶而去，瓶累积成山，因名瓶山云。

鸳鸯湖之菱，夙有声，圆角而无刺，求鲜菱不可得，舟中女郎以风干菱相饷，微有日炙之气，小嚼即止。舟过处，时见菱塘，因忆湖州费丹旭《题鸳湖采菱仕女》二绝云："十五吴娃打桨迟，微波渺渺拟通词。郎心其奈湖心似，烟雨迷离无定时。""南湖湖畔多柳阴，南湖湖水清且深。怪底分明照妾貌，模糊偏不照郎心。"又无名氏《鸳湖采菱歌》，有"闻道菱花堪作镜，开时从不照梳头。吹起阿侬无限思，鸳鸯不独在湖头。细雨忽过衫袖湿，借郎箬笠好遮头。七夕染成红指甲，郎疑角刺指尖头"等句，殊有轻情活泼之致。

傍晚，寒云与志君夫人亦欲一游烟雨楼，因再偕往。时日渐西隐，院树群鸦益噪，似告人以一日之又逝者。四顾暮烟幂湖上，衬以霞采，景尤奇丽，至渔庄、蟹舍、菱塘之属，则已一一没于烟里矣。寒云笼灯立几上，录堂中汪子楚生所为长联，并于前庑得老友天台山农所书陶在东一联云："问斯楼几阅沧桑，鸳鸯一梦；看今日重开图画，烟雨万家。"全楼所有联语，惟此作与汪子一联为佳。汪子一联，惜归途忽失寒云录本，联长，亦不能记忆矣。

归署后，匆促就晚餐，即以轿赴火车站。汪子出螃蟹与平湖糟蛋见馈，并殷殷送别，可感也。车中值毕子倚虹，喜出望外，同座邕话，不觉车之已至沪渎矣。

斯游也，寒云有《鸳湖杂诗》四章记之，诗云："扁舟容与夕阳迟，烟水苍茫系梦思。一笛西风杨柳岸，轻歌浅醉晚妆时。""回波清浅羡鸳鸯，一棹城东别有乡。芳草汀洲人隐约，碧阑干外水中央。""凌波罗袜夜无声，款款柔香掌上轻。酒舸渔船春未远，十分佳色满湖城。""莫漫停桡问渡津，画帘幽窈定无尘。鸳鸯湖上相思果，别有风华一段春。"汪子楚生和云："露白葭苍写韵迟，漫拈霜管寄遐思。我来忝绾南湖篆，又值橙黄橘绿时。""澄湖左右号鸳鸯，蟹舍渔村尽水乡。凉笛一声人去后，馀音犹绕水中央。""救荒无策博虚声，阮籍囊空一担轻。仙客幸留鸿爪迹，编氓传诵谢襄城。""何处桃源未问津，愿从宦海度红尘。讴歌应共游人乐，烟雨楼台尚有春。"

原载《紫兰花片》1922 年第 7 期

游屐馀痕

双十节前一晚，我同着凤君、王汝嘉夫妇、张云凫夫妇、沈骏声、骆无涯，一行八人，外加汝嘉的女公子爱爱，一同上扬州去。折柬相邀的，是久客扬州执第五师范教鞭的名画师杨清磬。以一日游扬州，一日游镇江，同游者除清磬外，有汤韵韶、康菉漪、蔡巨川、徐心芹、任子羣、沈晓秋诸子，连我们大大小小共有一十六位，可算得是浩浩荡荡的大队人马了（只有人，没有马，若是要马，暂屈清磬，因为他做向导，便是识途老马啊，呵呵。剑民道，现有着一骏一骆，还说无马么，呵呵）。

我们搭十一点半的夜车出发，二等车票已停卖了，只得大大破钞，一律买头等票，谁知上了车，却见头等车室和睡车中，都已占满了人，连我们那位五岁的爱爱小姐也没有坐处，没奈何只得去找查票员，找到三等车中，才见一位心广体胖的查票员，架子十足地站在那里，汝嘉要求他代为设法，他却扬着脖子，大声大气地说道："这有什么法儿想，退票啊。"我见碰了这个钉子，也动了肝火了，勃然道："退票就退票，不去就不去好了。"于是由无涯、汝嘉两位赶去退票，此时去开车时刻不过七八分钟了，我们满拟扫兴回去睡觉，不道那会打算的骆、王二公退了票，却改买了三等票，我们刚走出铁棚门，重又飞奔回去，抢入三等车中，大家刚才立定，火车已蠕蠕地动了。在这七八分钟中，由头等车退入三等车，省下大洋五十四元，并且大小九人东塞西塞，一齐都有了座位，像这样的工于心计，不但可成大富豪，还可以做得财政总长。

到镇江时，天刚放光，在江边一家点心店中，把肴肉面和包子，装饱了肚子，然后渡江上扬州去。昔人说"腰缠十万贯，骑鹤上扬州"，如今我们腰包里，合起来一共不过二百大洋，独鹤正在上海，又无鹤可骑，只索搭小火轮和长途汽车了。大家坐在船面上，望着焦山、北固山谈笑。我说俗传八仙过海，今天我们是八仙过江啊，于是大家派定大身材的张云鼋为汉钟离，烂脚的王汝嘉为铁拐李，何仙姑、蓝采和自有女客担任，爱爱小姐只算是八仙外的一个仙童了。

扬州的头等旅馆，只能和上海的三等旅馆相比，实在不很高明，然而价钱也便宜，我们一共是扑克中的瑟利配亚（三对），一A（爱爱），一K（沈骏声），一Q（无涯），住了两个大房间，每天只须三块钱，可算价廉而物也不能算不美了。扬州的人力车夫，要算一等大本领，他在狭狭的街上，无数的人堆菜摊中间，能拉着车子飞跑，我们颠的肚子都痛了，只好讨饶，请他们拉得慢些。

扬州的菜，真个百吃不厌，吃了再要吃。当夜清磬在蔡巨川君鲁园中请我们吃夜饭，一个十景鱼翅，一个糯米鸭子，一个莲子羹，一个山药枣泥，都是绝妙风味，可惜一尾大鱼来时，代表主人的汤韵韶君正在高谈阔论，眼瞧着那鱼匆匆而去，全没有下箸，我们这些上海朋友，至今引为憾事。

扬州是烟花薮泽，我们以为灯红酒绿场中，一定有绝世美人，供我们的欣赏，因便嬲着蔡巨川君飞笺召花，到得姗姗来时，却不由得大失所望，再来一个竟红着眼睛，还在那里力疾从公，但是一口扬州白的声调，却抑扬有致，软熟而婉媚，隔着门窗听去，真当得上销魂两字。

瘦鹃游瘦西湖，可说是得其所哉，五亭桥一带最美，隽逸如妙女，法海塔好似弥勒佛作憨笑，小金山无多可观，徐园布置还不错，平山堂中的欧阳修先生，倒了一千年的霉，被丘八太爷盘据着，仙人旧馆简直变作了魔鬼新窟，到处搭了篷帐，连他老人家读书的地方都没有了，史公祠也遭了兵劫，梅花岭前一小轩，糟蹋得不成样子，当年史可法先生能和清兵作对，却奈何民国的丘八太爷不得，真是气数。

第二天预备游焦山、北固，我们大家都约定了，早上八点钟出发。唐蓉漪君请我们坐花车，车身作鲜红色，车内花绒为茵，温软适体，给我们三对夫妇坐了，沈、骆二位坐在车头，清磬和一位不相识的老婆婆，对坐在车后两个座位中。一会儿清磬把铅笔敲着玻璃打招呼，我回头瞧时，却见他在写生册上写着道："你端端正正地坐在中央，好似一个督军，我缩在你背后做护兵，外加对面还有一个奶奶兵。"我们瞧了都笑起来。当下清磬和那老婆婆闲谈了一会儿，给伊速写了一个像，又写了好多字给我们瞧道："你们不要小觑了这老妈子似的老婆婆，他有五个儿子，大儿做厘捐局局长，二儿做银行行长，三儿做学校校长，四儿出洋留学，五儿做某公署科长，这么一个老婆子，却如此好福气，人真不可以貌相啊。"我们瞧了，也都咄咄称怪。但据云奄说，扬州的老太太，原大都如此的。

阔哉阔哉，我们刚跨下花车，便踏那汤韵韶君借来的一艘盐运使游艇去，一切布置，都极精美，还有两个兵士，擎着枪，护卫我们，居然像小军阀模样。我们先在客室中用过了茶点，便上船头去坐地。爱爱低唱《葡萄仙子》，一壁唱，一壁舞，歌声低婉，舞态柔媚，这分明是一个未来的黎明晖啊（黎以善歌《葡萄仙子》著）。清磬执着船上水手打招呼的号筒，放在嘴上，大唱时调山歌和西洋歌，打着怪腔，扮着鬼脸，引得大家笑痛了肚子。船到镇江，上万花楼去吃了包子和肴肉面，便下船向焦山进发。

焦山浮在水上，正如美人螺髻，十分秀丽。汤韵韶君受任向导总司令，导游全山，竹楼啊，松寥阁啊，碧山庵啊，焦公祠啊，都勾留了一会儿。远望江上风帆叶叶，如迎如送，而水声拍岸，像清磬般铿锵可听，胸襟顿似开豁了不少。那有名的《瘗鹤铭》残牌，就刻在焦山之麓，并有陆放翁真迹，名贵已极。回头又上北固山去，参观那刘备招亲的甘露寺，坐江天一览亭中，远望焦山，大嚼天津梨子。张云龛精于摄影，便到处给人摄影。汤韵韶善说笑话，便到处和人说笑。任子翚君能算命，便给我和云龛算命。一时俊侣，逍遥山水之间，真使人乐而忘返咧。

游山归去，在万全楼小息，汤韵韶君开了一个最大最精美的房间，请我们吃蟹，蔡巨川君善出蟹肉，给我们大尽义务，他自己却只吃了一个，真是冤哉枉也。吃罢了蟹，便搭五点半的火车回来，清磬送上车站，珍重而别。此游别有所记，收入《紫兰花片》，兹特记其琐屑有趣味者，以实我《紫葡萄》。

原载《紫葡萄画报》1925 年第 9、10 期

湖舫坐雨录

游山玩水的好去处，谁不知道西湖，谁不知道杭州的西湖，而西湖之妙，又不单在风和日丽的天气，便是雨日的西湖、月夜的西湖、雪天的西湖，也各有妙处，因此上昔人有"晴湖""雨湖""月湖""雪湖"之称。在下年年游西湖，总是在春光明媚中的晴日，眼瞧着六桥三竺间花明柳媚，蝶舞莺歌，很觉得豁心畅怀，所谓"薄云不峰，静水如语"的妙处，也一一领略过了，却总以未曾游过雨湖为憾。

前年的春季，我们又招邀胜侣，合伙儿游西湖去了。动身的那天，自然眼巴巴地盼望着天晴，生怕老天杀风景，忽地下起雨来，那我们就有行不得哥哥之叹了。动身时果然天如人愿，一路上晴日和风，送我们到了西湖边，但我一到旅馆中住下，便又暗暗希望老天下这么一天雨，给我领略领略雨湖之胜，谁知皇天不负苦心人，居然给我望到了。第二天大清早，睁开眼睛望西湖，顿时喜心翻倒，原来满湖是雨，真弄个雨湖来顽顽，也不知道昨夜是什么时候下的雨，倘昨夜就知道下雨，那么我在这儿寓楼中，来一个"小楼一夜听春雨"，不也是很有味儿的么？

雨果然下了，雨湖果然望到了，但是游侣中要游山的人，未免大为扫兴。我道："别管他，任是雨下得怎样大，我们也要出去的。我虽没带雨衣雨鞋，但只须买一顶油纸伞，脚上套一双草鞋，还怕什么来，无论内湖里湖，南高峰北高峰，都尽我们去畅游咧。"大家都以为不错，反而兴高采烈起来，于是忙着买伞买草鞋，结束定当，立时出发。依我的意思，最好下湖坐小船去，听水听风，别饶幽趣，叵耐多数人要游灵隐、韬光，没奈何只得从众。分坐人力车，先往玉泉看了一会儿鱼，然后到飞来峰下，呼猿洞旁的涧水，因为得了雨，水势很足，变成了小瀑布一般，水声訇訇的，如同幽壑鸣雷，小坐壑雷亭中，才觉得有意味了。灵隐寺中参观了一遍，便上韬光径去，各人撑着一顶油纸伞，雨点子着在伞上，叮咚可听，草鞋中浸了水，加多了重量，但我们仍很兴头地拖着草鞋，一级级走上去，两旁绿竹漪漪，被雨水一洗，更觉得绿润可爱，新翠欲滴。到了山顶的寺中，直上观海楼望了半晌，雨气濛濛，也望不出那里是海，连钱塘江也变做隔雾看花了。

　　从灵隐回来，大家都乏极了，用过了午餐，雨脚未停，便都不愿意冒雨出去。惟有我馀勇可贾，定要游一游雨湖，换上一双新草鞋，套在缎鞋的外面，赶到湖滨公园，对湖小立了一会儿，早有一个披蓑戴笠的老舟子走将上来，操着一口杭州白问道："先生可要划子么？铜阑干，新油漆，六只角子耍子半天，再便宜没有了。"我瞧这老舟子年在六十左右，须子已花白了，面目之间，满带着慈祥之气。我想一个人独游，非有这种面目慈祥的老舟子不可，闷来时和他谈谈天，定很谈得来，况且瞧他满面的皱纹中，也似乎条条都藏着故事呢。当下里我便点了点头，由他导着下小舫去。

　　欸乃声声，那小舫已向着水中央荡去，四下里只见水连雨，雨连天，似乎并没有第二艘小舫，只有我来点缀这一片雨湖。我仗着头上张着幔，索性连伞也不撑了，靠在铜阑干上，饱览雨景。眼见得雨点像撒珠般撒在湖面上，一颗雨珠掉入水中，便见水圈儿由小化大，自一个小钱模样起，化到大碗般大，千千万万的水圈儿，都搀和了，搅乱了，好似变做了一张浅碧色的水纹纸。更向四面瞧时，见雨气弥漫，罩住了四山，都像昨夜睡后，还没有醒回来的一般，宝俶塔和雷峰塔，在雨丝后面窥人，也沉沉似睡。我正在游目骋怀，却猛听得那老舟子太息着说道："唉，今天这般大的雨，正像前年三月十五的雨一样，湖面上也只有我这划子载着客人耍子啊。"我听他说这话时，很带着感慨的口气，暗想这其间一定包含着一段故事了，便止不住接口道："那巧极了。难道那时也只有一个客人坐你的划子么？"老舟子道："不，一起是两位客人，一男一女，都不过二十三四岁，脸袋子也都清秀得很，他们俩相偎相依地并坐在一起，亲热得什么似的，雨点落在他们身上，也不觉得，自管嬉笑情话，真活像是一对戏水的鸳鸯啊。"我问道："他们俩可是夫妇么？"老舟子道："还没有成夫妇唎，正在情人的时代，因为我听他们的话，便可知道。那男的说：'我父母方面不成问题，他们原许我婚姻自由的，只要你真心爱我，肯答应下来，好事便成就了。'那女的答道：'我当然真心爱你，那有不答应之理，多早晚总是你的人了，又何必急急呢？'那男的说：'你倘嫁了我，我才能安心，譬如拍卖场中竞买货物，我看中了一件好东西，出到了最高的代价，只等那拍卖人的锤子敲下来，这东西就稳定是我的了，那结婚礼正好似拍卖人手中的锤子……'那女的含嗔带笑地说道：'好好，你竟当我是拍卖场中的一件东西么？我不依，我不依。'说时把半个身体扑在他身上，伸手要来拧他的嘴，那男的一壁躲闪，一壁央求讨饶，方始住手，这一下子可险些把我的船侧翻了。"老舟子说到这里，摆了摆手，表示当时船侧的样子。

少停，他老人家又道："我划过白云庵时，他们唤我停住了，我伴着他们上岸，到那月下老人祠中，他们看着壁上柱上的楹联，最赏识那旧有的一联，同声读着道：'愿天下有情人，都成了眷属；是前生注定事，莫错过因缘。'两人读罢，彼此相视而笑，末后竟买了香烛，先后在月下老人前叩头求签，他们各自求了一签，去对谶语，两下里都面有得色，多分是谶语很吉利罢。出了白云庵，携手登舟，一路情投意合，有说有笑，见了优雅的庄子，两人总啧啧说道：'好庄子，好庄子，将来我们倘能隐居在此，岂不是胜似神仙眷属么？'有时见了壮丽的坟墓，两人又啧啧说道：'我们死后同穴，也得一块儿长眠在这西子湖边，造一个双鸳冢好么？'我听了这些话，不觉叹道，像这样的情侣，才觉得用情用得有意味咧。"

老舟子说得起劲，自管把小舫在孤山放鹤亭下泊住了，摸出旱烟管来，装了一斗烟，点上火吸着，望着对山说道："记得他们那时也曾在这里巢居阁上盘桓半晌，彼此高唤着哥哥妹妹，听那对面山上的回声送将过来，这声音至今还留在我耳边，可以想象得到咧。他们又在平湖秋月、湖心亭和三潭印月游了一周，便唤我划回去。不道这当儿斗的刮起风来，雨势也益发大了，一时云如山积，水似鼎沸，上面的幔子被风刮得乱摇乱扑，即忙卷了下来，他们虽带着伞，也不能撑，只索淋雨。那女的恐怖极了，投在男的怀中。那男的穿着西装，衣服不多，但他生怕伊淋了雨要受寒，忙把自己的外衣脱下来，将伊裹住了，紧紧地搂着，可怜他只穿着一件衬衣，一件呢半臂，一直淋到了湖滨公园，共赏了我两块钱，便扶着那女的匆匆去了。"

我微笑道："如此有情人，想如今定已成了眷属咧。"老舟子叹息道："唉，先生，事情有出人意料之外的。去年春光好时，我无意中却在公园外的岸边撞见那女的正要搭划子，和伊在一起的，并不是去年的那个少年，却是另外一个胖胖的男子，搂着伊一同下划子去。看他们的模样儿，分明已打得一片火热，不但眉目间含着情，连手足之间也含着情咧。最触目的，两人的手指上，都戴着蚕豆般大的钻石约指，直耀得人眼睛都花。我眼瞧着他们肩并肩地同坐在划子里，渐渐远去，还隐隐听得他们的笑声，而我的心中，却不由得想起去年大风雨中那个脱衣裹爱的多情少年，不知怎样了？"

我变色道："是啊，我也要问这话，那少年怎样了？"老舟子道："事有凑巧，今年的三月十五，那少年又来了，他在湖滨公园的埠头上一见了我，就踏上我的划子来。我瞧他容光憔悴，似乎换了一个人，几乎不认识起来，他却含着苦笑问我道：'老伯伯，你还认识我么？我便是前年三月十五大雨中搭你划子的人，你倘还记得当时游过的所在，请你再给我游一遍罢。'说完，低下了头，似有黯然欲涕之状。我口中答应着，一壁荡起桨来，心中痒痒地熬了好久，末后便问道：'先生，前年一同来的那位姑娘，今年怎么没有来？'他一听这话，脸色立时惨变，勉强地咬着嘴唇答道：'伊么，伊已嫁了富人了。'我想起去年公园外所见，便恍然大悟，也不敢多说什么，只是用力地荡桨，那少年也分明不愿多说，兀自低头闷坐在那里。一会儿到了孤山，他便走将上去，独立巢居阁上，照前年那么惨呼了几声哥哥妹妹，可怜他声音中满包着眼泪，真像鹃啼猿泣似的，使人惨不忍闻咧。过后又游过了平湖秋月、湖心亭、三潭印月，他每到一处，总是流连光景，低徊凭吊，仿佛是亡国的孤臣，劫后再来，重见故宫禾黍一般。回到了湖滨公园，他仍掏出两块钱赏给我，头也不回地匆匆而去。唉，先生，我料知他此时定已肠断咧。"

我听到这里，觉得眼中湿润润地起了泪痕，即忙强笑着问道："从此以后，你不曾见过这少年么？"老舟子长叹道："唉，我和他分明也有缘分的，不上一礼拜，有两位女香客上三天竺进香去，坐我的划子。这天我儿子也在，一同划到岳庙前泊住。这两位太太还是第一次进香，什么都不熟悉，定要我伴着同去。先在岳庙中烧了香，便上三天竺去，我在三天竺的僧众中，蓦见有一个少年僧人，面貌很厮熟，细细一想，不是那少年是谁，可怜可怜，他竟勘破一切，逃入空门，向莲花座下来讨生活了。"

这当儿雨早已止了，湿云都已散开，露出蔚蓝一角，一会儿却见淡淡的斜阳，已偷上雷峰塔去，给我一瞧雷峰夕照的好景。然而我听了这么一段情天哀史，那有好怀细细领略，只向着湖水湖烟放声问道："妇人妇人，你们可有心肝的么？"当下里只见古塔无言，春山如笑，而凤林寺中一声声的清磬，已催人回去了。

原载《半月》1925 年第 4 卷第 11 期

古塔招魂记

油壁车轻缓不妨，暮烟滃滃水生光。雷峰一塔颓唐甚，只替游人管夕阳。——郭麐。

南屏山麓的雷峰塔，像老衲打坐般兀坐在西子湖边，数百年来默默无言的，虽只管着夕阳上下，然而也阅尽了兴亡，饱历了沧桑了。雷峰塔端为和西湖有了数百年的关系，就好似做了西湖的代表物，西湖上没有了雷峰塔，便觉得西湖不像起西湖来。

好美丽的夕阳，罩在雷峰塔上，顿像给老衲的身上披了一件红袈裟，委实是古丽极了。每逢春秋佳日，湖面上画舫如云，画舫中的诗人墨客，在那夕阳归棹时候，吟哦着"人间爱晚晴"的佳句，眼瞧这披着红袈裟的老衲，在那里打坐，谁不是欢喜赞叹，说雷峰夕照，应当在西湖十景中占一个很高的位置，可不是浪得虚名的啊。

在下爱游西湖，也爱看雷峰夕照，可说是醉心于雷峰夕照的一人。每年春光好时，逍遥湖上，总趁着晚晴天气，以轻红一舸，去饱看雷峰夕照，直到夕阳下去，没入湖水之中，眼见得老衲的身上，已将红袈裟脱去了，方始随着那天半归鸦，兴兴头头地回去。

去秋江浙鏖兵，杀人盈野，西子湖边人家，本过着桃花源里的生活，这当儿见干戈动地而来，便大起恐慌，然而只恐慌了几个月，却并没受兵祸上直接的损失，最可惜最可痛的，便是在这风声鹤唳中，不知怎样损失了一座雷峰塔。那一天平地一声雷，这数百年打坐的老衲，竟好似委地圆寂了。以后晚晴天气，夕阳无恙，只冷照着那一大堆的颓垣断砖，清诗人郭频伽所说的"雷峰一塔颓唐甚，只替游人管夕阳"，今而后也何从管起啊。

阳春三月，我们照例游西湖去，见湖上少了这座雷峰塔，顿觉得减色不少。第二天游了九溪十八涧、龙井、烟霞洞回来，藤舆经过南屏山下，便唤舆夫们抬往雷峰塔遗址，凭吊一番。只见那一大堆砖块的四面，砌着一堵大围墙，墙外还散着许多碎砖，没一块是完整的。我们小立了一会儿，觉得夕阳红冷，似乎为了找不到雷峰塔，也有一种黯然神伤之状。去围墙不多远，有一个画师坐在一棵古树的根上，正支着画架，在那里描写湖上晚霞之景，口中含着烟斗，模样儿安闲得很。我走过去一看，不觉大喜过望，原来是老友江南生，此时他也瞧见了我，便抛下了画笔画板，跳起来和我握手，我叹息着说道："夕阳影里少了这座雷峰塔，别的不打紧，倒是你们美术家的大损失啊。"江南生微喟道："我岂止损失一座雷峰塔，还损失一个十五年的老友，这损失是和雷峰塔有关系的，今天在这儿写生，实在也是纪念我的老友。"我听了这话，心中刷的一动，知道这其间定又包含着什么悲惨的故事了，因便赤紧地问道："咦，这又是什么一回事啊？"江南生道："说来话长，但不妨说与你听听，也许是你们小说家的材料罢。"当下我一声儿不响，在旁边另一个树根上坐下，很恳切地等他说来。

江南生拾起他的画笔来，一壁拂拭着，一壁说道："吴中泣红生是我十五年总角之交，也是我十五年前的老同学，他和我同在艺术专校中学画，也是同班毕业的。他生性笃爱艺术，曾下过一番研究的苦工，因此他的作品，笔笔到家，没一笔败笔，任是家贫亲老，还在不绝地研究。前年春季全国书画展览大会中，他曾得到最优等的褒状，所有他的出品十五幅，全被收藏家争先罗致了去。他就在这一回上，还得了个才貌双全的娇妻。原来有一位某女校的高才生言婉玉言女士，在展览会中瞧见了吾友的作品，倾倒得了不得，便托人辗转介绍，和他结识，不上三个月，便以身相许，前年桂子香里，两下就结婚了。言女士是个富家之女，精英文，擅音乐跳舞，又天赋伊一张宜喜宜瞋的春风面，除了泣红生一枝丹青妙笔，第二人谁也描摹不出来。因此上有好多亲友，都掬着十二分的诚意，祝贺泣红生这一头美满姻缘。"我插口道："因艺术的美，而得美的妻，这姻缘真美满极了。"

江南生又道："每年春季，我总和泣红生上西湖来写生，调铅杀粉，逸兴遄飞，回去时总挟着一大批的粉画油画，似乎把这一片山明水媚的西湖，全个儿带回去咧。去年清明时节，我和泣红生照常到西湖上来，不过这回却多了一人，便是泣红生的新夫人言婉玉，婉玉娇憨非常，对于伊丈夫，如依人小鸟，正和易卜生《傀儡家庭》中的娜兰是一流人物。我们游山玩水，带了这一头小百灵，便平添了不少热闹。第一天我们在灵隐写生，第二天便到这里雷峰塔下来，我们瞧定了一处章法极好的风景，便放下画架来，坐在一起写生。婉玉是喜动不喜静的，一会儿扑扑蝴蝶，一会儿捉捉草虫，又常来打扰吾友，往往画了不多几笔，画笔便给抢去了。吾友因爱伊过甚，什么都纵容伊，从没有疾言厉色相向。末后伊把蝴蝶草虫都顽厌了，却蓦地发见了雷峰塔腹部的凹处，有一丛野花，正开得猩红可爱，越看越觉得好，便扭股糖儿似的，扭在吾友身上，定要他上去采下来，给伊压鬓。吾友拗伊不过，我又不便拦阻他，只说那所在去地太高，小心些罢。吾友答应着，觑定了可以踏脚之处，一步步爬上去。哎，不道花已采到手中了，右脚不幸踏在一块松的砖块上，那砖块拍的掉在地下，连着吾友一同跌了下来。我惊呼一声，疾忙赶上前去，他还苦笑着，把那花授与婉玉，说不打紧，大约没有什么伤罢，说时却把双手捧住了右边的腰呻吟，挣扎着站不起身来。我不敢怠慢，忙去唤了一肩藤舆来，将他送往医院中去。可怜的吾友，只为内部受了不治之伤，捱过了三天，竟奄奄地死了。到此那小百灵才呆住了，眼泪婆娑地扶着遗榇，和我一同回去。他家中的白头老母，瞧着这三尺桐棺，不能见儿子最后的一面，直哭得死去活来。哎，雷峰塔上一丛猩红的野花，就这样把我老友泣红生的性命断送了。"江南生说到这里，声音已带了嘶哑，禁不住掉下两行热泪来。

我叹息着道："哎，可怜可怜，这不是雷峰塔上的野花葬送了泣红生，实在是他的爱妻杀死他的，后来他的爱妻又怎么样呢？"江南生道："伊哭哭啼啼地捱到了三七，说一个人睡在房中，时时见鬼，怕得很，于是收拾细软，回伊的母家去了。从此一去不来，抛下了白头老姑，独自过那心酸的光阴。在吾友五七的前一晚，老太太得了一梦，梦见吾友还在雷峰塔下，对伊说，认不得回家之路，灵魂儿不能回来，请老母来领一领路罢。老太太惊啼而醒，便来和我商量，要往雷峰塔下去招魂，我知道伊爱子心切，不敢推辞，便伴着伊同到西湖上来。唉，我又记起那悲惨的招魂之夜了。那夜天高月黑，连一颗星也没有，我们坐了两肩竹轿，到这古塔下来。老太太下了轿，一手提着灯笼，一手擎着香，恰立在当日泣红生跌下来的所在，放着无限惨痛的声音，忒楞楞地唤着道：'我的儿啊，你回来罢，你跟着老母回来罢，你自己倘不能搭火车，便附在我的身上，像你儿时坐在我肩头或驮在我背上的一般，你小时节不是常常如此的么？我的儿啊，你回来罢，爱你的惟有老母，你就永永厮守在老母身边罢。'一壁唤，一壁泪如雨下，泪点落在灯笼中，把烛火都压熄了，伊将香在塔边挥了几挥，又提高着嗓子，唤着道：'我儿，你回来罢，你跟着老母回来罢。'一连高唤了一二百遍，才握泪登轿。我觉得四下里阴风飒飒，仿佛真有吾友的灵魂，跟着他老母回去咧。"

　　我听了这些话，我这颗善感的心，已辛酸得说不出话来，黯然静默了好一会儿，才又放声问江南生道："但他的爱妻呢，他的爱妻言婉玉如何了？"江南生半晌不答，交握着双手，握得骨节儿都格格作响，末后，才有气没力地说道："你问起他的爱妻言婉玉么？自伊回母家以后，我一迳没有瞧见过伊，直到前天，才在这里撞见了，原来有一家外国的影戏公司，在近边拍影戏，言婉玉不知在什么时候，也做了影戏界的演员了。我提防着不给伊瞧见，兀自偷窥伊的一举一动，唉，这那里是吾友的未亡人啊。只见伊浓装艳裹，抹粉涂脂，倒活像是个新嫁娘模样，并且跳跳踪踪，有说有笑的，早恢复了小百灵的故态了。他们一伙人拍了一会儿影戏，便分头休息，我躲在一棵大树后面，眼见言婉玉和一个男演员，手携手地走将过来，那双镂花的高跟小蛮靴，踏得地上咯噔咯噔地响，一会儿便在我前面一块大石上并肩坐下了，当下听得那男演员含笑说道：'密司言，听说你丈夫去年是跌死在这雷峰塔下的，有没有这回事？'言婉玉娇瞋似的答道：'提起这死鬼来则甚？他不跌死，我们今天有这般的自由么？'说时回眸一笑，把那卷发蓬松的头，靠向那男演员的肩头去。呀，我不忍再听了，我也不愿再见了，他们俩躲过了旁人，在那里偷偷地接吻咧。于是我好像见了鬼似的，拔脚就跑，狂奔下山而去。"江南生说完，便低下头去，不住的扼腕叹息。

这当儿夕阳下去了，星已出来了，一轮满月，斜挂在杨柳梢头，亮晶晶地照在湖面上，做成一片畅好的晚景。然而我听了这么一段情天哀史，那有好怀细细领略，只向着湖水湖烟，放声问道："妇人妇人，你们可有心肝的么？"当下里只见月光下一水皆明，四山欲笑，而凤林寺中一声声的清磬，已催人回去咧。

原载《半月》1925 年第 4 卷第 13 期

卅六鸳鸯楼

我们的小舫，载了好多的桃花，宛宛地顺着流水，划向里湖去，过段家桥下时，不由得低吟着清季一位女诗人的《里湖棹歌》道："辋川庄外浪迢迢，携得青樽复碧箫。商略侬舟泊何处，嫩寒春晓段家桥。"我咀嚼着末二句，觉得很有意味，便不由得吩咐船家，将那船傍着桥泊住了，只是细味那"侬舟"的"侬"字，暗自忍俊不禁。

我手中拈着一枝白桃花，眼望着四下里深幽的景色出神，不觉把桃花瓣儿一片片揉碎了，散落在水面上。那时恰有游鱼出水，错道是什么好吃的东西，争衔着花瓣入水逃去，一时水纹乱了，晕出无数的小圈儿来。

西湖的面积不算大，抬眼一望，四下里都能望见。在这春光明媚之际，四方游人来得不少，然而湖面上却并不见有多少画舫，有时有这么一二艘在旁掠过，往往载着佳丽，鹅黄和粉红的衫子，色彩最为鲜艳，映得我们眼前霍地一亮，而黄莺儿娇啭似的笑语声，挟着衣香阵阵，因风送来，更足使我们魂销魄荡。好一片西子湖，真个是变做美人湖了。

云凫带着一只一百倍光的德国望远镜，不住地东张西望，从南高峰望到北高峰，从宝俶塔望到那重建的雷峰塔，瞧他高瞻远瞩，差不多把全湖都已收入眼底了，他似乎也很不满意于湖上游舫之少，失望似的对船家说道："你们说这几天湖上游人怎样怎样多，据我看来，也不见得多罢。"那船家操着一口杭州白答道："先生，要知西湖四周有三十里大，船都散开了，自然觉得不多，你只须上各家大小庄子去瞧瞧，就可见耍子的人多咧。"我插口道："近来可也有什么新庄子建造起来么？"那船家指着宝石山方面一带浓绿的树阴道："先生们请看，那树阴缺处露出的一堵白墙，高高耸起的，便是一个新庄子，可是说新也不新，已有三个年头了。先生们前两年多分不曾来耍子，所以没有去过？"我点头称是，又问道："这叫什么庄啊？"船家道："不叫什么庄，却叫做鸳鸯楼。"云氅笑起来道："可是他们戏文中那个血战鸳鸯楼的鸳鸯楼么？"船家道："不是的，似乎叫什么卅六鸳鸯楼。"我对云氅一笑道："这名字艳得很，这其间定有什么风流韵事在内。"云氅道："那是当然的，委实说，湖上的什么庄什么庄，已使人听得怪腻烦了，如今有这么一楼，又加上卅六鸳鸯这个香艳名词，那自分外地觉得动听了。"我道："单是动听不希罕，还要动看才是。船家，这卅六鸳鸯楼中，可以去耍子么？"船家吸着旱烟，似笑非笑地说道："先生们为什么不带了娘儿们来，倘有娘儿们同来，不但可以耍子，还能在楼中住这么一个月咧。"我诧异道："为什么带了娘儿们，就有这特别权利啊？"船家摇头道："小老也不大明白，只为前几天曾有两位客人搭着我的划子前去耍子，刚捺了门铃，那位守门的先生出来一看，说是单身的男客，照章不能进门，倘带娘儿们同来，便可住一个月，可是住不住也任从客便的。那两位客人不服气，第二天果然各带了一个娘儿前去，那位守门的先生果然开大了门欢迎了。据说里面真好耍子，没一个庄子比得上它。先生们倘要去，还是回去带了娘儿再来罢。"我道："我们的娘儿都在上海，难不成远迢迢地赶回上海去带来么？"船家微笑道："上旅馆去叫一个也行。"我忙道："那不行，好在我身上有名片在着，姑去递一个名片试试。"云龛道："不错，他们对于新闻记者去参观，也许是破格欢迎的。"

斜阳如血，已染得湖面上红喷喷的，真好似变做了桃花水了。我们便唤船家向宝石山下荡去，船家没奈何，在舷上扑去那旱烟斗的烟烬，重又打起桨来。不到半个时辰，已到了宝石山下，船家把小舫傍岸泊住了，说那楼还在半山，山路很不平，须得小心才是。我信口答应着，和云龛携手上岸，爬上山去瞧时，见有一条特筑的山径，标名"爱径"，全用白石筑成，却不知怎的，有意筑得崎岖不平，难以行走，倘带着娘儿们同来，那真有行不得哥哥之叹咧。山径的两旁，全种着桃柳，红绿相间，真合着"红是相思绿是愁"的好句儿。走到半径，卅六鸳鸯楼已在望中，那路却益发难走，云龛撑着一枝司的克，还不住地叫苦，我却一眼望见一株柳树下立着一块白漆紫字的木牌，上边大书道："真爱情的路径，永不平坦。——莎士比亚"。我笑着，嚷了一声有趣，便指点给云龛瞧，云龛也连说有趣有趣，脚下顿似长了气力，一步步挣扎着上去，不以为苦了。

走近了那卅六鸳鸯楼瞧时，见是一座最新式的大建筑，全部都是意大利的白石，屋前一大片园子，种满了无数的嘉树，浓阴蔽日，好似张了个天然的油碧之幄，四下里琪花瑶草，更长得烂烂熳熳。我们到了园门之前，见门顶上雕着一个甘必得（Cupid）小爱神像，一手张着弓，做射箭之状，但弓上并没金箭，使人意想到这金箭已射中在有情人的心坎上了，而那爱神的两个小靥，笑容可掬，更觉得娇憨可爱。那两扇大门是白漆的，门上钉着一块金牌，刻着五个字道"卅六鸳鸯楼"，字仿《灵飞经》，娟秀无比，我们刚到门前，已感受了十二分的美感了。我瞧那金牌之下有一个心形的象牙小纽，料知是捺铃叫门用的，因便伸过手去捺了一下，立时听得里面起了一种银钟之声，当下我们从那大门的花格中，见有一对青年男女手携手地出来应门，本来是满面春风的，一见我们是两个男客，就现出不欢迎的神情来。我却疾忙放出笑脸，将名片递了上去，说是专诚来参观的。那青年看了我的姓名，又给他那位女伴看，两下里居然就表示欢迎之意。在门边什么机括上捺了一捺，那两扇花格大门，便徐徐地开了，我向云龛递了个眼色，小心翼翼地走将进去，又少不得给云龛介绍了一番。那青年落落大方地自道姓名，叫做秦青心，又指着他那女伴道："伊是我的爱人史爱爱小姐。"那女郎嫣然一笑，很柔媚地伸过一只玉手来和我们握了一握。我忙问那青年道："秦先生可是这里的主人？"青年道："不是的，在下不过奉了老师之命，在这里做个看守人，管理一切事务。"我道："如此这卅六鸳鸯楼是令老师的物业么，敢问令老师的姓名？"青年摇头道："我曾受老师训嘱，不可宣布，只须知道他是卅六鸳鸯楼主人就是了。"我道："但这位令老师又在那里，可也住在这楼中么？"青年道："他是一个奇人，将一生心血所得，造成了这一座楼，专供别人享用，他自己却飘然远引，不知所之。他去后三年，只每逢春季来一封信，说是隐居在深山之中，度此馀年，兹顺樵夫出山之便，带寄此信，祝卅六鸳鸯楼中的一对有情男女，幸福无量。三年来接得他三封信，都是一样的几句话，倒像刻版文章一般。此外便鸾沉雁杳，无消无息了。"我想了一想，便缓缓地开口说道："瞧来你那位老师定是个失意情场的伤心人罢，但不知他那伤心之史，可能见告一二么？"那位史爱爱小姐正立在一旁，把几朵牡丹花扎个花冠儿戴，一听得我的话，忙道："先生快快乐乐地到这儿来，何必听人家伤心之史，替人伤心呢？"我道："对不起得很，在下只为要知道这卅六鸳鸯楼建造的经过，不得不问个仔细，加着在下有一个难忘的结习，就是喜欢听人家说伤心史，陪他下一掬同情之泪，请小姐原谅罢。"那女郎自管扎着那牡丹花的花冠，不做理会。

当下那青年接口道："事情也简单得很，我老师年轻的时候，曾爱上了一个才貌双绝的女孩子，在他的心目之中，以为是天上安琪儿，是天仙化人，并世找不到第二人了。他那么缠绵歌泣，捱过了五六年，经历了种种精神上的苦痛，不道他那爱人终于为家庭所迫，很委屈地嫁了个富家子去了。可是伊矢志不屈，虽进了夫家之门，却一味地装病，始终不曾失身，伊痴心妄想地还留着那清白之身，待将来供献于伊的恋人。至于有没有这机会，伊自己并无把握，并不知道，只抱着这希望死等罢了。这样过了十年，两家都为了体面关系，并不提出离婚，伊丈夫在外花天酒地，娶了几个妾回来，伊也完全不与闻，反是暗暗欢喜，以为伊那名义上的丈夫，往后可以不来和伊歪厮缠了。从此独守空房，过着寂寞的岁月，只暗藏着伊恋人的一幅小影，作为寂寞中的好伴侣。至于我那老师呢，也兀自痴痴地空望着，正像那失足落水的人一般，抓住了一根漂过的浮木，漂漂荡荡地泊浮着，抱着前途万一之望。他因郁闷过甚，不能自遣，好在自己只有孤零的一身，便带了钱周游天下，国内游倦了，又去游历欧美各国，他所见的美人很多，也尽有可以结丝萝之好的，但他不知怎的，忠心耿耿，总也忘不了他的爱人。终于回到故乡，便把回乡的消息设法报与爱人知道，他爱人总是安慰他说，你等着，我们要是不死，谅来总有希望罢。我老师一年年地等着，已等到五十岁了，一生辛苦，曾积下了好一笔钱，因此不愿再出去做事，日常无聊得很，便根据着他爱人'总有希望'的一句话，抱起乐观来，提出他一大半的钱，建造这所卅六鸳鸯楼，希望将来和他爱人作同栖之用。因此一切建筑和布置等，全是和情爱相关合，简直是一座情爱之宫啊。谁知落成之后，刚布置定当，而他那爱人竟因历年忧郁过度，呕血而死，临死写信给我老师，不许自杀，要为了伊生在世上，以终天年，倘不听伊的话，那么到了九泉之下，也不愿相见。他不敢违背伊临死的话，因此虽想自杀，而终于不曾自杀。他的本意，还想拆毁这座卅六鸳鸯楼，以志痛悼，但转念一想，不如借此作爱人的纪念物，因此也终于不曾拆毁，反开放了，供天下有情人来此小住，他自己却逃入深山隐居去了。临去时，就把这楼托在下管理，又把他的一段伤心史告诉了我。唉，我听后也不知落了多少眼泪咧。"

我听到这里，心中也不期然而然的生出一种异感来，弹去了眼角的两滴眼泪，说道："令老师真可算是个多情种子了，他自己因不愿享受这座情爱之宫，而很慷慨地让给别人享受，这是何等的牺牲。但他老人家可曾规定什么办法没有？"那青年道："办法也很简单，总之凡有夫妇或情人成双而来的，这里一概欢迎，本来房间不多，老师去时，却又添造了一层，恰凑成十八间卧房，给十八对夫妇或情人居住，可就暗合楼名卅六鸳鸯了。居住的期限，每对只可一个月，也叫作度蜜月。一切起居饮食，无不尽善尽美。因为他老人家留有常年的款，专作供应之用的。"我道："要是来的不止十八对，便怎么处？"青年道："那么请他们作为候补者，一这空房腾出，便立时通知他们前来。你瞧这里山明水秀，花笑鸟歌，又着了十八对有情眷属在内，可不是人间的仙境么？"我和云麂满口子啧啧赞美。

少停，我忙又向那青年说道："对不起，秦先生，可能导我们把这卅六鸳鸯楼参观一遍么？"青年道："使得使得。"于是和他那位未婚夫人史小姐联着臂，导我们前去。只见楼的四周全是连理树，树上大半刻着双心交绾之形，并刻有中西姓名和表示情爱的语句诗句等。那青年指着说道："这都是三年来一般有情眷属刻了留作纪念的。"楼的前面，有一座挺大的粉红云母石喷水池，中央立着恋爱女神娓娜丝（Venus）石像，洁白如雪。池中蓄着鸳鸯，往来游泳，分外的逍遥自在，从头排来，又恰恰是十八双。我悄立叹羡了半晌，便跟着那一对少年情人游遍全园，见到处都种着毋忘侬花、紫罗兰花、海棠花、蔷薇花、断肠草等，也无非是些有情的花草，更足动人观感。据那青年说，每逢夏秋之交，西面的一个莲塘里，还开出并头莲来哂。我们离了园子，又到楼中，便见有许多男孩子、女孩子走动很忙，都打扮得像小爱神模样，瞧他们那些苹果小脸，又没一张不是美丽可爱的。那青年对我说道："这些乔装的小爱神，都是伺应那班度蜜月的有情眷属的。"我没有话可以赞美，只很简捷地说道："美极了。"那一对少年情人一路哼着情曲，导我们参观楼下各室，有跳舞室、音乐室、体育室、游艺室、图书室、会客室、起居室，没一间不是穷极富丽。壁上全都是中外大画师亲笔所作的爱情名画，中如仇十洲的《张敞画眉图》，英国麦克施冬《蜜月》《情侣》诸真迹，更为名贵。天花板和壁板等，都是刻的小爱神像和中西爱情故事，十分精细。另有冬园一所，用五彩玻璃盖成，通明不障，遍种着奇花异草，以供冬间游散之用。园中并有孔雀、凤凰、相思鸟等种种名鸟，真个是悦目爽心，使人流连而不忍遽去。上了电梯，便是卧房了，上面共有三层，每层六大间，间间是文窗朱扉，钿床玉镜，中国紫檀的木器，波斯的地衣，法兰西的天鹅绒幔，总之所有陈饰，全是价值最高的东西，并且每间中都有自然的花香、自然的乐声，使那班住在里边的有情眷属，随时发生美感。我和云龛参观到这里，简直都看呆了。当下那一对少年情人，又介绍我们见过了几对所谓有情眷属，我自己昏昏沉沉的，也不知敷衍了些什么话。

末后便兴辞而出，踏上小舫的当儿，我禁不住又回头望了那卅六鸳鸯楼一眼，低低地念着白云庵中老祠一联道："愿天下有情人，都成了眷属；是前生注定事，莫错过因缘。"

原载《紫罗兰》1926 年第 1 卷第 10 号

龙华春色

上星期日，与诸朋好作龙华游，吊残馀之桃花也，同行者夫妇四对，小儿女各一，并大律师蒋保釐，分乘三马车，鞭丝帽影，疾驱龙华道上。中途，予车力避一对方来之马车，安然而过，而对方之马夫则因措手不及，致撞倒一人力自由车中之老太太，虽未受伤，亦已受惊矣，予不期合掌和南曰："南无阿弥陀佛。"

龙华寺中香火甚盛，女士往来杂逻，春衣耀彩，与春花相争妍，令人目为之眩。大殿中置大钟一，标明重二万馀斤，历时二千馀年，不可考也。又小沙弥坐其下，欲叩钟者，人须纳三铜元，不折不扣，汝嘉以三铜元，上而叩四下，曰："此讨饶头也。"小沙弥无如之何。

入后殿，遇张织云，盖与其戚串烧香来者，御一玄色缎旗袍，前后领际与四角皆以白缎盘作如意头状，游客多已识之于银幕之上，咸啧啧相告曰："此明星也，此明星也。"予嘱云凫为摄一影，张亦欣诺，而以日来面部多小热斑为憾，予为觅背景，得观音之龛，曰："愿君暂时皈依莲花座下。"张亦以为善，顾以烧香者多，多所未便，遂于一小院中摄之。上所刊者，即龙华寺中所摄之倩影也。

罗汉堂中，圮败殊甚，和尚坐门口，摊缘簿，强游客写缘，谓将葺此罗汉堂。予侪与罗汉无缘，因望望然去之。出寺，信步入乡间，小息于许氏之园，一树绣球花，烂开如笑，他花多不知名，率皆艳冶可爱。继复游卫氏园，园大为龙华诸园冠，有门三，一一叩之，得入。园中植树绝夥，在在成碧巷，略有似法国公园处。园之右有小溪，溪畔樱花数树，怒放如堆锦，顾亦落英满地矣，春光易老，花事将阑，不禁低徊者久之。比归车，龙华之塔，已隐于沉沉暮霭中矣。

原载《上海画报》1926 年第 105 期

天平俊游记

生平未尝只身乘火车，亦未尝只身远游至百里以外，有之，自此次游天平始。虽无红叶可看，而有好花为伴，且同游诸子，尽属俊人，此游诚俊游也，是不可以不记。

国耻纪念前三日，晨起天阴，惝惝有雨意。予以游兴勃发，毅然启程，先是红蕉、恨我，本约同行，乃遍觅车站中，杳不可得，初欲折回，继念吾非童稚，独行踽踽，当不虞拐匪之来，因毅然购票。登车，得一座坐。对坐有佳人，似曾相识，时送微波，亟敛目避之。属车役以可可茶、火腿吐司来，恣饮恣嚼以自遣。既抵苏，迳以车赴南新桥，盖即画舫停泊处也，方旁皇间，适值瞻庐、逸梅二子于水次，寒温已，遂赴同乐里镜花阁许，以俟眠云之来。

此次之游，乃应吴中星社之招，以画舫游天平也。舫属名倡富春楼家，闳丽为诸画舫冠。星社同人，出席者仅半数，为瞻庐、烟桥、冷月、眠云、闻天、半狂、逸梅、转陶八子，自沪来会者，仅予及天笑先生。予等登舫时，天忽放晴，阳光晶晶射水面，颇自诩洪福齐天也。

舫中诸联皆俗，惟"花为四壁"一额尚佳。船菜本有声吴中，是日所制尤可口。侑觞者有富春楼、白梅花、镜花阁及二冶叶，伺应甚周至，而吴侬软语，尤呖呖如啼莺也。醉饱已，眠云别约诸友，作竹林游，而予与天笑先生及七星则往游天平，别以汽油船往，白梅花、富春楼与镜花阁家四娘皆侍行，小舸载艳，一水皆香已。

舍舟而陆，即以山舆登山，舁予者为二村妇与一童子，腰脚绝健，不在诸壮夫下。至范坟前，而万笏朝天已刺刺在望，仿佛有古衣冠人千百辈，执笏来朝者，而吾侪则宛然南面王也。众既下舆，遂雁行立，摄一影以志盛会。入高义园，过鹦鹉石、钟石而达钵盂泉，就小阁中小息，四壁涂鸦几满，中壁有"张织云、杨耐梅来游"字样，不知此二星宿曾否来，抑系好事者之所为也。进茗已，群议上山，而天笑、烟桥二公则以苦热辞，予侪男女共十人，鱼贯登一线天。白梅花齿最稚，如依人小鸟，时要予及逸梅扶将而上。迤逦达上白云，隐隐见太湖，状如白练，白梅藉地眠，尼冷月摄影。予曰："此影可名之曰眠云。"冷月问故，曰："眠于上白云也。"群为粲然。维时日已将下，回顾极峰，高不可攀，峰巅隐约有三人踞坐，飘飘如神仙中人，予心窃羡之，苦不能登也。

是夕，眠云复设宴于镜花阁家，期为长夜之欢，诸子坚欲留予，以诘旦行，拳拳之意，义不可负。顾予以海上诸务蝟集，归心如箭，遂入阁小坐，兴辞而出，以九时十分之快车返沪。归后倦甚，着枕便梦，梦中栩栩然，似犹在画舫花阵间也。

原载《上海画报》1926 年第 111 期

法公园看灯记

七月十四日，为法兰西民主纪念日，年年是夕，顾家宅之法兰西公园中，必张灯以志庆祝，中西士女，趋之若鹜。愚生长海上，忝为老上海，而年年是夕，必为事阻，未尝躬与其盛，始知小小娱乐事，亦要有缘法有福分以消受之也。

今年之七月十四日又届矣，先数日，老友胡子慕侠以券来，室人欣然欲往，因与珍侯伉俪偕。既至，见入园者如潮涌，蓝灰色之残券满地，检券并不甚严，其衣冠楚楚者，虽无券亦得入园。

斯园为愚平日常游之地，而是夕在繁灯掩映之下，乃至不辨途径。入门之荫路中，绿阴如盖，遍缀以红色与黄色之灯，不下数千盏。路左一小池中，则悬有浅蓝色之灯，灯影映水，受风作波动，别饶意趣。

环龙路之大门，悉以五彩电灯装成，作凯旋门状，壮丽可观，悬知是夕巴黎之凯旋门，当更有可观者在焉。法兰西总会亦缀灯无数，因装点得当，厥状至奇丽，为全园冠。昔人有不夜城之说，此则赫然一不夜之宫也。

大花坛之四周，遍缀红灯，为状如一无顶之王冠，乐队居其中，奏法兰西国乐《马赛曲》，抑扬亢坠，令人神往，而吾于此又不能不推想及于法兰西大革命时，男女群众，往破巴士的尔大狱，荷镰伐鼓，高唱马赛之曲，其激昂慷慨为何如也。

假山之上，张蓝色灯，山亭中聚人已满，不可复登。亭下小瀑，仍琤琮作响，似与乐队中之《马赛曲》遥相应和。荷池中散放白荷花灯无数，浮水上，弥复可爱。池心则有大龙灯二，作抢珠状，亦颇美观。予戏语珍侯，此龙殆即所谓困水龙欤，相与辗然。

园中之所以娱人者有焰火，有影戏，有音乐，此外则不过人看人而已。电影明星之莅止者，以愚所见，有黎明晖、王元龙、毛剑佩、傅绿痕、魏佩娟等，胥为一般游人所注目。至于闺阁名媛，花间姊妹，亦复不少，衣香鬓影，盛极一时。王疑雨诗所谓"说与檀郎应一笑，看侬人比看灯多"之句，似可为看灯诸闺彦说法也。

是夕园中游人，西方士女，不过十之一二，其十之八九，皆为吾国人，友邦之国庆，吾人固当同申庆祝，顾狂热如此，殊出吾人意想之外。十月十日，非亦吾国之国庆日耶，吾奈何未见有此盛大之庆祝也。

原载《上海画报》1926 年第 132 期

富春江上的回忆

"江回滩绕百千湾，几日离肠九曲环。一棹画眉声里过，客愁多似富春山。"这是清诗人徐阮邻氏的诗，读此诗，便略可知道富春之妙了。前几天，见报纸上载有富阳、桐庐水灾，士绅电请赈济的消息，我因不由得回忆起今年春光好时的清游，回忆起那一带水媚山明的富春江来。

年年游西湖，游得腻了，今年清明，我便发起游富春。先承陈冷血先生指示一切，又承王汝嘉兄至友汪君函托桐庐友人担任招待，清明前四日，我们一行人便出发了，除了我和室人凤君外，有老同学蒋保釐律师、吴云梦伉俪、王汝嘉伉俪、张珍侯伉俪和张子英超、王女爱爱，共十一人。

我们到了杭州，在城站旅馆宿了一夜，第二天早上便赶往南星桥，搭振兴公司的恒新轮往桐庐，分坐官舱三间，因为大家都是熟人，闹盈盈地挤在一起，腾出一间来专放行囊。一路谑浪笑傲，无话不谈，就中吴云梦伉俪还是不满半年的新夫妇，便做了众矢之的。

船入富春江后，顿觉得山绿了，水也绿了，我们容与这山水之间，也似乎衬托得衣袂俱绿。珍侯爱摄影，兀自捧了个摄影机，在船头忙着。将过富阳，天忽下雨了，水面上似乎撒着明珠无数，四山罩在雨气中，似是美人儿蒙着轻绡雾縠一般。同船有两个美国人，在船头和我们攀谈，说这一带风景，绝似日本西京，以女子为比，便可说其秀在骨，与庸脂俗粉不同。我们听了，叹赏不置。

午后五时，雨早已止了，却还没有放晴，船已到了桐庐。刚泊岸，忽有人走上船来，问那一位是周瘦鹃先生，我心中诧异着，上前一问，才知是汪君函托招待我们的一位陈先生。陈先生导着我们上岸，岸边便是一座旅馆，叫作惠宾旅馆，有三层楼，所处地位很好。我们在第三层楼占了三个房间，房金每间每天不过一元，设备虽很粗率，也还勉强可住。这晚在邻近的襟江楼中用了晚餐，菜肴的可口，不亚于上海。饭后在旅馆中随意闲谈，凭栏待月，不见月来，只见乱云如絮，在桐君山头相推相逐，别饶奇观。歌女上来卖歌，每元三支，不折不扣，更不肯另卖，满旅馆只听得咿咿哑哑的弦索声和歌唱声，令人起琵琶江上之感。汝嘉惯恶作剧，唤了个杭州小女郎来，年不过十四五，大唱其嗳唷嗳唷的泗州调，唱得大家都肉麻起来，唱完后定要再唱一支，意在换取一块大洋，我们却不敢再行领教，经汝嘉一番交涉，才取了四角钱去，十二点钟才分头安睡。

我已睡了，难为陈先生和珍侯、汝嘉，他们把第二天游七里泷的船和饭菜等都安排好了。第二天早上八点钟，大家吃了一碗鳝背面，风味之好，非上海诸面馆所可及，据说是旅馆中自办的。吃过了面，陈先生还没有来，我们便用摆渡船渡到对面的桐君山去。山虽不高，风景却还不恶，山顶有桐君寺，寺内有小轩，见一联云："君系上古神仙，灵兮如在；我爱此间山水，梦也常来。"大家见了下联，都拍手喊好。寺前石长凳上，坐着一个盲老人，正吸着旱烟，瞧他的模样，大可入画，自言来自富阳，年已七十多岁，孤苦无依。我们于是大发慈悲，人人解囊，铜元角子，纷纷放在他的帽子里，一共有两块多钱，老人伸手摸索着，大念阿弥陀佛不止。

陈先生同着他的一位表妹来了，我们便一同上船去。船是新船，宽敞可容二十人，船中一家老小，都在船尾，我们一行十五人，占满了一船。红日三竿，照着我们兴高采烈地出发了，行了不一会儿，陈先生便唤船家傍一傍岸，登岸去借麻雀牌，汝嘉也去买了两只胡琴来。当下船又开了，于是打麻雀的打麻雀，拉胡琴的拉胡琴，我却和凤君坐在船头，饱看山水，越上去越见得山青水绿，如入画图。午后，雀局完了，预备吃饭，船家买了一尾桃花鳜，新鲜可喜，由大家公推凤君执炊。据陈先生说，倘在五月初来，还有活鲥鱼可吃，可惜来得早了。所有饭菜，也是襟江楼承办，外加自烹的桃花鳜，吃得人人高兴。

欸乃声声，船已进了七里泷口了，船家上岸去背纤，我们全船的人，都聚在船头。我看着这一片伟大的好景，如展黄子久富春长卷，一时神怡心旷，兀自默默看看，说不出一句话来，见了绝色美人，有心噤丽质的成语，我这时也大有心噤丽质之概了。午后三点半钟，便到了严子陵钓台之下，上山见有大碑，标着"严子陵钓台""谢皋羽恸哭西台"诸字。山顶有东西二台，东山便是严先生的钓台，有亭翼然；西台属谢，也有一亭，亭中有"清风千古"一碑。拜严先生祠，见庙貌蔼然，满现着笑容，不由得深深一鞠躬了，祠中有联云："磐石钓台高，任长鲸跋浪沧溟，料理丝纶，独把一竿观世局；扁舟云路近，携孤鹤放怀山水，安排诗酒，好凭七里听滩声。"祠旁有客星楼，供有谢皋羽、苏东坡等位，楼中有一联云："大汉千古，先生一人。"分明是指严先生而言。我们在祠中小坐了一会儿，用过了茶，才踱下山去。我们原议是要直到严州的，不过同行中有人醉心西子湖上裙屐之盛，不愿再伴这清寂的山水，因便贿通了船家，说当日不及到严州，又说严州有强盗，竟半途回棹了。我和珍侯是主张往严州的，竟不能达到目的，我既发见了这回棹的诡计，大为愤懑，以为与当年岳武穆被十二金牌召回，同一恨事。归途到罗市镇一游，无甚可观，不过沿江一带的石滩，还可动目，而在岸上看那七里泷一带的山，罩在蔷薇色的夕阳影里，真觉得春山如笑咧。

晚间八点钟，回到桐庐，仍住惠宾，陈先生请我们在馆中晚餐，酒香肴美，竟胜过襟江楼，便是在吃喝著名的上海，也不可多得的。第二天早上六点一刻钟，我们便和桐君山告别，去和西子湖相见了。

原载《上海画报》1926 年第 134—136 期

虞山星辉记

大江以南，水软山温，名胜之区特多，虞山其一也。年来每值春秋佳日，辄招邀朋侣，啸傲山水间，而游踪所及，多在吴阊、梁溪，或西子湖畔，未尝一至虞山，揽剑门之胜，滋以为憾。前岁张珍侯兄，尝一度游虞山，归而力绳其美，谓于苏杭之外，别具一格，不可不一游其地。今岁春，颇思担簦往游，而以兵戈扰攘，废然而止，惟有于好天良夜，高枕作卧游而已。月之七日，吾友陆洁与万天籁君，因为大中华百合公司摄制新片《意中人》，特作虞山之行，盖将藉甘末拉之力，摄取其明山媚水，以作背景也。同行者有女主角黎明晖女士，与孙敏、裴逸苇、朱俊侯诸君，当此秋高气爽之际，游兴咸为勃发。是晨以八时五十分车行，至昆山，乃舍车而舟，首涂赴虞，及四时以后，彼美秀而文之虞山，遂以靓妆与此银幕众星相见矣。明晖久居海上，鲜得出游，此时见好景当前，乐极为之欢呼。是夕下榻虞山旅社，扑去征尘。翌日黎明，万、裴诸君出而相地，得胜地一角，颇具水木明瑟之致，因亟归，导全体演员往摄小幕，一日而毕事。薄暮始归，麕集旅社中，进餐互劳。夜半后，大雨倾盆，万、陆诸君咸为焦虑。幸天明即止，渐有晴意，于是以七时出发，雇得山舆三，一以坐明晖，二以界道具杂物，经剑门及海藏、三峰二寺，步行山道间，凡四十馀里。沿途风景如画，恍在黄山谷手卷中行，心目俱豁。陆洁平日恂恂，若不胜步，而是日虎虎有生气，竟抠衣登剑门绝顶，效孙登作长啸，四山为应，乐极。初不觉倦，比下山，始觉双骹俱软，如贯铜丝矣。山中人有卖绿毛龟者，毛色翠绿如凝苔，厚积背壳，厥状绝美，其佳者，索值八元至十元。陆洁初欲购取其一，用为纪念，顾终以其为值过昂，不愿解囊也。第三日九时出发，将摄大幕民众戏，不意大雨骤集，雨大如拳，扑舆顶，竟至渗漏，明晖蜷缩舆中，狼狈如落汤鸡。行数里，天乃放晴，而酷热如盛暑，殊不类重阳以后天气也。入晚八时许，又作阵雨，诸君跂脚坐窗下，以听雨为乐。未几，雨止月现，月色甚明，天气亦有凉意，知明日必不再雨，可摄大幕民众戏矣。翌晨即为双十佳节，得当地一查先生者助，代雇民众百馀人，从事摄影。此为在虞最后之一日，人人奋发。某君谓今日双十节，例得休假，惟我辈有如前敌将士，正在火线上作战，不能与后方比也。众皆深韪其言。是日竣事后，劳顿已极，明晖颇念其爸爸，归心如箭，此一宵过后，遂不得不与此美秀而文之虞山道别矣。

原载《上海画报》1927 年第 283 期

白门之行

月之十五日，老友沈骏声兄，以事如白门，嬲愚与偕，愚久欲观光新都，藉扩眼界，因欣然诺。略事屏当，即以是日之午车行，而草草劳人，遂又忙里偷闲，得三日之暇豫矣。

下关之一瞥

至白门，已夜十一时许，投宿大新旅社。社临江，江中风帆叶叶，如在几案间，惟室殊弗精，赁值复奇昂，愚等所居之一室，因临江故，索值五元，以六折定之。有卖笑女子多人，税室以居，莺莺燕燕之名，皆高列于客牌之上，闻叫局需二元，夜度资需二十元。此曹率自二十四桥畔来，而吴下名葩，则鲜有移植于此者。翌晨出作小游，见兵士憧憧往来，多有悴容，又有人张小帜行于途，上书"招募新兵"与"招募长伕每大洋十五元"字样，知戎马倥偬中，需人孔急也。

款段入城

亭午，以马车入城。城门之次，有警察验行箧，验而后入。城内多荒地林蓓，殊出愚意料之外，盖沪宁路上诸名城，城内恒为闹市也。已而过鼓楼，顾不闻鼓声，遥见北极阁，如磬折以迎客者。沿途所见，有三多，多兵、多标语、多行政机关与军事机关。车至中正街，投止于交通旅社，诸室皆满，惟花园中有一堂，尚精洁，为全馆冠，索值五元，以六折请，强而后可。堂曰挹翠，门有张逖先联云："清于孺子沧浪水，瘦似诗人饭颗山。"堂中有章太炎手书横额云"观我生"，亦真笔也。城内街道宽狭不一，而汽车疾驶，未闻有伤人事。车头插三角红边之旗，率为机关中物。包车多公开，制作颇精，愚游莫愁湖时，雇得一车，黄铜烂然如鎏金，车价视黄包车略昂，而坐之良适。

金陵春之西餐与大禄之点心

夫子庙前，有金陵春中西餐馆，中有湖厅，下临秦淮河，榜其檐曰"春在秦淮"。河中泊画舫，鳞次栉比，多中空无人，偶闻歌声出水上，宛转动听，则舫中有歌娘歌也。厅中有一联云："清淡见滋味，苦语凉肺肝。"署文琅集句，不知其为何许人。此馆中西餐俱备，而西餐较胜，愚与骏声食而甘之，不遗馀沥，浑忘胃疾作祟之苦矣。邻近有大禄茶社，专制扬式点心，有大肉与蟹粉包饺，枣泥与洗沙包子、油糕、干丝等，均极可口，而愚尤赏其饺子，皮薄而汤多，海上所无也，晨间生涯鼎峰，枯待一小时，始得食。

夫子庙之游

夫子庙中，实无可游，惟参观冷摊耳。凡新制之古董与破铜烂铁、竹头木屑之类，几无不具备，摊可百馀所，有席地者，有支以架者，并有旧书摊数处，见吾辈大作，亦有虫处其间，似方待人之欣赏者。愚与骏声，则注目于瓶盎，愚以三羊易得一浅蓝花瓶，颇精细可爱，骏声亦以二元得一瓶，各捧之而出，如画中观世音之捧杨枝水瓶也。庙前多茶肆，大小不一，俱有伎流歌唱以娱客。沿河有茶舫，泊而不动，亦卖茶卖曲，愚与骏声共登一舫，坐一玻面粉碎之旧方桌畔，小坐啜茗，听五伎流歌，共输资铜元四十四枚，匿笑而出。

伤心惨目之莫愁湖

每游西子湖，辄神往于小青、苏小，兹来白下，遂不期而念及卢家莫愁。一日午后，遂与骏声驱车往莫愁湖，入华严庵，上胜棋楼，谒中山王，登郁金堂，摩挲莫愁绣像，低吟梁武帝"十三织绮，十四采桑"之句，悠然而发思古之幽情。所悬楹联甚夥，仍以旧联"王者五百年，湖山具有英雄气；春光二三月，莺花合是美人魂"一联为最。胜棋楼旁有一阁，阁中有龛，陈曾文正画像，额曰"江天小阁坐人豪"，盖取姚惜抱句，以谀曾文正也。阁面湖，三面可见，湖中莲叶田田，半已枯瘁，见之令人弗怡。追想盛夏时翠盖红裳，蔚为大观，其可爱为何如哉。据骏声言，此阁本为品茗迺暑之所，夏间游人甚盛，今则桌椅联对，荡然一空，并阑干亦毁。其后轩及庭园中，粉壁俱为烟火所灼，无复旧观，以问守者，云尝有军队驻此，遂摧残至于此极，莫愁有知，当不能无愁矣。愚曩游维扬梅花岭，今游莫愁湖，伤心惨目，正复相同，不禁奋然作弭兵之想，其如手无斧柯，而人心尚未厌乱何。湖畔有粤军建国烈士墓，并中山先生所立纪念碑，颇宏伟，上镌"建国成仁"四字，中山手笔也。水边有童子撒网，问何所得，曰蟹也，即出一小筐相示，累累者凡十馀蟹，郭索有声，以小银圆四，易得其五，携归逆旅，命庖人烹之，沽酒对酌，其乐陶陶。愚戏谓骏声曰："此蟹产于莫愁湖中，双螯八跪间，当亦挟有脂粉香也。"骏声为之莞尔。

秀山公园之一小时

秀山公园者，故督李秀山之僚属，为纪念秀山而作也。革命军来，为易名曰血花公园，借以纪念为革命而牺牲之诸烈士，英威阁亦改为烈士祠，惟徐世昌所书之匾额尚在。门扃，不得入，徒怅望阁上蔚然一绿之琉璃瓦而已。秀山铜像，以芦席围之，不令见天日，立其下仰瞩之，惟见口鼻，想不致有碍呼吸也，一笑。英威阁之左右，历史博物馆、通俗教育馆，均有铁将军把门，饷人以闭门羹。满园皆革命标语，不啻耳提面命，而一圆亭中，则有游人以铅笔题字几满，细审之，语多不堪，间有痛骂女学生者，一则曰"女学生即私娼"，再则曰"女学生为有钱人之玩赏物"，不知此题壁者，何憾于女学生也。园广一百四十馀亩，周历可一小时。园径中落叶萧萧，辄打人肩井，知秋已深矣。

归　途

薄游三日，念海上文事丛脞，窃窃不自安，因别骏声先归。归途见龙潭一带，土馒头累累，时掠车窗而过，知皆孙军渡江时，双方战士埋骨之所也，读李华《吊古战场文》"谁无父母，谁无妻子，谁无兄弟"之句，为之恻然。幸飚轮如飞，倏已载吾而去此新战场，历镇江、常州、无锡、苏州诸站，遂又与吾小别三日之上海相见矣。

原载《上海画报》1927 年第 285、286 期

莫愁湖之秋

　　双十节后五日，作白门之行，耿耿于怀者，有三憾事，一，未吊明故宫残阳；二，未浴南汤山温泉；三，爱读吴梅村《清凉山赞佛诗》而未登清凉山，顾于倥偬中得一挹莫愁湖之秋，犹幸事也。一日风日晴美，与老友沈子骏声，自中正街驱车出水西门，过北伞巷，迤逦而达莫愁湖。下车入华严庵，而胜棋楼已赫然在眼，廊柱有联云："江水东流，淘尽了千古英雄儿女；石城西峙，依旧是六朝烟雨楼台。"堂中陈徐中山王像，有联云："红藕花开，打桨人犹夸粉黛；朱门草没，登楼我自吊英雄。"楼头空无所有，仅见数联，以张兆鹿"粉黛江山，留得半湖烟雨；王侯事业，都如一局棋枰。"为最。临湖一轩，悬马张宪英女士临古绣成之莫愁小像，工致可喜，有横额曰："是耶非耶"，又联云："王者五百年，湖山具有英雄气；春光二三月，莺花合是美人魂。"久传人口，自是佳作。其旁有小阁面湖，全湖在望。此时秋色满湖，令人凄然有悲秋之意。湖中残荷万柄，临风而颤，瑟瑟有声，遥想盛夏时翠盖红裳之美，为之神往。阁中曾驻军队，几案联对荡然一空，并阑楯亦毁，惟"江天小阁坐人豪"一额犹在，聊以伴小龛中寂寞无聊之曾文正图像而已。予与骏声小立移时，喟然兴慨。抚读壁间所镌梁武帝《莫愁歌》与韩紫石《重修莫愁湖记》，即向守者购取莫愁像与《莫愁歌》拓本各一帧，将携归以为纪念。出华严庵，谒粤军建国烈士墓，墓门题字，出汪精卫手。墓可数十，碑碣林立，稍进有石坛，树巨碑，曰"建国成仁"，则民元中山先生任临时大总统时手笔也。莫愁湖畔，点缀此烈士之墓，美人英雄，可并垂不朽矣。循行湖边，见一渔童方张网网蟹，购其五，返逆旅，与骏声烹食之，佐以旨酒，啖之弥酣，颇疑无肠公子，产生美人湖中，当亦挟有美人脂粉香也，一笑。

原载《紫罗兰》1927 年第 2 卷第 20 号

吴淞之一日

清明后一日，春气如酥，夭桃烂开若堆锦，正大好春游时节也。老友蒋保釐兄，先期约男女俊侣十馀人，将作吴淞之游，嫙愚与珍侯、汝嘉偕，愚等皆欣诺。是日八时，会于车驿，计女十人、男七人、侍从一人，都十有八人。女多截发御长袍，挟斗篷或大氅，姹紫嫣红，粉白黛绿，诸色俱备，极光怪陆离之致，不知者将疑为一时装游行会也。登车后，独占一车厢，莺啼燕语，欢笑无已时。车过处时有桃华窥窗，似与车中人面，一较倩妍焉。亭午，止于炮台湾，十八人纷纷下车，络绎循堤岸行，水光潋滟如镜，照人欲笑。午潮初涨，浪花泡渤作奇响，诸女侣皆微怯，不敢俯视，惟有萧夫人者，豪放如男子，奋袂直前，无所畏怯；于炮台旅舍中见猘犬，硕大无朋，吐舌如毒蟒，而夫人趋前抚摩之，如抚婴儿，群咸服其胆略也。已而小休于海滨旅馆，略进茗点，辟一室为舞场，诸游侣遂相将起舞，率皆以夫妇相匹，心心相印，舞态因亦愈美，愚不能舞，则与珍侯作壁上观而已。舞少间，佥谋出游，遂雇小车三，供诸女侣坐，十人分乘三车，愚与保釐亦各分得一座，车轮轧轧声中，迂回而前，纷红骇绿，杂陈一车，洵奇观也。游侣中如余君、谢君与王子汝嘉，皆跳踉好弄，则斥去车夫，自为之代，惜膂力不胜，未能进一步，途人见之，皆失笑。珍侯携有摄影机，立为摄影，谓将张之报端，以为天下一般小车夫吐气也。游侣中有一陈君者，与海军中人稔，于炮台外遇一执友，相与欸谈，友固服务于炮台中者，因得略闻个中故实。据云前此渤海舰队偷袭时，炮台中早有准备，立发，炮击退之，炮力甚伟，所有办公处之玻窗皆碎，而水边所有横行公子，亦无不折螯断跪，委顿泥淖中，此一震之力，已足令人咋舌矣。附近又有无线电站与一海军机关，设备皆极周密。庭除中有两石狮，雕凿甚精，一狮全体已具，尚未开面，而一狮则已完工，作雄步之状，诸女侣见狮大悦，争集其次，或登其背，或抚其首攀其鬣，珍侯一一为之摄影。雄狮之侧，伴以婴婴宛宛之佳人，亦奇观也。及一时有半，始返海滨旅馆进餐，而蒋、陈、余、谢诸子舞兴复发，因复开留声之机，婆娑起舞。而愚等已苦腹馁，亟命具餐，每客索值一元七角半，而菜少且劣，奶油鲍鱼汤半盂，匙下，不得鲍鱼所在，久始得之，则寥寥数小片耳，黄鱼一片，小于婴儿之掌。诸子大哗，责问侍者，侍者微笑无语。汤鱼以后，他肴久久不至，陈、余二子以斥堠队自命，探之厨下，则庖丁方蹙额分馔，馔少而碟多，挹彼注此，颇有分无可分之苦，纵使陈平复生，亦且束手无策矣。然卒赖陈、余二子督察之功，得鸡稍多，差可果腹。而十景之饭，则又奇劣不堪下匙，以视上海粤菜馆中之桂花饭，亦将自惭形秽焉。餐已，众皆表示不满，恣啖酸果以泄愤，付资可四十元。亟遄赴车驿，拟次三时半之车返沪，不意甫见驿门，而车已蠕蠕而动，十八人跌足相顾，浩叹而已。栗六可半小时，别谋返沪之法，或曰汽车，或曰轮舶，顾询之驿人皆不可得。间有四女侣，急不可待，则商之西人之以汽车来者，附乘而去。愚等徘徊轨畔，或谈笑，或摄影，藉以自遣，如是可两小时，始复得火车，归于沪渎。蒋、陈诸子馀兴未阑，则趋乘赴礼查饭店茶舞会去矣。

原载《上海画报》1928 年第 341、342 期

灵岩之游

灵岩，吴中名山之一也，其地在吾故乡吴县之西，吴王尝筑馆娃宫于此，厥名始彰，吊古之士，殆无不神往于西施妆台与响屧廊之间也。月之十四日，愚以赴七子山扫墓之便，偕室人凤君、盟兄珍侯往游焉。自阊门外阿黛桥以人力车达灵岩，需资人各二羊。九时出发，逶迤循御道行，十一时半达西跨塘，易山舆至七子山下，扫墓迄，遂直趋灵岩。亭午，已抵山麓，山石纷罗于前，峭拔有奇致，有御道一，曲折达山巅，道以砖筑，其平如砥，惟厥势斜上，滑不留脚，故登陟较艰。夹道丛草中，时见石根作方形，因知昔时必有石阑，可以扶手，不知何时为人截去，滋可惜也。山头有建筑物三，一塔、一寺、一钟楼。塔中有小龛无数，每龛俱供一石佛，今已零落不全，闻间有为日人窃去者。寺曰崇报寺，规模绝小，寺僧和易近人，而不作西湖俗僧胁肩谄笑之态，可嘉也。钟楼中有钟，时复有钟声一杵，飞度客耳，清越可听，楼墙作火黄色，自山下望之，奇美入画。愚等在寺中啜茗小息，即由寺僮导观馆娃宫遗址，碎石乱砖，遍地皆是，颓墙半堵，依然尚在，不知是否当年之宫墙也。有巨井二，一八角，一作圆形，井水已浑浊，想宫女当年，必有在此顾影自怜者，而今则无足留恋矣。其上有巨石较平，云即西施妆台，但有柱根四方，依稀可见，追想当年西施然脂弄粉之状，为之神往不置。觅响屧廊，杳无所得，殊令人苦念当年莲步过处弓弓屧响之声也。过颓墙，达最高处，岩石嶙峋，古媚可喜，携凤君造其巅，见石上镌二巨字，曰"琴台"，盖西施操琴处也。珍侯继登，相与指点当年吴王与西施坐憩之处，以为笑乐。时已午后一时有半，渐觉腹馁，遂出所携食盒，作"辟克臬"，计得面包、加利鸡、沙田鱼、桃酱、牛油诸品，佐以红茶、水果，啖之甚甘。天风泠泠，集衣袂间，白云四匝，伸手可接，弥觉别饶奇趣焉。食已，遗加利鸡空罐于石罅间，留为纪念，即欢笑而下。于山半得一洞，寺僧称之为仙人洞，洞壁间镌有字云："校书吴素君侍郡人顾沅来寻西施洞，嘉善黄安涛，道光乙巳十月朔。"然则此洞即西施洞矣。洞口有紫藤一树，姿致绝美，藤花灿发如活绣，妙香袭人。小坐迎笑亭中，索读壁间游人题字，多如蝇蚋，而未见有绝妙好辞，足资观摩者，殊哂题字者之多此一举也。纵览山下远景，心目为豁，循原道，徐徐下山。途次遇一书痴，挟破书数本、牡丹一枝，对人作憨笑，琅琅诵牡丹诗，云自木渎来，与之语，多不可解，亟舍去。返阊门，则已夕阳下春时矣。

原载《上海画报》1928 年第 344 期

太湖之畔

　　苏游既倦，珍侯欲侍其太夫人作梁溪游，并思于太湖之畔，觅取摄影资料也。愚以久不见湖上之明山媚水，渴想靡已，因与凤君欣然随行。由苏赴锡，为程甚便，以九时十一分快车发，一小时即至，既下车，即雇人力车行。此游期以一日，先至东大池，续至梅园，而以鼋头渚为终点。道经惠山之麓，各购泥人，凤以一饼金得童子军一、葡萄仙子一、抱鲤之童子一，又小偶数事，将归贻诸儿焉。已而入寄畅园一览，荒芜犹昔，而石桥之上，犹仿佛留诸耕礼当年血痕，见之令人无欢，转水边连理古树，老翠欲滴，差堪欣赏耳。亭午达东大池，花径中桃花多本，零落殆尽，中仅数树，尚有残花恋枝头，风过处，落红如雨，深悔此来之后时也。石亭四周，亦植桃甚多，倍于往岁，愚尝比之为桃花源，殊不为过。亭下有一泉，为新发见者，泐以石，大书曰"白沙泉"，惜泉水不洁，为可惜耳。坐息有间，听池中游鱼发刺声，悠然作尘外之想。愚与珍侯约，明年春光好时，当作刘阮重来，饱看桃花焉。去东大池，逾数里而达梅园。门首紫藤一架，花叶甚茂，蜿蜒达门外，人行其下，花香可掬也。园中碧桃多株，皆烂开如锦，花瓣重叠，实较寻常桃花为美，即扶桑三岛所奉为国花之樱花，亦卑卑不足道矣。饭于西轩中，于壁间得一联云："有客题诗，问寒花开未；与谁煮酒，趁梅子青才。"雅妙可诵，特录存之。山巅有建筑物三，一为太湖饭店，再上宗敬别墅，而最高处则有一新筑之地室，殆仿上海新世界之地道，无足取也。饭后遄赴万顷堂，而三万六千顷之一角，已赫然现于目前。珍侯摄影多帧，即买棹渡湖，至鼋头渚。愚两年未来，见已拓地甚广，而新建筑物亦有数起，惜为时间所限，未获畅游，但就水滋石上小坐，一豁心目而已。流连可半小时，即思促返棹，仍以人力车遄返车驿，幸未逾时。是夕九时，遂又与甚嚣尘上之上海市场相见矣。

原载《上海画报》1928 年第 346 期

公园之一日

上海虽说是一片繁华世界，千奇百怪的玩意儿，什么都有，但是嫖啊，赌啊，戏园子啊，游戏场啊，都不对我的胃口，我那百忙之中所瞧做消闲遣愁的好去处的，除了影戏院，便是公园了。可怜以上海之大，吾国市民之多，而要在租界以外寻觅一个吾们中国人自办的公园，竟一个都没有，那么只得低首下心地投到外国公园的门上去了。

记得有一天是星期日罢，我照例有三分之二的休假，游公园的欲望，达到了最高度。那些公园中绿绿的树，红红的花，青青的草，呖呖的鸟声，似乎都在冥冥中诱惑我，于是我奋然而起，决意到公园中去过这一天，给我那困乏的身心，进一些滋养料。母亲从没有到过公园，非给伊见识见识不可，一说之后，老母亲很高兴地答应了，凤君带着铮、玲、榕三个孩子，和伊的父，一同出发。我们先到黄浦滩公园，除我自己有年券外，出了三十个铜元，便给我们踏进这向来"不准华人与犬入内"的乐园了。园地并不很大，只及到法国公园三分之一，门口一堆小假山和一个喷水池，要算是全园最好的点缀，中间一大片草地，杂莳花草，簇拥着一座音乐亭，据说夏夜有音乐可听，不知吾们有没有这耳福呢。去亭不远，另有一个喷水池，从一座叠石而成的坛上喷出水来，可惜水喷得不高，没甚意味。沿江一带设有许多长椅，可以安坐望江中船只往来。在适中的所在，有一座望亭，造在水中，通之以桥，在那里小坐，胸襟为之一爽，仿佛被江水洗涤了一下，这里水势较急，居然还可以听得浪花拍岸之声，这是很可爱的。

在西新桥畔第一家的大中楼吃了鸭馄饨，便又浩浩荡荡地上法国公园去。园中游人之多，数倍于黄浦滩公园，服饰时髦的女子，三五成群的在那里往来，进门不要钱，自然比较的便利了。因为女性一多，所以耽耽逐逐的男性也随之增多，白手套，洁白如雪，漂亮的西装，大半是蓝的呢，红的"生怕老虎"，何等的好看，他们很容易地蓦见了五百年风流孽冤，就亦步亦趋形影相随地跟着走了。倘利用了这样的好耐性、好定力，和百折不回的勇气，以救祖国，定有意想不到的效力，如今用在粉白黛绿的身上，那未免可惜了。园中的花木，幽美森秀，可以代表法兰西的国民性。那清漪一泓，白莲出水，有无数的文鱼，优游其中，这是我日常最喜欢小坐的所在，然而这一天却早被无数士女团团围坐着，没有我们插身之地了。吾们一行人，随意地坐一会儿，踱一会儿，尽着孩子们去跳踉，直到四点钟，老母亲有些倦了，便由凤君他们伴同回去。我却可巧撞见了严独鹤兄和蕴玉女士，像江西人觅宝似的好容易觅到了三把椅子，就在水边坐着闲谈了一个钟头。斜阳将下，游人更多，我因为还有三分之一的职务要办，只得先自走了。

原载《上海画报》1928 年第 361 期

山中琐记

八月四日凌晨即起，视时计，只四时许，曙色熹微，朝旭犹未透也。略进面包，即自西湖饭店出发，以人力车赴拱辰桥。是日天仍阴雨，令人弗怡。道出湖墅，见一小商店，似新设者，榜其门曰"紫罗兰商店"，字白如雪，灿然动目，紫兰紫兰，何与吾有缘邪。

六时抵轮埠，登汽油船杭州号，盖沪宁铁路所特备，专放莫干山者。一路斜风细雨，时扑船舷，机声突突然，震耳欲聋，滋足恼人。水中时见植物一种，厥叶略带椭圆形，开浅紫之花，姹娅欲笑，伯翔云是慈姑一类，殆可信也。舟行四小时，始至三桥埠，别易山舆往莫干。每一舆，以三人昇之，所过皆平地，又阅三小时而始达山下。是晨多雨，衣冠为湿，端坐山舆中，蹙蹙靡骋，深以为苦焉。

冒雨登莫干山，修篁夹道，新翠欲滴，时闻水声淙淙，若远若近，疑从天上来也。登山有二路，一为新路，一为旧路，而以旧路为近，山径曲折高上，经雨颇泞滑，舆夫腰脚绝健，殊无所苦。山中多野花，沐雨益美，因忆王伯榖致马湘兰书所谓"见道旁雨中花，仿佛湘娥面上啼痕耳"，此时情景，仿佛似之，裛衣都湿矣。

铁路旅馆为沪宁铁路所设，主其事者为宜兴周伯英君，精明干练，才力过人，招待旅客，尤周至。伯翔与之稔，日以游程为问，盖周君十年来年必来山，固一识途老马也。愚下榻三十三号室。小楼一角，晨夕看山，当窗有老松，有巨棕，枝叶纷披，结为浓碧之幄，尘襟既涤，胸膈为开，自顾貌躬，已在去地二千尺以上，九天阊阖，似在顾指间，真令人有天际真人之想矣。

莫干山位于浙武康县之西北，相去可二十馀里，相传吴王阖闾，尝令干将、莫邪夫妇铸剑于山中，成二剑，即以夫妇之名名之，而山亦以此得名焉。铁路旅馆下有剑池，云即当年铸剑之所，乌程周梦坡先生镌"剑池"二巨字于石壁，并于另一石上镌以字云："周吴干将莫邪夫妇磨剑处。"厥石绝平滑，宛然一磨剑石也。其上有银瀑，汤汤下泻，状如白练，倒悬可十数丈，雨日水流逾急，瀑亦愈宏大，由剑池奔泻而下，蔚为巨观。梦坡先生复泐字于石云"阜溪之遗"。小立其下，胸襟豁然，虽有俗尘万斛，亦为之浣涤无馀矣。愚生平于山水胜处，最爱瀑布，入山以还，尝两度往观，流连不忍去。伯翔、忍百各为愚摄一影，曰："愿子与此瀑共千古也。"

应虚亭者，为梦坡先生所筑，高于剑池数百武，流泉飞瀑之声，发为繁响，达于斯亭，日夜不绝。亭之四柱均有联语，如"才出山声震林木，便赴壑流为江湖""为藏修息游之所，得水木竹石之清""清可濯缨浊濯足，晴看飞雪雨飞虹"，皆出梦坡先生手。又嚣弁先生集《诗品》及《楔帖》各一联云："泠然希音，上有飞瀑；虚伫神素，如将白云。""既然有水，不可无竹；时或登山，亦当有亭。"信手拈来，自成馨逸，洵集句能手也。亭外有小径，上通梦坡先生别墅，榜其门曰"六月息园"，美轮美奂，为全山冠，闻曾经三度改筑而后成，亦可见其工事之一样精百样精矣。

山中空气纯洁，几案之上，未尝有纤尘。气候凉爽，低于山下可十度，晨夕可御袷衣，日中作山游，跋涉为劳，有时虽亦汗泚，而偶一坐息，便觉遍体生凉，不自知在炎夏中也。向者闻汪子英宾言，凡入山养疴者，往往能增加体重。愚于入山之初，尝与凤君同权体重，凤为九十五磅，愚为一百十六磅，在山计十有二日，日必加餐，及离山之前一日，重为权衡，则凤已增多四磅，而愚则增至六磅有零矣，以十二日计之，平均日增半磅。脱居山中一年者，则吾藐小之躯，不将一变而为庞然大物耶，一笑。

山中绿竹漪漪，弥望皆是，即百里以内诸名山，亦几尽为竹林所占，往往亘十馀里不绝，真一片绿世界也。闻有某竹贩者，竟以此致富，积资三十馀万，移家海上，亦居然居华屋，拥妾媵矣。竹之种类甚多，而莫干所见，则率为粗细二类，粗者曰毛竹，细者曰花竹，遍布山坡山崖间，无虑千百万株。山居多暇，小步绿云深处，衣袂为之俱绿，洄溯当年七贤高风，悠然而动思古之情矣。入山之日，为八月四日，雨脚如绳，迄暮未已，翌晨昧爽即起，观旭日一轮，冉冉抉云幕而出，奇丽不可方物，惜未见云海，引以为憾耳。是夕，复与诸俊侣同坐赏月，虽已过团圞之候，而月缘尚未大缺，足资观赏。忍百携有德国百倍望远镜，就而窥之，恍见月中有人面，莞尔而笑，笑且绝冷，我欲登天而问月，子果胡为而笑耶。又一夕，月上甚迟，已在十时许，而月色作怒红，如浴血然，为愚前此所未见。山中多雾多雨，阴晴不定，出游每携雨具，顾雨后山涧水溢，奔放益可观，故亦未尝苦雨也。

肺病疗养院者，为周柏年、周健初、周君常昆仲所手创，在山中幽胜处，空气清嘉，风物宜人，诚患肺病者之乐园也。会柏年先生亦方养疴山中，闻愚至，即折柬招饮，列席者除愚夫妇及忍百、伯翔外，摄影家王大佛君亦与焉，席间得晤党国要人张溥泉先生、社会学家何思敬教授，并院中主任医士汪叔清，主事者沈冰石诸先生。柏年、溥泉二先生健于谈，抵掌谈天下事，颇多愤世嫉俗之语。倾听之馀，抚掌称快不置。是夕肴核丰美，且用中菜西吃之法，觉复可取。兹录其菜单如下，以资治餐者之参考：一，鸡蛋清口蘑汤；二，煎桂鱼；三，虾仁盒菰；四，熏鸡；五，竹叶粉蒸肉；六，鸡脑豆腐；七，净沙包子。别以馒首代面包，雨前代咖啡，隽味盈前，绝无腥膻之气。当此提倡国货声中，可取法焉。柏年先生以抱病之身，殷殷招待，并承以梦坡先生所纂《莫干山志》见贻，俾为游山南针，隆情稠叠，深可感荷，书此以志谢忱。

山中花草蕃生，极嫣红姹紫之观。漫山遍野，簇簇如凤尾者，凤尾草也。水涘则恒见龙爪花，花瓣略如龙爪，有红、白、火黄诸色，愚出游，每撷取数枝以归，藉作寓楼案头清供焉。他如木槿、白凤仙，时复散见田家篱落间，而尤以木槿为多，紫色、白色均有之。紫薇、凌霄，亦偶有所睹。天竹枝则于猩红之外，且有黄色、蓝色者，为生平所仅见。闻阳春三月，山间野杜鹃花（即映山红）怒发，红分深浅，满山如被锦绣。故知莫干山之春，亦正烂熳可爱也。

距客馆不远，有百步岭，山径盘曲，登陟可百步，迤逦达炮台山，山顶锐削，厥状颇肖炮台。有一号屋独据其岭，如西方故家之宫堡者，则英吉利医士梅藤根氏之别业也，国民革命军来，没收之。今屋方空闲，阒其无人，斥一饼金，令守者启关延入，登高一望，群山均罗眼底，风物绝美，室中布置，半采华式，四壁均悬中国画轴，而拙劣无一佳者，间多画梅，则知梅氏以其姓之译音为梅，故亦爱梅耳。闻守者妇言，梅氏遇吾华人绝谦下，见华人至，无长幼必拜，无贵贱必拜。尝有一舆夫，病莫能兴，自谓受梅先生一拜所致，故以后乡人见梅先生来，辄奔避不遑云，亦趣闻也。

荫山有数商店，专供避暑客购取什物者，以源泰为首屈一指，具体而微，殆如海上之有先施、永安。上海银行及中国旅行社，亦设分行、分社于此。商务印书馆则有暑期分馆，设于中国旅馆，规模甚小，书亦不多，然吾辈癖书者，趋之若鹜焉。其他小店，物少而索值甚昂。竹器店二三所，善制竹篮、竹箧、竹屏之属，现货绝少，令人无从采购，且匠人多傲岸，出言不逊，视顾客如无物，愚等两过之，绝裾而去。芦花荡有邮局及电报局，皆置屋一椽，执事者仅一二人，可谓渺乎其小矣。西人有天主堂，堂构颇精美，一日薄暮，与凤君小坐道左竹座中，闻歌声琅琅，出丛竹间，庄严而静穆，闻之神怡，则堂中信徒作晚祷，方合诵赞美诗也。

莫干山之东南，有金家山，山不甚高，而附近诸山，与山麓之田，均可于俯仰间见之。其下即为芦花荡，荡以芦花名，而未尝见芦花，不知能于秋时见之否，据云俗名锣鼓堂，不知何所取义，讵山中有锣鼓可听耶，西侨则别取一名，曰克来阿山，云系法语，含有称美之意。其地有泉绝清冽，掬水可饮，行人争趋之，如渴马之饮于槽焉。闻此泉尝经西医检验，绝无微生物寄生其中，以源头有沙砾为梗，泉水已经一度沙滤矣。又花坑岭下有泉亦极清冽，不亚于芦花荡之泉云。

塔山闻为莫干山主峰，在武康西北三十五里，在附近诸山中，以此山为最高。《武康县志》谓晋天福二年，建浮屠其上，圮久矣，而山遂以塔名。山径状如旋螺，盘曲达其巅，巅有亭，额曰"高瞻远瞩"，别有石座三四，可资小坐，所谓塔山公园者，如此而已。山固较高，高出海平线二千二百五十尺，登高四瞩，心目为豁，群山耸翠，尽出其下，如儿孙之绕膝也。前邑令王会中氏《重建塔山公园记》谓为北枕太湖，俨一椭圆之镜，湖中山岛，有如青螺，游行水面，历历可数。东以吴兴之运河为带，西以馀杭之天目为屏，钱塘江绕其东南而入海，水天一色，又若云汉之张锦焉。塔山之美，尽于此矣。

塔山之半，有圆路，平坦可行，行数百武，即见道左有怪石十数，叠叠如累卵，一若将坠而未坠者。其地可观日落，厥景奇丽，西方之人，因锡以嘉名，曰 Sunset Point，愚语忍百，谓可译之为夕照坡，忍百以为善。由夕照坡远瞩，见一山之上，有阡陌累累，弥望皆碧者，则天泉山也，山一名唐锤，知之者少，人多以天泉称之。《吴兴掌故集》谓山麓有泉，涓涓不竭，荫注田间，赖以常稔，以天之所赐，故名。肺病疗养院夜宴之夕，周柏年先生语愚，其地风景幽胜，有过莫干，脱能从事开辟，加以点缀，聚族而居之，则他日且可夺莫干之席焉。闻浙江省政府已有拨款八万，于武康筑一汽车路以达天泉之议，不知能实行否。读吴康侯《天泉山记》，谓北上为双涧口，东西两流汇焉，如雷如霆，震动大壑。崖下竹树绵蒙，三伏九夏，凛然寒沍也。历双涧口而上，东峰壁立数百仞，丹枫倒出，飞猱上下，风急天高，猿啼鼠啸，众山皆响。又进之，则豀上高张琅玕，万顷缥碧云云。是可以觇此山之妙矣。

八月九日，晨兴绝早，盖预定是日作碧坞之游也。同游者十人，男六而女四，以七时发，十舆衔接如长蛇，迤逦而前。道出塔山下，见张溥泉先生方偕其夫人散步山径中，翛然有野鹤闲云之致，先生驻足道左，笑问安适，愚以碧坞对，先生曰是好去处也。遂别去，过郎山口，逾莫干岭，山径荦确，舆夫不能步，人坐舆中，亦慄慄自危。因相率舍舆而行，诸女侣相顾踟蹰，有行不得哥哥之叹，亟以壮语鼓励之，扶将而进。夹径皆修竹，绿云罨画，亦不暇观赏矣。一路或舆成步，颠顿可一时许，始达平地，人如释重负，而气候较燠，日光渐烈，愚方御袷衣，至是始觉，亟起而去之。舆行又若干时，过杨坞坑而至棣溪，野花媚客，远山如笑，而幽涧潺潺然，似奏细乐，滋足乐也。乡民见群舆至，空巷出观，妇姬多曳裙，乡风之淳朴可知，发语皆近湖音，盖其地属归安县也。农家利用山涧，设水碓以舂米，愚见其一，虽机械绝简单，亦足以见农人之智焉。日将午，已至龙池山下，舆人停舆谋果腹，愚等则携榼登山，山径曲折，虽不如莫干岭之崎岖难行，然登陟亦苦，途中巉岩迎面，乱枝打头，既上复下，既下复上，宛然如走盘珠，已而闻水声噌吰，如钟如磬，则碧坞至矣。逾小桥，得水泥之座二，俾诸女侣坐之，仰面即见飞瀑，自悬崖倾泻而下，白如翻雪，下有小池，清澈似宝镜，水过丛石间，少少渟潴，复自石壁下注，入于一潭，即龙潭是。愚与伯翔鼓勇逾乱石，跨湍流，出于一巨石之上，俯瞰龙潭，快若登仙，微吟宋诗人毛泽民氏"猿声未响潭先响，一树花开两树红"之句，为之神往久之。是时日已卓午，饥肠渐鸣，遂团坐龙潭之上，相与进食，为客馆所备，有鸡脯、肉脯、三明治之属，之甘，益以橘汁，和清泉饮之，心腑皆清矣。食罢，伯翔与大佛、忍百，争相摄影，流连良久，乐不思归。已而雨集，山径有泞滑之虞，遂不得不决然舍去。下山之顷，伯翔触石而颠，而牢持其摄影箱不释，忽有声岌然出于胯下，视之，则裤已裂矣。

周伯英先生言，莫干山一带山水之美，以福水为第一，游莫干山而不游福水，则犹入宝山而空手返也。愚闻福水之名，已觉此吉祥名字，大足动听，因亟问道之所出，先生曰，由碧坞往，可达也。先期告舆人，舆人曰诺。愚等既揽碧坞、龙潭之胜，遂嘱舆人赴福水。出郎家村，过和尚岭下，至斗将坞，修篁曲水，已渐渐引人入胜。曲折行里许，遂抵一巨溪之次，有石块累累，梗于溪流中，水分高下，流乃甚急，厥声溅溅然，清幽可听。石上架巨木二，用以代桥，桥左有三牛浴水中，意若甚得，稍远复有群鹅，拍浮为乐，此绝妙好景也。忍百、伯翔、大佛皆大喜，争摄其影。愚亦流连不忍去，以地名叩舆人，曰此即福水也，更以叩当地一乡民，则谓福水去此可五里，尚未至也。愚以舆人诈，诘责之，而二十馀人声口胥同，咸争持此处即为福水，不允更进，而同人中亦有将信将疑者，遂不复坚持。流连有顷，即取道返，过上关、葛岭、大树下、花坑岭，而达莫干山，时则夕阳在山半，犹未匿彩也。伯英先生颇以早归为讶，问福水之游乐乎，愚等为述所见，盛道其美，伯英先生曰："此福水之尾闾耳，君等固犹未至福水也。舆人狡狯，吾必有以惩之。"翌日，即略减舆资以为罚，而愚等畅游福水之志乃益决。

越日，遂作福水游，虽有微雨，时时湿人衣袂，而游兴未尝少沮。晨以八时半发，过花坑岭、牛头堡、大树下、孙家岭、上关、后洪、溪北诸地，迢遥数十里，一溪潆洄，未尝中断。每隔百馀武，必有巨石错落水中，不一其状，水自乱石间下泻，作声甚厉，汤汤然，吰吰然，渊渊然，如磬，如钟，如鼓，无不肖也。一路水光潋滟，水声不绝，悦目赏心，于斯为极，以视游西湖者藉藉艳称之九溪十八涧，直有大巫小巫之别矣。已而至莫家坑，一板桥长可数丈，以度行人，溪水过其下，流益急，声益洪，而怪石硉矹，如鹤立，如虎伏，如豹蹲，如狮之攫人，不特星罗水中，水涘纵横皆是也。诸游侣见此好景当前，惊喜欲狂，于是纷纷下舆，争启其摄影之机。愚方携一蕉扇，则以扑蝶为乐，奔逐丛菁乱石间，跳踉如小儿，十分钟中，居然得二巨蝶，其一竟体皆黑，缀以红白之斑，一则灰白相间，尤妙丽如图案画，合以忍百所得一鹅黄巨蝶，遂成三妙，将归贻铮儿，作昆虫学标本焉。

自莫家口循溪而进，水光接舆，山翠扑人。更五里而至福水镇，农家安居力田，怡然自足，鸡犬桑麻，亦一一似含乐意。问小龙潭所在，则曰，更一二里者至矣。遂提榄鼓勇而进，一路水声咽石，似作欢迎之辞，已而见短瀑当前，如白虹倒映，厥态奇美，声宏而清，则如琵琶疾奏，作《十面埋伏》之曲。有巨石三四，梗于中流，凤君、碧如奋然先登，遂达彼岸，而足陷于淖，罗鞋为湿，幸仅湿其一，差强人意耳。未几，同人皆集，即就石上进食，伯翔方病河鱼，食量锐减，而游兴未减，时辄指点风景，称美不已。食罢，仍返原路，而度石弥艰，湍流汩汩出脚下，似相恫吓，诸友皆中怯，倩村童扶将以过。愚自负胆壮，不需人扶，挂杖截流而渡，讵中有一石，滑不留足，一足遂入水，湿及蚨踝，愚恚，即尽去袜履，立溪中，弄水为乐。忍百喜曰："此大好一幅福水濯足图也。子其毋动，吾即为子摄一影如何？"愚欣诺，解衣旁薄，傍溪而坐，手蕉扇，侧首作听水状。愚于斯时，尘襟尽涤，俗虑都蠲，惟濯足沧浪之乐，当亦不是过也。

福水之游乐矣，而南谷之游亦乐，凤君、碧如惮于跋涉，欲作小休，因留居客馆中，同游者四人，则愚与忍百、伯翔、大佛也。晨起以九时发，道出山居坞，修篁接天，乱绿交织，涧水傍舆而流，淙淙之声不绝，怪石无数，错落湍流中，如虎，如豹，如龙蛇，不一其状。沈焜诗云："石磴何盘盘，左披右拂青琅玕。螺旋屈曲三百尺，俯视目骇心胆寒。百步人歇岭一转，人家三五垣不完。凉风飕飕袭襟袂，湿云霭霭迷峰峦。修篁行尽古杉绿，危桥曲涧喷流湍。草根蹋石石欲动，飞泉溅足行路难。（下略）"山居坞风物之妙，颇可于此诗觇之也。去山居坞，过石颐山，《武康县志》谓山腹两崖，大石错互，函若唇齿，其中廓然以容，黄土山桑，烟火数家，若颐之含物，石颐之名，盖由于此。山有石颐寺，寺已就荒，入门殊无所见，寺后云有虎跑泉，亦未往观。惟于寺前小桥之侧，见有一巨石，高可五六尺，危立如人，石中裂，一树挺生其间，绿荫如盖，舆人谓此树即名石中树云。

去石颐寺，过林坑，遂至铜山寺。寺中堂宇雅洁，楹联甚夥，愚记其一联云："会心不远，开门见山；随遇而安，因树为屋。"集句颇见巧思也。寺中香火无多，寺僧藉铜官山产为活，山上琅玕万顷，尽为寺有，年入可数万金云。寺建自石晋天福三年，宋神宗时，无畏禅师维琳居之，琳能诗，时与苏子瞻、毛泽民相唱和，毛有《访无畏庵琳和尚》诗云："踏遍武康境，铜山分外幽。师今提奥旨，谁不仰风流。松老巢玄鹤，车闲卧白牛。一时冠盖拥，欲去更迟留。"地以人著，铜山寺遂藉甚人口矣。其上为铜官山，原名武康山，高三百五十丈，相传吴王濞采铜于此。无坦径，登陟为苦，而愚与伯翔、大佛、忍百鼓勇达其巅，满山修篁结绿，古松参天，厥景奇美。林述曾《游铜官山》诗所谓"万壑秋声松四面，一林浓翠竹千行。云留深洞生仙草，风动悬萝带古香"者，盖写实也。山巅有小庵，殆即所谓无畏庵者，庵有守者朱叟，折躬相迓，出示铜石一，并导观吴王炼铜之井，井凡二，似不甚深，俯视黝然，无所睹也。庵后有小坎，水盈其中，终年如是，号曰铜井。朱叟导入庖厨中，指壁间一碣相示，曰"汉铜井"，笔画绝工致，顾为僧人营灶其次，碣字半掩，不甚了了，同人咸为扼腕太息，深恶此僧人之杀风景也。旁有洞，曰"石燕洞"，《武康县志》谓其燕亦视春秋为隐见，与巢燕同云。洞之上有小石岩，其平如砥，朱叟云为望月台，遽猱登其上，盘膝和南，作老僧入定状，倩大佛为摄一影，大佛许之，叟甚喜。复仰指对岩上一古松相告曰，此即擎天松，为铜山十景中之卓卓有名者，愚仰视良久，觉其虬枝拏空，高不可攀，谓为擎天，有以哉。铜官山诗作者甚多，愚最爱毛泽民一诗云："拟共孤云结往还，更名居士小香山。他年谁复寻遗赏，为到云山杳霭间。"程九万次韵云："飞鸟投林去复还，临风恒忆旧家山。平生杖履经行处，杳在云烟仿佛间。"又潘汝奇《铜山谣》云："吴王采铜日，汉代全盛时。自有采铜后，七国兵交驰。采铜铸为钟，景阳漏尚迟。采铜铸为仙，渭水流渐渐。采铜铸雀屏，西陵风雨迟。独自宫门叹，不忍复致辞。"一唱三叹，读之令人低徊不置。

下铜官山，逶迤而至对坞口，陡见一泓碧水，潋滟当前，如展宝镜，而冷泉咽石，尤幽婉可听也。愚亟下舆，就水涘小坐，恋恋不忍去，大佛为摄一影，伯翔、忍百亦争相摄影，从知山水之美，正与美人之美，同具醉人之魔力焉。行若干里，遂达六洞桥，桥下有水，曰大堰溪，故原名大堰桥，乾隆时闻有九洞，桥柱编竹为之，实石其中，圮后改建，遂成六洞，盖屋于桥顶，可为行旅息坐之所。溪水沦涟出其下，潺潺有声，有小银鱼无数，唼喋往来，斜日映其背，作作有光，宛然白银也。右望溪畔有怪石，狰狞向人，曰怪石角；桥前有古刹，殆百年前物，曰指月庵，以时晏未入，第于水石间小作流连而已。薄暮抵簟头镇，其地在武康县西三十里，《县志》谓竹木出山，簟行必始此，故名。大堰溪傍镇而流，溪畔古树成荫，老翠欲滴，镇中多小市肆，鳞次栉比，亦有小茗店一二，为镇人抵掌聚话之地，愚略一浏览，未深入也。斯时日薄崦嵫，炊烟四起，景物亦良不恶。诸影迷均欲藉夕照馀光，多事摄影，久久不言去，乡氓麕集围观，指点笑语，已间有一二女郎，倚门小立，红衫隐约，与夕阳争明，而见人颇娇怯，第作遥望，不敢近也。簟头在市镇中甚有声，凡游莫干山者，必远道一至斯镇，而风物之美，亦自可恋。新雨潘志铨君之夫人，居莫干三月，时作清游，与言百里以内胜地，独数簟头为第一云。簟头之见于诗者，有唐靖《簟头镇》云："万壑奔趋一水开，轻桴片片着溪隈。人家鸡犬云中住，估客鱼盐天上来。深坞蓐炊归暮市，高滩竹溜割晴雷。近闻箖荡输沧海，林壑何当有蹻材。"又周庆云《簟头即目》云："编竹为簟叶一舟，一篙撑出似鱼游。解衣旁薄临溪坐，濯足真堪万里流。"皆斐然可诵也。

暮色昏黄中，自簟头归矣，过牛头坞，舆人遥指一山相告曰，此山状如牛头，昂然天表，牛头坞之得名，盖由于此也。其地距簰头五六里许，又名小西湖，有河一湾，清浅可浴，惜未能解衣旁薄，拍浮其中耳。又行若干里而至仙人坑，天已入暮，昏不见物，幸舆人已于簰头购得灯烛，亟出而燃之，舆各一灯，系于行杖之端，用以照前后舆人，然烛光甚细，不能普照也。愚持杖笼灯，危坐舆中，心惴惴不自安，引目四瞩，但觉隔岸皆山，涧响甚厉，泫泫之声不绝。愚平昔固喜涧水，而此际则心窃畏之，盖舆人脱一失足，则吾且翻堕涧底，而成千古之恨矣。忍百之舆在吾前，以其身魁硕，由四舆人舁之，行履尤艰，而忍百犹矫为镇定，指昏黑中萤火，回首语愚曰："君不见萤火点点，的烁如星耶。"愚漫应之。已而出石颐寺之背，至山居坞，四山寂寂，但闻涧响，而舆人足声，亦跫跫可听，自成节拍，今夕吾四人生命，直系于此十三舆人之足矣。比抵客馆，已八时有半，凤君、碧如翘盼已久，皇急欲死，盖亦疑吾侪或丁厄运，堕身涧底耳。

愚等与山灵有缘，日以游山为乐，簰头归来，游兴未杀，佥谋作西谷之游。翌日盛雨，苦不能行，则杂坐檐下，仰天兴嗟不已。越日渐有晴意，遂毅然共发，凤、碧仍作留守，而别有大佛之友李、金二君与其戚孙夫人、周女士偕游，并吾四人，合而为八，宛然八仙也。时浓雾四塞，众山皆白，八仙在舆中，乃如腾云驾雾而行。过荫山、塔山而逾莫干岭，山径崎岖，舆人不能胜，因各下舆，顾以昨日雨后，路滑如膏，殊有步步荆棘之苦，忍百蹶焉。山径既尽，始复登舆行，所过修篁夹道，连绵不断，间有细竹，翠篆交织，如绿云之帘，因忆及曼殊上人所作美人修竹一图，正复类此，惜不得一倾城倾国之姝，徙倚其间耳。至天泉寺，寺前老树参天，寿命多在百年以上，而银杏二株尤巨，闻为元明间物云。

去天泉寺，过佛堂岭下。佛堂在武康西四十馀里，亦山水胜处也，吴康侯氏游记云："乱石排山而下，或散如羊，或突如豕，或蹲如虎，或狎浪如巨鳌，中有一石，横波独出，似蟠溪老翁垂钓处，下视纤鳞来往，未可思议。"其地之幽胜可知，顾舆人匆匆而过，未获领略其妙，滋以为憾。日卓午，至和睦桥，桥下有清溪怪石，至足赏玩，石平圆可坐，一若巨鼋三四，伏水中，而露其背于水面者。愚等就溪畔进食，乡氓围观者殆百馀人，如观妙剧，大佛以摄影机摄之，则纷然散，盖乡氓迷信，以为摄入镜中，将有不利也。食罢，流连可半小时，始取道归。归途经葛岭，云有和尚石瀑布，大可一观，因跨涧度石，络绎登山，孙夫人最奋勇，以第一人登，而山径欹斜，颇不易行，蹶焉，幸地有落叶，殊无所苦，愚继其后，倏忽已至和尚石前。见有石壁岿峙，可十馀丈，其平如砥，壁颠有小坳，宽不盈尺，瀑自坳间渐渐小泻，殊弗甚巨，方之剑池、碧坞，似有逊色，而忍百颇称之，谓与名画师张辰伯氏往岁所作《生命之源流》一图有同一之意味也。观赏有间，山雨忽来，因相率归舆。舆复行，过后坞，至香水岭下，有寺，曰香水寺，有井，曰香水井，水冽可饮，井上有碑，文曰："香水古井，道光二十一年三月立。"舆人咸就此作牛饮，不知香水果芳香否也。《莫干山志》谓香水岭一名相思岭，尤艳妙可喜，因忆宋词人晏小山《长相思》词，有"长相思，长相思，若问相思甚了期，除非相见时"之句，绝妙好词，可与名山并垂不朽焉。去香水岭，过庙前、梅皋坞而至上横，以薄暮返客馆，夕阳犹在山也。

愚居山中十有二日，游山玩水，排为日课，有时阻雨，则杜门不出，跂脚作北窗高卧，而山风排闼，松影横窗，在在均有幽趣，人生到此，百虑都忘，差足以拟羲皇上人焉。顾人事牵缠，终难摆脱，十二日后，复堕尘网。愚尝戏语伯翔、忍百，语吾侪山居时，不啻仙人；及抵拱辰桥，则仙人之头，已一变而为牛头；至嘉善，则半身已变为牛；至松江，则股为牛股，膝为牛膝，胫为牛胫；及两吾足去此火车，载吾以入南车站时，则吾足亦变为牛蹄，而吾之全身牛矣。嗟夫嗟夫！吾其将以牛终乎。

原载《上海画报》1928 年第 381—394 期

秋之园

夏季的花，渐渐地凋零了，晚香玉的浓香，也像醇酒出了气似的渐渐地淡化了，一阵阵的桂子香飘，送到我们的鼻子里来，报道秋光已到了最好的时期，抬眼看时，大地上已罩笼着一片秋色，再不去欣赏，怕这秋光一瞥而逝，而那很可怕的严风雪霰之天又要来了。我自莫干山归来，久未涉足园林，而舍亲平君，自公园开放后，也没有到过外滩公园和兆丰公园，满想侍母一游，约我同去，我便欣然地答应了。

那天秋高气爽，微微的有些儿风，我们先到外滩公园中，绕了个圈儿。记得炎夏之季，那沿河一带的无数长椅上，一椅子一椅子的都坐满了人，如饥如渴地在那里消受凉风。如今却空出许多椅子来，在那里仰天长叹，惟有那浪花拍岸之声，仍还如往日一样。满园子的大树，已满现着憔悴之色，静坐在椅中时，往往有一二片黄叶，因风飘落，斗的打在人家脸上，使人吓了一跳。小径旁边一大株夹竹桃已开了三四个的花，如今仍还有一朵两朵猩红的花，缀在枝头媚人，但已不胜美人迟暮之感了。那音乐亭畔的一大片草地，禁止游人行走，一畦秋花，凌乱地开着，蝴蝶懒懒地在花间飞过，现出疲困无力的神情来。饮冰处的桌椅，小山一般地堆了起来，只剩了三四起桌椅，以备不时之需，可知饮冰的时期也已过去了。小坐了半晌，平君便起身说道："走罢，数十年来，这园子深闭固拒，给碧眼儿居为奇货，其实也不过如此，今天我第一回来，也就是末一回来了。"

出了外滩公园，驱车直往兆丰。进了门，沿着荷塘走去，荷花早已没有了，只有零落不全的残叶，在水面上挣扎。草地还是绿绿的，厚厚的，软草衬脚，如在地毯上走去。眼望着当头鱼鳞似的秋云，一片蔚蓝，甚是可爱。走过紫藤棚前，记得这是暮春某日我和月圆会同人在这里举行"辟克枭"的所在，因便进去小坐，今天我们也恰好带着几色饼果，三个人且谈且吃，也来了个小规模的"辟克枭"。树荫之外，常有欢笑声和踢球声送来，起身望时，果然见有许多学生，正在那里兴高采烈地踢球。平君感慨似的说道："这正是人生最快乐的时代，无忧无虑，百不关心，那得年光倒流，仍给我们回到学校中去，过这黄金时代呢。"我微哂着，说不出话来。离了紫藤棚，向那接近圣约翰大学的一带走去，这里我以为是全园最幽胜的所在，古松百本，虬枝接天，一片绿沉沉地，虽在夏季，也觉得凉意袭人。半月形的小池中，开满了一种浅紫色的花，亭亭玉立的，迎人欲笑，可惜不知道花的芳名，只欣赏片刻而去。那半圆形的音乐台，堆着东西，无可观赏，不过台前一畦美人蕉，开着血红的花，烂烂漫漫，似不知秋之将老。在草地上散步了一会儿，见夕阳已冉冉欲下，平君很爱夕阳，微笑着向我说道："夕阳虽是不久便去，然而夕阳影里，渲染得大地都黄澄澄的，仿佛是佛经中黄金铺地的极乐国土啊。"信步所之，已到了一片池塘之畔，在长椅上坐了下来。这时夕阳已下，馀霞散绮，霞光倒影入水，好似泼翻了一缸胭脂。暮色慢慢地四合，霞光已隐去了，明月一轮，挂在天半，中秋将到，去团圆尚差一线，但这不团圆的月，也已光明灿烂，足够留恋了。盘桓到六时三十五分，我们才踏月出园而去。

原载《上海画报》1928 年第 397 期

新冬湖趣录

十二月一日，天温如春，忽动蜡屐游山之兴，拟以梁溪为鹄，吾妇凤君愿偕行，因约珍侯伉俪俱，而名画师胡子伯翔与名摄影家王子大佛亦与焉。以午车发，车少人多，二等车已无隙地，逐入头等车中，讵亦满坑满谷，觅一座不可得，相与作鹤立，幸足力尚健，殊无所苦。及过苏州，始得座，又一小时半而抵锡。是日车行绝缓，竟逾规定时刻，而冬日奇短，已夕阳下春时矣。亟以汽车赴梅园，下榻太湖饭店，晤涂子鼎元，絮絮话海上事。进餐已，同访老友谢子介子于宗敬别墅，盖介子夫妇，方养疴于是也，握晤之馀，介子出示其夫人画菊，并陈画具，捉伯翔作画，伯翔欲逃不得，遂作《新冬湖趣图》，属珍侯补一松，谢夫人补一石，愚不能画，则于空处补三鸦，真涂鸦也，介子题诗二绝于其端，有"藤紫枫丹斜照映，有人小试木兰桡"句，愚颇喜之。翌日以示章子百熙、荆子梦蝶，各有和作，梦蝶和属韵一绝，有"周郎雅负鸥夷趣，又向湖天泛画桡"句，猥以范大夫相况。愚固甚愿一泛五湖，其如西子云遥，美人天末何。

二日，昧爽即起，残月尚在天际，遥望太湖一角，晓色溟濛，似美人棠睡未醒也。略进早餐，介子来，即商略游程，先鼋头渚而后雪浪山。介子先后以函电致百熙、梦蝶、条甫、尔仁诸君，以汽艇来会。愚以介子体弱，请其不必偕行，而介子不听也。八时许，信步至万顷堂前，湖光山色，各以新妆相迓，遥见湖舫数十艘，结队出渔，骈列如长蛇之阵，珍侯、伯翔、大佛皆摄影名手，各出摄影机摄之，愚方初学，则亦画依样之葫芦焉。时则扁舟一叶，已俟于水溆，相率偕登，珍侯体硕，有举足轻重之势，一足甫下，全舟震荡，凤君胆怯，大呼吓杀不已。一老舟子，舟荡以向湖心，晓风策策然，袭湖苇，摇曳作磬折状，似亦迓客也者。群鸥忘机，出没烟波中，若不知人世间有忧患事者，殊足令人健羡也。越半小时而抵鼋头渚。

愚于暮春三月，尝一游鼋头者，花落水流，馀春可恋，小坐水溆巨石之上，为之回肠荡气焉。今兹刘郎重来，枫肥菊瘦，则秋已深矣，然湖上风光，爽心悦目，殊无异于春光好时，故知太湖之美，四季皆同也。愚于梁溪诸胜，最喜鼋渚，即于沿湖一带，开始摄影，远山近舟，以至亭台楼阁之属，无不摄入镜头，伯翔、珍侯、大佛等，亦方栗六从事于此。在一食肆中，见三狸奴争食，致有佳趣，亦为留影而去。鼋渚本杨翰西先生产，公子辈休沐之暇，恒来小住。是日，其四公子景焰君亦以汽艇来，闻愚等至，属介子介见，即于飞云阁下之长生未央馆中，以苦茗、奶酪相款，可感也。渚岸有摄影之馆，曰宝光，其玻窗中，陈有蒋主席与其夫人宋美龄女士俪影数帧，几于有肩皆比，无头不并，弥见伉俪之笃，愚见而美之，因订购一帧焉。就食肆中进面食讫，而百熙、梦蝶、条甫、尔仁诸子已以一大汽艇至，相见欢然，即登艇共发。就小窗中外瞰，第见平湖万顷，烟水迷茫，自顾藐躬，真不啻沧海一粟耳。舟行可二十馀里，始抵雪浪山下。山本有巨瀑下泻，而以久旱之故，无复滴水，但见流瀑经行处，其净如揩，悬想盛雨之季，必有激浪翻雪之观，而今则无声无色，徒负此雪浪嘉名而已。愚夙爱观瀑，对兹干涧，为大呼负负不置。在半山亭中小息移时，即拾级登其巅，山不甚高，殊不觉登陟之苦，而介子以奔波过劳，甚矣其惫，由其夫人扶将以上。山巅有雪浪禅寺，寺僧尚不俗，有小楼一角，榜曰"蒋子阁"，又曰"蒋子读书处"，亟问蒋子为谁，则云宋人蒋仲珍也。时已过午，荣子、条甫作东道主，命寺僧出山肴饷客，弥复可口。餐罢下山，匆促登舟，归途至惠麓小泊，市泥偶多事，将以归贻诸儿，流连可半小时，亟赴车站，与诸子珍重别去。此游也，百熙、梦蝶二子均斐然有作，百熙有《游雪浪山》五律一章，录之于下，以为吾文之尾声："佳景尽流连，轻舟雪浪边。瀑干馀绝涧，湖远吸长天。访古临高阁，留鸿劈锦笺。山僧能爱客，一饭亦前缘。"

原载《上海画报》1928 年第 421、422 期

湖上的三日

　　窈窕淑女式的西子湖，自古以来，不知疯魔了多少骚人墨客，不见则已，一见未有不倾心的。在下在七八年前，初见西湖，便惊为绝色，曾发了好久的西湖痴，妄作终老是乡之想，可是自从那年天崩地塌似的轰然一声，倒去了一座雷峰塔，我重到湖上，不由得倒抽了一口冷气，觉得这西湖有些儿不像起西湖来了。在夕阳红上南屏山时，想起旧时相传的西湖十景中，有"雷峰夕照"这个名目，于是更使人怀想雷峰古塔不止，而先前对于西子湖的热爱，都也不知不觉地冷淡下来。有时受了别的好山好水的诱惑，便也像情场中的薄幸郎一般，怜新弃旧了。

　　革命是成功了，南北现在可说统一了，杭州省政府为了鼓舞升平、点缀湖山起见，因有西湖博览会之组织，特备重金，作大规模的筹备，经了许多艺术家、建筑家的设计擘画，半年来鸠工庀材，大费经营，这惊天动地的伟大博览会，系在六月六日宣告开幕了。我知道上海人一窝蜂，最喜欢新鲜花样，初开幕时，去参观的人一定是很多很多的，我不愿意凑热闹，因此想捱到中秋后一天去，看月看潮兼看博览会，岂不是一举三得？谁知六月二十日那天早上，我正在大东书局编译所，埋头故纸堆中，忽然的令令打来一个电话，一听是老友周拜花的声音，说李常觉刚接到陈栩丈湖上来信，约你同小蝶他们上博览会去，已定星期六午车动身，你去么？我沉吟了半晌，想去，又想不去，想不去，却又想去，一时委决不下，而拜花早在那边家庭工业社的电话筒中一叠连声催着，要我的回音，末后我便毅然决然地答道："去，去，一定同去。"

说也可怜，我要出去旅行，不比人家说走就可以走的，我得在这两天中赶做苦工，料理后事，像罗克开快车般急急进行。到了星期六中午，总算把《自由谈》啊，《紫罗兰》啊，什么什么啊——一起安排定当，小蝶他们的车儿一到门前，我就吐一口气，跳上车儿走了。同行的同志，除小蝶外，有李常觉和涂筱巢父子。车去如飞，一会儿已到了火车站上，我以为今天星期六，火车中一定人头挤挤，少不得要立到松江了，谁知一上了车，却见几节二等车中，疏疏朗朗的，并无人满之患。就座后，猛听得一口四川白，直刺进我的耳朵，十分厮熟，抬头看时，正是一个熟人，他便是弃枪而就算盘的家庭工业社四川经理江国栋君，他是一个觉悟的军人，为人又极有风趣，和他同行的，还有一位白须发的王老丈，是他的同乡老友，年高七十，而精神矍铄得很。于是一起七人，占据了车厢一角，做吾们的小天地，说说笑笑，颇不寂寞。末后无意中又撞见了一位伶牙俐齿会说会笑的江小鹣式的汤韵韶君，他刚从温州来，操着一口十分道地的苏州白，大谈温州的情形，尤其津津乐道的，是温州妇女肌肤的白皙，直好似羊脂白玉一样，妙啊，温州温州，真个是其温如玉了。

特别快车似乎特别的慢，到杭州已五点半钟了，小蝶的堂兄陈杏荪君在车站上接吾们，当下坐了人力车赶往金芝麻巷陈氏故居。瞧陈栩丈，他从书堆里站起身来迎吾们，二十天不见，那额下一撮花白的须子，益发长了。小谈了一会儿，便同往沧洲别墅去，因为他老人家已给吾们定下房间了。一到湖滨，猛觉得眼前多了一件东西，便是江小鹣所承造而建立未久的陈英士先生铜像，掩映在湖光山色之间，奕奕动人，在湖边放眼四观，觉得"于今西子着西装"的一句诗儿，又须改作一下，可是如今西子不但是着西装，并且着了中山装了，这是多么的威武啊。

休息了一会儿，胡亚光画师与汤韵韶君先后来访，韵韶因家在杭州，定要尽地主之谊，约吾们当晚吃饭，而陈栩丈说我是特地从上海邀请他们来的，第一个东道，非属之我不可。于是韵韶知难而退，延到明晚，举行地点，在聚丰园。这时斜阳欲下，暮烟将起，吾们便决计游湖去，家庭工业社恰包有一艘画舫，作宣传营业之用，当下就出了旅馆，鱼贯上船。陈栩丈向有音乐癖，带了月琴、胡索同去。船中布置雅洁，四壁都是栩丈所制的楹联和小蝶的书画，具见雅人深致。船儿缓缓地荡去，一路弦管咿哑，和打桨之声互相唱和，吾们一面饱览湖中暮景，一面随意谈笑。可记的，如常觉所举的巧对，"蒲剑"对"檀弓"，小蝶以为巧虽巧，还不算难，因此也举出一副妙对来，"五月黄梅天"对"三星白兰地"，字字工切，确是妙不可偕。谈笑之间，却已一眼望见前面一带灯火辉煌，连半空中都烘出一片红霞来，"西湖博览会"五个电灯扎成的大字，已直刺地刺到眼帘中，灯光倒映入水，水中似乎平添了千百盏水月电灯。栩丈先来了二十天，已可算得一头识途老马，他指点灯火，说从断桥到西泠桥一带，最为可观，又指点岳庙方面，说现在已变做参考品陈列所了，当下取出他所制的《博览会歌》来，给吾们瞧，歌共十阕，全用《风入松》词牌谱成，可以移入歌吹，清婉动听。那第一首道："环湖灯火绕成城。夜夜放光明。断桥孤屿长堤路，平添了、十里春星。绝似金蛇万道，随人直到湖滨（自断桥至西泠沿湖灯火，绵亘成串，金波漾彩，愈远愈长，直到对岸）。淡妆浓抹本天成。却与物华更。钿车陌上辚辚过，有多少、士女如云。都向岳王坟畔，来听海客谈瀛。（岳庙为参考品陈列所，海外出品，虽未云集，但其宣传广告，则已逢人说项，颇能耸人听闻。）"

吾们一行人在大门登岸，瞧那大门的建筑，确是富丽堂皇，两面的壁画，颇带埃及作风，古气盎然，建筑师刘既漂氏的设计，自是值得赞叹的。中国旅行社设分社于此，布置整齐，十分动目。吾们一路走去，被历乱的灯光和彩色包围着目迷五色，那里还像在西子湖上呢。夹路多广告牌，可惜多半是将一张铅皮脸向人，不见有什么广告，这是足使博览会减色的。走过那新建筑的长桥，很有兴味，据说从招贤寺通到对面孤山，工程可算不小，桥上有几座亭子，都有游人坐在那里，笑话杂作，一水皆春。放鹤亭那边，现已改成了博物馆，不见放出鹤去，却反关进许多飞禽走兽来，鸟鸣兽叫，日夜不绝，林和靖先生和冯小青女士颇不寂寞了。栩丈的《博览会歌》中，曾有一阕咏及长桥和博物馆道："画桥新筑小红亭。最好月中行。游人如蚁笙歌沸，烦煞了、和靖先生。尽有笼禽槛兽，与他梅鹤争名。　山坳曲折绕园庭。遮莫厌重经。须知山海搜神记，几曾有、如此高明。开拓胸襟眼界，再看水秀山清。（孤山现为博物馆，于放鹤亭前筑长桥，通招贤寺，其间罗列珍禽异兽，次及矿产、水产、动植等物标本模型，并于巢居阁设播音机，吸收大礼堂之锣鼓京剧，为无线电之播音，故游人趋之若鹜。桥上建有三亭，可供小坐，月夜最宜。）"这晚恰是阴历十六夜，月圆未缺，长桥卧波，全在月明如水之中，吾们踏月过桥，真的是"最好中行"啊。

过大礼堂，六月六日曾在此中举行开幕礼，现在却在开演京剧，以粉菊花、郭艳霞、袁汉云、袁美云为台柱，营业不恶，建筑也美轮美奂，在诸馆中最为壮丽，与丝绸馆堪称一时瑜亮。这时钲鼓镗鞳，声闻户外，想见红氍毹上歌舞之盛。跳舞厅外观极为简单，不知内容如何，料想软玉温香抱满怀时，正不知有多少人欲仙欲死咧。

吾们走了一程，已到西泠桥畔，蓦听得乐声悠扬，吹送到耳，抬头瞧时，见红灯千盏，围簇着一座挺大的半圆形的建筑物，这便是西洋式的音乐亭，据说全以天竺的竹料造成，别开生面。这所在本有秋女侠墓、武松墓、苏小墓等几个鼎鼎有名的墓，往时我每过此间，总有"人何寥落鬼何多"之感，而今夜却乐声匝地，焰火烘天，好似变作了一座不夜城一般。去音乐亭不远，就是无敌牌商场，地位的优胜，超过其他各商场，因此生意兴隆，其门如市，吾们进去参观了一遍，各在衣上洒了些无敌牌花露，居然清香袭人，小息片时而出。栩丈以词咏之云："南朝金粉聚西泠。苏小结芳邻。麴尘风软吹香雨，平白地、兜满罗中。容我评花品柳，惹他浅笑轻颦。　　阑干台榭缀珑玲。芳草正如烟。华灯雁柱参差处，剔团圞、明月高擎。刚听云璈奏罢，还惊空谷传声。（音乐亭有两处，一在西泠桥苏小墓畔，一在孤山空谷传声，而无敌牌商场适在西泠桥北，门前有喷水装置，所喷水即无敌牌花露也，游女过此，每以罗巾承之，吹面不寒，沾衣欲湿，往往颦笑同时而作，颇饶情趣。）"

在楼外楼用过了晚餐，已十点多钟了，看博览会灯火，似乎渐有倦意，吾们劳顿了一天，也渐有倦意，而当头的明月，却分外的精神焕发。吾们下了船，预备回旅馆睡觉去，但是眼看着天上的月，月下的水，很觉得恋恋不舍，于是一致议决，往三潭印月玩月去。当下里欸乃声声，把吾们摇出了华灯千障，缓缓地送入清凉境界，不多一会儿，那三个黑的潭子，已先后地映入吾们的眼帘，被月光笼照着，乌油油的都好似裹上了一张乌金纸儿一样，可惜少了一座雷峰古塔，实在使这月夜的湖上减色不少。吾们船靠近了一个潭子，船夫可巧备有洋烛，便点上了火，插在潭中，烛影摇红，从那潭的四面的圆孔中映在水上，远远地看去，非常的幽媚，可怜我不是诗人，又不是画家，不能作好诗来咏叹，作好画来描写，真有负这可爱的月光潭影啊。大家坐在船中，玩赏了一会儿，便在彭公祠门前上岸，向那曲曲折折的桥上走去，两面荷花已半开，红蕊绿叶，在月下微微摇曳，似美人含羞一般。书带草中，萤火明灭，我捉到了一个萤，握在手心中，看它一闪闪地发光，别有奇趣，一直带到船上，装在玻璃瓶子里，老是不忍丢手，大家笑我孩子气，我也觉得今夜真的好像返老为童了。回到旅馆中时已过夜半，见我们的房间中，正有人在那里低头作画，他一却听得我们的足音，就投笔而起，一头乌油油的头发，一张笑嘻嘻的面庞，这不是杨清磬画师是谁，原来他是坐晚车来的，于是我们的 Party 中又多了一位俊侣。

　　第二天清早起身，在面湖的洋台上，赏了一会儿湖上的晓色，寻小蝶、清磬不得，据说昨夜爬葛岭上初阳台看日去了，而据常觉的揣测，他们也许是宿在湖中的画舫上，但是都不能证实。当下打电话给栩丈，请他来计划今天出游的程序。照我的意思，很想早上就到博览会去，但是一问旅馆中人，说要等到午后一点钟方始开会，上午是闭门不纳的。用过了早餐，栩丈还没有来，便到湖滨旅馆去访问老友张寄涯、谢介子二兄，他们正在办理博览会特刊，谈了些博览会中的情形，和他们办事上的困难，很使我引起同情之感。回沧洲时，栩丈和小蝶、清磬他们都来了，并已决定了出游的程序。立时上轿出发，先往玉皇山，这是我先前没有去过的所在，自觉很有兴味。山不很高，西湖和钱江，都在眼底，钱江水涨，沿江的田亩，都被水没，有一片很大的田，划作八卦形，十分整齐，似是一种有规则的图案画，田主全是刘姓，据说都是刘伯温的后裔。山半有七星缸，是七座铁制的圆桶形的缸，上面有字，不及细读，听说是用作镇风水用的。山顶有玉皇寺，住持志通法师，与栩丈、小蝶曾有一面，彼此娓娓而谈，吐属和见地，与寻常道士不同，好一个玉皇香案吏啊。

下了玉皇山，迳往水乐洞，洞在烟霞岭下，往年我来游时，布置尚未就绪，现在却已楚楚可观了。洞中有僧人招待游客，一僧提着灯，导吾们走进一条幽黑的甬道，吾们手牵着手，鱼贯而入，一路但听得水声汤汤，却不知道水在那里，也不知道流往那里去的。前进约数十步，山石时时打头，一会儿，听得那僧人说，到了到了，便将水的源头就灯下指给吾们看，只见从石旁涌出，又流入石下，悠悠而逝，正如暗水一样，只是听得见而看不见的。出了水乐洞，日已亭午，预备到烟霞洞用午餐去，路过石屋洞，顺便进去一观，又上去看了看青龙洞和乾坤洞，这是一课旧书，不过重又温理一下罢了。

烟霞洞前，谒了东坡石龛，迳到上面霞栖轩中休息，一面唤洞主复三备餐，栩丈和清磬、小蝶早已把带来的胡索、月琴拉唱起来，《武家坡》《四郎探母》等，连唱了好几出，顿时打破了洞中的寂寞。我寻读壁间书画，得马叙伦氏手写的一诗道："峰峰都是出烟霞，合有仙人此住家。最是秋残风景好，山腰一带白茶花。建国十有七年仲春过烟霞洞，遂书旧作，付之洞主，马叙伦。"诗和书法都很不错。邻轩中有胡适之氏手写当年在此避暑时所作新体诗一首，因字句过多，不能记忆。那时我讽诵未完，奚童已将饭和菜请上来了，烟霞洞的素菜向来有名，这天的菜，更分外的可口，也许是因为吾们肚子里早已闹着饥荒之故，一连上了九样菜，都吃得盆底向天，涓滴无存，真不愧为狼虎会中的一群狼虎了。餐罢，我把带来的台湾席子，铺在轩外小廊上，卧息了半晌，眠看着天上白云来去，千变万化，而槛外松风谡谡，如奏细乐，也使人心腑为之一清，倘不是大家催我走时，我真的不想走了。

出烟霞洞，过龙井寺，少不得又要一温旧书，到"龙泉试茗"的泉旁小立了一会儿，便息息出寺，吩咐轿夫上丁家山去。山上有康南海别业，屋中的器物，早已荡然无存，只见门外挂着一块南海手书的"开天天室"匾额罢了。其下有亭翼然，给吾们小坐品茗，招待的是一个山中少妇，很为殷勤。栩丈恰好瞥见石壁间刻有南海的"康山"二字，因以"康"谐"坑"，戏称伊为坑山姑娘，大家都忍不住笑了。啜下了一杯香茗，便下探蕉石鸣琴，除了一条石笋，略如芭蕉的干儿外，只有一块石碑，大书"蕉石鸣琴"四字而已。

下丁家山，天色已渐渐向晚，吾们馀勇可贾，更往黄龙洞去。上栖霞山时，虽见黑云四合，似有山雨欲来之意，仍不能减退吾们的游兴，轿夫虽屡屡地说着不久就须下雨，吾们却置之不顾，终于到了黄龙洞中。洞有寺，建筑非常富丽，假山雕凿极精，占地很广，并有人造瀑布，潺潺下泻，这一座伟大的假山，可算得是假山之王了。黄龙洞也是人工开出来的，中间立着一尊挺大的佛像，全身丈六，瑰伟庄严，颇足动人观感。据小蝶说，其实这一个洞并非黄龙，真的黄龙洞还在上面，现已改名卧虎的便是。我听了这话，豪兴大发，定要直捣黄龙，虽见山雨已扑面而来，仍然冲将上去，小蝶、清磬、常觉、筱巢也跟着我跑。这当儿拳头般大的雨点，早错错落落地打将下来，我见四下里毫无遮蔽，情急已极，乱跑乱闯，连转了两个弯，不知怎的，竟闯到了一个山洞中，小蝶欢呼道："是的是的，这就是真黄龙洞了。"大家见身上没有打湿，又发见了这洞，喜之不胜，走下了十多步石级，蹑手蹑脚地走将进去，我和小蝶、清磬非常勇敢，竟直达中心，在一条石凳上坐下。洞中很潮湿，石罅中还点点滴滴地滴着水，更进十多步，有天光透入，前去看时，原来是一个出口，也有十多步石级通到上面。这时雨已下大了，雨师如发了狂一般，拼命地把雨点儿向下乱掷，继以怒雷，轰轰隆隆的震得四山皆响。吾们坐困洞中，欲行不得，四下里所看见的是雨，听得的是雷，仿佛已把我们和世界隔绝，又好像世界的末日到了，全世界的人都已死尽，只剩吾们五个人避在这特殊的山洞中，未遭浩劫。当下我将此意告知同人，大家都拊掌而笑。我说："现世界既已绝灭，吾们就得负责建造一个未来的世界来，可惜同行五人，没有女性，这制造新国民的责任，无人负担，这又如何是好？"小蝶说："清磬颇像女性，不妨将他一试，要是成功，未来的世界便有着落，否则，吾们也就与现世界同归于尽就是了。"清磬连说着"岂有此理"，但也和吾们一样的笑得打跌。那时常觉、筱巢始终没有下来，老是在洞口望雨，见雨势有增无减，早等得不耐烦起来，常觉说："这雨不像会在短时间内停止，天色一黑，更要走投无路，不如趁这当儿，冒雨下去。"筱巢附议，我和小蝶反对，清磬却不声不响，掏出速写簿来，写这山洞的内部。常觉见议案不能通过，但也不肯示弱，一时竟像赵常山般一身是胆，咬一咬牙齿，斗的跳入雨中，飞奔下山去了。筱巢胆力较小，欲行又止。我和小蝶同到洞口，察看雨势，都主张厮守下去，只要天色不黑，不必害怕。筱巢在无聊中，拔了地上的草，种在石壁的小窟窿中，说是作为我们今天避雨的纪念。小蝶取了铅笔，在壁上题诗，只因铅笔太细，书不成字。我摸索袋中，摸得了一本美国蓝皮小丛书《恋爱格言》，便拿出来从头读去。清磬好整以暇，还是在洞中速写，连喊他也不答应。自常觉去后，又坐守了半点多钟了，雨师猖獗如故，吾们只索默祷雨快点停，天色慢暗，更希望天上的神仙下来搭救。说也奇怪，在这一刹那间，真有一个仙人下凡来了，捧着四顶雨伞，直送到洞口，接吾们出雷雨而登乐土。这仙人是谁，却是一名轿夫，因常觉冒雨下去以后，和栩丈俩张罗了四顶伞，唤他上来接吾们的。这时吾们把常觉感激得五体投地，称他是英雄，是豪杰，是大侠客，直要给他立神主，造铜像，更竖起纪念碑来。在厅事中休息了一会儿，见雨势渐渐缓和了，便打道回去，逐往聚丰园践汤韵韶之约。可是吾们五个人，除了清磬穿皮鞋外，倒有四人的鞋袜子都被雨水浸了，湿淋淋的好生难受，多承主人大发慈悲，特地去买了四双草拖鞋来，给吾们更换。这一晚吃得酒饱菜饱，尽欢而散，早忘了黄龙洞中困雨之苦了。

第三天清早五点钟，就被那早眠早起的李常觉闹起身了，贪眠的涂筱巢，只恨得牙痒痒的，勉强着跳下床来，用过了早餐，便又浩浩荡荡地出发，除了同行诸人外，又多了一位留下镇来的王慕槐君。先坐划子游湖，沿着博览会一带，作外表的参观，历经卫生、农业、教育、工业、美术、丝绸馆与特种陈列所、大礼堂等，建筑各各不同，颇有可观。栖丈的《博览会歌》中，都曾咏及，如卫生馆云："右台山鬼幻精灵。人道滨胎生。独怜女伴低头过，含羞处、还怕人评。都道妆台平视，不图来作刘桢。　　崎岖山径几回经。灯塔最高层。卫生两字休忘却，要提防、沾染微菌。纵有十洲仙药，难偿一点精神（俞楼旧址，现为卫生馆，与西泠印社通，陈列产科手术画本，打破一切羞耻，参观者多口讲指划，佥谓见所未见，但于卫生二字，则往往误解为保卫其生产云）。"农业馆云："前朝禁跸久销声。建国重农民。不耕而食原非计，漫推崇、名士高僧。毕竟谁为霖雨，沛然来慰苍生。　　公园自昔胜湖滨。树木十年成。稻菽粱麦都能辨，算五陵、子弟聪明。惟愿从今以后，居然五谷丰登（旧行宫本已改为公园，今设农业馆于此，距岸二百尺，与阮公墩、湖心亭成三角之地点，建一喷水池，高六丈，顶立一农夫，下置铁牛三头，牛口喷水，高可数丈，谓寓甘霖时降、农耕庆喜之意，但今犹未竣工）。"教育馆云："文澜阁畔拥书城。藜火照纯青。中原文献如烟海，补残编、何让双丁。世界纵归黑暗，此间独放光明（文澜阁旧藏《四库全书》，咸丰毁于兵燹，光绪初间重建，邑人丁申、丁丙补钞阁书，犹有缺者，近始由教育厅长补钞完竣，移置图书馆中。今以图书馆为教育馆，且设电灯机，故全湖皆熄，此间独放光明）。　　美人石上话三生。沧海又重经。由来格物须穷理，贯天人、端赖模型。多少兴亡存废，请君温故知新。"工业馆云："虫沙万斛化香尘。错认是青燐。高悬璎珞菩提树，却原来、电炬通明。当户机声轧轧，一时齐转飙轮。　　百工居肆太辛勤。招隐入山林。琼楼百级高低转，要闲人、几度登临。如入五都之市，岂能一蹴而成。（菩提精舍现为工业馆，其东旧为同善堂义冢地，去年迁葬净尽，化荒丘为华屋矣。其中随列机械，实行工作，旁通抱青别墅及小王庄，游人须几度登楼，方能循路而出，高屧女郎，每生嗔怨，殊不知物力本来如是，造物之人，费却脑力心力不知几许，游人但费足力，又何怨乎。）"

美术馆与丝绸馆云："天开图画久传名。何况是丹青。文林艺苑千门启，更蒐罗、西爪东鳞。颊上毫添栩栩，镜中人唤真真（照胆台现为美术馆）。　　湖影湖浪皱罗纹。五色葛仙裙。绮罗香里花如锦，是天孙、巧样翻新。谁念春蚕辛苦，独来怜惜惺惺（葛荫山庄一带现为丝绸馆，惟陈列品中，转以人造丝为多耳）。"

特种陈列所与大礼堂云："沿山楼阁最高层。灯火缀繁星。官家图史关兴废，一斑斑、来数家珍。水彩分描统计，石膏添塑模型（坚匏别墅现为特种陈列所）。　　销金锅里聚游人。蜃气结为云。纵然富庶还须教，礼堂开、先讲民生。莫当繁华鼓吹，须知博览精神（大礼堂在孤山之北，现为剧场，时开讲演，但不知听讲者与观剧者孰多耳）。"

午刻饭于楼外楼，由清磬、小蝶约名坤伶袁汉云、袁美云姊妹来，汉年十三，唱须生，美年十一，唱青衣，唱做都已升堂入室，可称红氍二妙。美云貌极韶秀，天真烂漫，依人如小鸟，吾们本想听伊一试歌喉，叵耐伊连日因嗓音失润，不能试歌。饭后避雨无敌商场，栩丈送了许多化妆品给伊们，欢然捧持而去。吾们等雨止以后，换登画船出发。我本预定搭当日五点多钟的火车回申，常觉坚持不可，说明天早车伴你一同回去，我也就无可无不可的答应了，但我心中所念念不能忘的，就是要一观革命纪念馆，因为内中有许多很名贵的先烈遗物，是我们所轻易瞧不到的。船向平湖秋月荡去，不多时已到了，门前两株大树之间，多了一个三角形的纪念表，几乎使人不认识平湖秋月了。栩丈有歌道："平湖月色透晶莹。环水石阑新。参天华表当中立，要人知、革命精神。三角形成恋爱，民权民族民生。　华灯簇水乱飞萤。高冢妥先灵。平平大道孤山路，笑当年、驴背逡巡。莫去探梅访鹤，来看战血馀腥。（平湖秋月现为革命纪念馆，临水台中矗立纪念表，为三角形，沿湖灯火最多处也。其后即南京阵亡将士之墓，辟为大道，直达孤山，以视畴昔蹊径，不啻化崎岖为康庄矣。）"我和常觉、筱巢父子一同登岸，先参谒了中山先生遗像，就由第一室起，一间一间地参观过去，壁间张挂诸先烈的遗影，以及有关革命的各种图像，密密层层的，多得不可胜数。可惜我既苦短视，又因时间忽促，不能一细看。那留在我心中的印象最深的，其一是徐锡麟烈士就义后的一件血衣，这是革命史中最壮烈最有价值的一件纪念品；其二是秋瑾女烈士的一柄短刀和两件遗服；其三是马宗汉烈士谋刺恩铭的一枝藏有手枪的手杖，也很足动人观感。那最为惨不忍睹的，便是当年被段政府惨杀的诸学子的血衣，和死后检验的裸体遗像，我略一观览，猛觉得伤心惨目，无异身历其境，疾忙逃也似的走了出来。唉，如今革命是成功了，建设万端，应当如何的一一做去，凡是做革命工作的人，都该时时刻刻把诸先烈放在心坎上，如对着神明一般，须得天天将他们的思想与行为，无愧无作地向诸先烈报告一下，千万不要忘却那为了革命事业而断头沥血、碎骨粉身的诸先烈，千万不要使诸先烈白白地断头沥血、碎骨粉身，而不能瞑目含笑于地下。

抱着一腔深沉的悲哀与感慨，默默地踱出了革命纪念馆。回到船中，却见栩丈、小蝶、清磬、慕槐四人，正在合弄着丝竹，咿咿哑哑地分外动听，清磬的苏滩与慕槐的杭滩，工力悉敌，各擅胜场。我虽在一旁听着，不知怎的，总提不起兴致来，唉，革命纪念馆中的所见，兀自使我忘不了我心坎处的无穷悲哀与感慨啊。船儿在湖心荡了一会儿，大家想不出上那里去才好，便往刘庄、郭庄走遭，一以富丽胜，一以清幽胜，确是湖上数一数二的庄子。我们盘桓了一会儿，见天颜渐渐地暗了，便吩咐船家返棹。过夕照寺，知道吾们前天同车而来的那位江国栋君和王老丈，正下榻寺中，便登岸往访。夕照寺历年已久，颇带着一种阴森之气，而他们两位的宿舍，又湫隘得很，当下吾们小坐即出，顺道一游汪庄，就急急地走了。江国栋君因有要事，须于明天早车回申，因此跟着我们同去，只留下那王老丈，仍住在夕照寺中。

一路暮色沉沉，送我们回到湖滨，迳往三义居就餐。席间栩丈忽说起，三十年前，他有一位老友，也住在夕照寺中，只过了一夜工夫，蓦地得急病而死，因为身在异乡，无亲无戚，终于由他买了棺木，前去收尸，陈尸之室，惨惨正是王老丈他们下榻的一间。记得那天也恰恰是雨后阴雾之天，所以刚才一进了寺，猛觉得心头一动，但有所触，却不知是怎么一回事，到此刻方始记忆起来。当下栩丈便又向江君再三申说，说今夜无论如何，务必使王老丈离开此寺，因为我三十年前的回忆，觉得很为不祥，而夕照二字，也不是好字面，于老年人尤为不宜，况且宿舍又是那么湫隘，湿气极重，不合卫生，断断不可居住，王老丈身体虽健，而七十五年，究非壮年人可比，万一出了什么岔子，你如何对得起他老人家。江君初听了不祥的话，不以为然，说他生平不怕鬼，王老丈也不怕鬼的，末后听了不合卫生的话，才点头称是，说准去迎他出来，吩咐船家等候。栩丈和筱巢都义形于色，愿意伴他同去。用罢了晚餐，我和常觉回旅馆去预备早睡，小蝶、清磬、慕槐仍想游夜湖看博览会去，而那"风尘三侠"，却负着济困扶危的重大使命，毅然决然地登船出发，向夕照寺而去。

一到旅馆中，我们先就睡了，旁门外人声嘈杂，付之不闻不问。睡了不知多少时候，猛听得这人声已到了我们的房间中，并且近在床前，细细一听，才知是老友舒舍予和郎静山，而小蝶、清磬他们也已回来了，并且听说那"风尘三侠"已搭救了王老丈一同到此。据江侠说，这晚王老丈不知如何，老是睡不安稳，所以吾们前去接他，他立时跟着走了。我在这人声嘈杂中决不能装假睡不理会，便起来周旋一下。舍予拍了许多博览会的照片，彼此传观，甚觉精美，他已来了十多天了，细细地玩，细细地看，不比我走马看花，一来即去。静山还是以晚车到此，尚未开始摄影的工作，明天准要使他的摄影机忙一天了。这时已过夜半，舒、静山小坐即去，我就又上床睡觉，重寻旧梦。

第四天的早班火车，把我和常觉送回上海去，依旧做我的草草劳人了，湖上的三日，如此如此。

原载《旅行杂志》1929 年第 3 卷第 7 期

雪窦山之春

千丈之岩，瀑泉飞雪。九曲之溪，流水涵云。——《宁波府志·形胜篇》

梦想雪窦山十馀年了，在十馀年前，学友翁毓甫君，曾作雪窦之游，回来极言其妙，推为四明第一。从此以后，那瀑泉飞雪的千丈之岩，流水涵云的九曲之溪，使我魂牵梦役，恨不得插翅飞去，啸傲其间。近三年来，因蒋介石将军的故乡是奉化溪口，每逢春秋佳日回乡之便，常往雪窦游览，于是雪窦雪窦，藉甚人口，竟地以人传了。三年来每当春日，必作春游，天平山啊，鼋头渚啊，西子湖啊，七里泷啊，都去得厌了，今春便决意一游雪窦，伯翔、大佛、珍侯诸老友一致赞成。破费了三天的工夫，准备一切，便于四月十七日下午五时搭宁兴轮出发，同行者除我们四人外，加入大佛夫人、沈延龄夫人、沈女士和珍侯的爱子英超。夜中不能入睡。

黎明即起，冒风登甲板，看海上旭日初升，真个如火如荼，奇丽万状。七时半到达宁波，分坐人力车到大佛家一坐，就赶往南门外汽车站，一行七人，带侍者一人，大佛夫人因腹中有了小佛，未曾同去。汽车站上的买票洞口，挤满了人，好容易买到了票，跳上长途汽车直放溪口，时已九时半。一路车行如飞，经小站七八，十时四十分到溪口镇。镇并不大，镇人多务农为业，也有几家小商店，出售零物。溪头最胜处，有文昌阁峙崎其间，据说是蒋将军新居，美轮美奂，十分壮丽。溪面很广阔，碧水沦涟中，常有竹筏顺流而下，载人载物，多用竹筏，船只反而少见。文昌阁对面，有武岭小学校，正在建筑中。其旁有小巷，巷中有蒋将军故居，门面已经改建，尚有族人居住在内，说起了总司令，无不眉飞色舞。正午，在一家小面馆中吃肉丝面果腹，探听往雪窦山路程，或说二十里，或说十五里，须雇篮舆前往，不道这一天因铁道部长孙哲生氏携眷游山，篮舆被雇一空。后来以重金雇到了四顶，以二顶分载女客，一顶载行李，公推大佛也坐了一顶，追随同去，我和伯翔、珍侯、英超徒步出发。沿溪大道，以水泥砌成，其平如砥，阑干曲折，数步一灯，顿使这蕞尔小镇，好似穿上了一身簇新漂亮的西装。去镇以后，渐入山野，汽车道正在砌造，将来可直达入山亭，便利游客不少。我们雇到了一个哑巴老叟，作入山向导，行行止止，奔波了三小时，又渴又热又疲乏。三时十五分，总算到了雪窦寺了。寺门有长方大匾，红地金字，大书"四明第一山"五字，出蒋将军手。考《宁波府志》："雪窦禅寺在宁波县西五十里，唐光启年间建，明州刺史黄晟舍田三千三百亩以赡之，旧名瀑布。宋咸平三年，改名雪窦山资圣寺。淳祐二年，赐御书'应梦名山'四字。元至元二十五年又毁，所藏御书二部四十一卷具无存，越二年复建。明洪武初改今额，为天下禅宗十刹之一。崇祯末毁于兵燹，今复兴建。"寺极大，寺僧不多，香火也很寥落。住持朗清和尚，周旋宾客，尚不讨厌。全寺所占地位极好，风景非常幽秀，在昔人的吟咏中，可以概见。兹摘录数首如下：

明倪光《上雪窦寺》："垂老寻山寺，山林别有春。路花迎笑客，野鸟自呼人。斜日催行骑，西风落醉巾。到来图画里，天上一闲身。"

明倪复《登雪窦岩》："倚天苍翠出峥嵘，中有飞泉泻碧鸣。绝壑风高岩虎啸，千林月上野猿惊。寺当绝顶丹题见，径转回溪素练萦。斗觉尘区异寥廓，欲临寒碧洗烦缨。"

明华爱《游雪窦寺》："路入崇山草树薰，半空佳气碧氤氲。阴厓尚积千山雪，绝坂犹耕百亩云。鸟度深林啼落日，僧归幽涧煮香芹。恐惊猿鹤悲来晚，幸喜烟霞得共分。"

明陈濂《游雪窦寺》："青山面面削芙蓉，咫尺犹疑千万峰。野草逢春都是药，碧潭和雨半藏龙。池开锦镜晴波阔，路入珠林暖翠重。试采新茶寻涧水，一双玄鹤下高松。"

明张琦《游雪窦寺》："春寺苍茫春鸟鸣，竹舆袅袅上天行。路藏幽窦千年雪，云借深山半日晴。乍入鼓钟真梦寐，相看麋鹿是平生。茶铛诗卷随身转，未信招提宿未成。"

唐方干《游雪窦寺》："飞泉溅禅石，瓶屦每生苔。海上不浅，天边人自来。度年惟桧柏，独夜任风雷。猎者闻钟磬，知师入定回。""登寺寻盘道，人烟远更微。石窗秋见海，山雾暮侵衣。众木随僧老，高泉尽日飞。谁能厌轩冕，来此便忘机。""绝顶空王宅，香风满薜萝。地高春色晚，天近日光多。流水随寒玉，遥峰拥翠波。前山有丹凤，云外一声过。"

在寺中吃了一碗冬菰素面，休息了半晌，早又游兴勃发起来，向寺僧探问附近名胜，知道那鼎鼎有名的千丈岩、妙高台相去不远，于是一行七人，各带着一架摄影机，蹀出寺门。过伏龙桥，已听得流水潺潺，如奏雅乐。走了不多路，便见一溪漾洄出脚下，有一株小树，从陂岸斜出，正如美人折腰，婀娜可爱，伯翔、珍侯他们纷纷摄影，我也把我那架从德国买来已经三月而尚未用过的罗兰佛兰克斯小摄影机打开了，克勒一声，就将这一幅美景收入镜头。在这所在，便见有一道新砌的平坦的山径，渐渐斜上，夹径都是野杜鹃花，或黄或红或粉霞，似乎都掬着媚笑，欢迎佳客。前行约四五百步，见有水泥的小轩三楹，也像是新建筑物，入轩时就听得水声泓宏，好像春雷乍发，凭栏一望，不觉欢喜叫绝，原来对面就是千丈岩，几百尺长的大瀑布，从岩上倒泻而下，如飞雪，如撒粉，如散银花，如展匹练，莫干山的剑池瀑布，绝对比不上此瀑的雄放幽丽。明代诗人汪礼约《经雪窦寺观瀑》长诗有句云："目迥万里尽，意豁千峰开。足底溪声激，泠泠清吹哀。石转惊飞流，槎来银汉秋。又疑广陵雪，喷薄钱塘丘。"足见其妙。千丈岩岩石奇古，下临无地，因有飞瀑之故，一名飞雪岩。诸游侣叹赏了一会儿，决意明天转到岩下去尽情饱看。出小轩，更曳杖而上，直达绝顶，就是所谓妙高台了。台上阑干都用水泥新筑，并有半西式的新屋一宅，据说蒋将军每次游山，就驻节于此。此地的形势风景，确当得上妙高二字。临崖有亭翼然，可以远瞩，可以俯眺，一座座的山岩，一方方的田野，一道道的溪流，一株株的翠柏苍松，都一一收入眼底，顿使人胸襟豁然，乐不可支。明沈明臣有《登妙高台远瞩》诗云："西陟何崔嵬，崇基夙曾构。白云荡空阶，红壁射高溜。万岭盘斗蛟，中区显孤秀。五色纷以披，春阳逗云岫。阴霾开昨寒，迥涧回今昼。田霞耕阪叠，溪霜响林薮。西教肃瞿昙，狩猛驯山兽。藤结秋干龛，鹤鸣秋水甃。乃兹荒秒场，苍莽穴鼯鼬。坐以息纷挐，内典竟渊究。神理当自超，局影多瘢垢。眺望遥峰长，兹心敢终负。"结尾的八句，正和我的感想相同，可惜不能长坐于此，永息纷拏啊。下妙高台时，暮色已徐徐四合。回雪窦寺，夜宿后轩，睡梦中犹闻飞瀑声。

十八日五时半起身，坐了篮舆，往游白龙洞。其实离寺也并不远，一路溪流潺潺，怪石刺刺，虽名为洞，却并不见洞，只见两崖之间，界以小石桥，溪水从桥洞中翻滚而下，就那无数怪石中，悠悠而逝。我们摄过了影，回寺进早餐。八时四十分，便又乘舆西行，一游西坑，其地又名伏龙洞，但也不见有洞，只见清溪一泓，潺汩有声。沿岸有十多株树，密密地排列成行，都开着一簇簇粉霞色的花，甚是繁茂，看去团花簇锦，如入锦绣之谷。据舆夫说，这种花叫作柴爿花，花名俗不可耐，未免唐突奇葩，伯翔力为辨正，说是杜鹃花的一种，也许是不错的。我们折取了几枝花，便回寺午餐。十一时五分重又起程，经御书亭西行，徐徐地走下山坡去。十一时半，到了千丈岩下，仰视飞瀑，愈形壮丽，水花溅及百步以外，好似下着毛毛雨一样。瀑下有洼，积水过仰止桥下泻，不知所之。游人到此，真的尘襟尽涤，心中一些儿没有渣滓咧。正午更向下行，峰回路转，经过峭壁无数，目之所接，全是嵯峨怪石，逆料天高月黑之夜，定有山魈出没其间。一时十五分，过一潭，岩上有一瀑斜下，约一二丈，俗称隐潭的第二潭，我和伯翔跨石涉水，各摄一影。此时天气骤变，山雨欲来，狂风卷着树叶，满山乱舞，我们急急地奔回舆中，而拳头般大的雨点，也跟着打下来了。一会儿春雷隆隆，似在我们当头滚过，因在高山之上，更觉得近在咫尺了，我们既没带雨具，舆上又无多遮蔽，蜷缩舆中，衣履尽湿。坐等到二时五分，雨势稍杀，便又走了一程，到一座山亭中去躲雨。大家谑浪笑傲，浑忘自身已成落汤之鸡，两位女同志虽已湿透罗袜，也夷然不以为意。三时重又启行，到龙神庙前，那有名的隐潭，就在侧面。《宁波府志》云："隐潭在奉化县西北五十里，潭居两岩之下，两岩相抗，壁立数百仞，仰以窥天，仅如数尺，瀑泉如练，循崖而落，水寒石洁，耸人毛骨。每遇旱，祷其潭，有小蛇出没，旋应如响。宋朝尝遣中使投金龙玉简于潭，以祈灵贶。"我们到了潭上，但闻水声訇訇，如雷如鼓，知道近边定有很大的瀑布，但不见瀑布在那里。我抱着崖边一株大树，探头下窥，方始瞧见了一部分。据舆夫说，要是到下面潭前去，就可以完全瞧见，但是山路崎岖，不易行走，须得分外小心才是。我自告奋勇，愿作先锋，拉了一个舆夫，回身就走，一路从乱草乱石间颠顿而下，加着大雨之后，泥土湿湿的，益发泞滑难行，我幸而没有跌跤，安然地直达潭前。抬头看那瀑布时，虽并不很高，而水势极大，声如雷鸣，流连半晌，便攀缘而上。两女同志异常努力，居然也达到了目的地，可算是吾党的巾帼英雄了。三时四十分离龙神庙，四时十分过偃盖亭，又十五分而达雪窦寺。此时云散雾收，阳光又现，小息片刻，游兴未阑，重登妙高台送夕阳，歌啸而归。

十九日七时四十五分，又乘舆出发，今天因篮舆只有两顶，其馀五顶，全用一种元宝式的篮，可坐可卧，别饶佳趣，我们五人都坐在元宝篮中，让两女同志坐了篮舆，以壮观瞻。八时过偃盖亭，向西急行，八时二十五分到东岙。沿路所见，都是红的黄的野杜鹃花，漫山遍野，俯拾即是。八时四十五分，向西北行，九时十五分到徐凫岩。岩在雪窦西十五里，重崖峭壁数百仞，瀑布终年不绝，据说岩下有神龙的窟宅。我们到了岩上，但听得水声汤汤，完全瞧不见瀑布所在。舆夫说，必须转到岩下，可是山坡陡峭，下无路径，不容易下去。一时我又发起豪兴来，掉头就走，伯翔也跟着下山，彼此小心翼翼，前呼后应，一路行来，鼻子里时闻兰香馥馥，留意寻觅时，果然在乱草中发见蕙兰数枝，色作古黄，奇香扑鼻，插在衣钮中，细细领略，使人忘却颠顿之苦。走到半山，瀑布已在望中，看去虽比隐潭一瀑为大，而雄放不及千丈岩瀑布。我们直达岩下，踞石看瀑，潭旁有高树，青翠欲滴，使此瀑生色不少，瀑水下注潭中，经流之处，全是大块的怪石，如蹲狮，如伏虎，分外雄奇。忆明代诗人沈明臣氏有《观徐凫岩瀑布》诗云："清晨理遥策，白昼临穿崖。嵚岩怖鬼胆，郁律相喧豗。无风急飘雨，潜壑奔晴雷。目诧银汉泻，心惊摧素麾。凉雪朱明溅，截冰堕寒威。忘疲强临瞰，剧恐神理违。战钦慄股坠，临深诚堂垂。幽贞神明持，庶与同心偕。"读此诗，足见其动人之处。我和伯翔因此来不易，共同摄影多幅，又流连观赏了好久。听得岩上诸游侣已在叫唤，便忙着赶回去，可是下山容易上山难，真说的一些也不错，此次上山的困苦，竟十倍于下山时，一路细沙碎石，滑不留足，任是攀藤附葛，还时时跌跤，好容易达到了岩上，早已汗流浃背，喘息不止。伯翔因有两舆夫扶掖，还不如我那么狼狈。是役也，计遗失已经摄影的软片一卷，黄色镜头一个，又被荆棘刺破哔叽单袴一条，踏穿橡皮套鞋一双，总算是小小损失，但是在诸游侣中，却得了一个英雄的徽号。十一时三十五分，由原路往三十六湾，此地多苗圃，百花都有，而以水蜜桃为最著，所谓奉化玉露桃者，多出产于此，可惜此来太早，不能一快朵颐。正午借李氏书塾中就餐，面包、牛肉与罐头食物，争啖一空。村人空巷来观，如观戏剧，一叟赠粉红茶花数朵，珍重别去。一时半离塾，重过东岙，三时到十八曲的上端。考之志籍，奉化只有剡源九曲溪，而與夫乡人，都称为十八曲，我们不知到底是第几曲，但见有桥如虹，桥下有清溪怪石，野花古树，并有紫藤花点缀其间，恍如绝妙的大盆景，异常可爱。四时至西坑，又十馀分钟而回雪窦寺。今天因为是我们留山的最后一天，更须尽兴，因命侍者汲清泉，携茶铛，先上妙高台觅松枝，生火烹茗。我们向千丈岩瀑布道了别，就上妙高台去，围坐亭中啜茗，两女同志更出美国黎培氏罐头蜜桃、樱桃相饷，和以奶酪，分外腴美。我微吟着明王应鹏诗人《重游雪窦》诗"即看翠壁飞苍雪，更转花台憩夕阴"句，真觉得恋恋不忍遽去了。下台时天已入晚，以电筒为助，回到寺中。

二十日七时半，离寺启行，四望溪山多情，似有依依惜别之意。伏龙桥上，有牧童放牛，呼一牛跽地相送，相与鼓掌大笑，大佛出小银元赏了牧童，群向御书亭进发。八时五十分，到蒋将军太夫人墓上，墓门有"蒋母墓道"四字，并不署名，似系戴季陶氏手笔，内有墓庐，名慈庵，有中山先生题匾，供蒋母遗像，前后庭壁间有碑，一刊中山先生祭蒋母文，一刊蒋将军所作《慈庵记》，俱由谭祖安氏手书，遒劲可喜。流连约一小时，即登舆发溪口，一时乘公共汽车回宁波，二时二十分到南门外车站，又往大佛宅中略进茗点。四时登宁兴轮，四时三十分开驶，以次晨五时三十分返沪。此行往返计四日，留山三日，雪窦山之春，领略殆遍。山灵有知，愿常留好景，给我们将来作第二度、第三度的欣赏。

原载《中华》1930 年第 1 期

黄山纪游

　　十载以还，每值春秋佳日，恒招邀俊侣，共作清游，藉遣烦忧而涤尘襟。顾蜡屐所经，不出江浙两省，所见良隘，殊不足数。乙亥之秋，郁郁不自聊，吾友陈子小蝶、涂子筱巢，坚约作黄山之游，欣然从之，淹留六日，凡黄山名峰，登陟殆遍。昔人谓山阴道上，令人目不暇接，愚谓此语惟黄山当之，庶无愧色，而愚之十载清游，自亦以黄山为第一，是不可以不记。

　　古今来骚人墨客，其游黄山而记黄山者，殆不可偻指数。愚之斯记，漫无系统，特记其片段，以志鸿雪。生平不能作韵语，而此次薄游黄山，意兴飚举，遂亦附庸风雅，妄作五言五十二首，游踪所至，辄有所得，则就黄山全图之背，书以寸铅，而就正于小蝶。兹即迻录于此，以示黄山之美，令人不能已于言尔。此五十二首者，吾尝入之手册，题其端曰"黄山杂记"，盖下里巴人，初不敢自命为诗也。其第一首云：

　　"人说黄山好，我姑妄听之。一见黄山面，心醉欲无辞。"

　　愚等夜宿西子湖畔之蝶来饭店，店为小蝶所手创，极轮奂之美，居之良适，所制西餐西点，尤腴美可口，为湖上冠。诘旦以七时发，亭午出昱岭关，过三阳坑，渐入佳境，及薄暮，则已与黄山行初觐礼矣。

　　"星晨别西子，午过昱岭关。锋车如掣电，半日到黄山。"

以篮舆登山，抵汤口，止于中国旅行社招待所，涧水汤鸣，汤如琴筑，惜暮色四罨，不克睹其喷薄之状。晚餐既罢，小蝶导往汤池温泉就浴，源出硃砂泉，即之奇温，解衣入池，共作拍浮之戏，越炊时许始起。忽有妙香拂拂，自水底出，如奇南香，为之恋恋不忍去，恨不能长住水中央也。

"解衣作磅礴，温泉快一浴。奇馨忽飞来，出自硃砂腹。"

汤池左近有一潭，曰白龙潭，水色油然一碧，清澈见底，涧水下泻，淳滴其中，终年不竭，安得美人鱼来，以泳以游哉？

"汤汤白龙潭，一泓秋水寒。适从尘埃来，聊可洗肺肝。"

小蝶谓如以名山喻人，则庐山为隐士，而黄山则剑仙也。愚笑颔之曰："君言绝隽，吾亦云然。惟剑仙不可无美人为偶，彼美者谁？其惟吾苏之灵岩乎？"

"匡庐为隐士，黄山是剑仙。侠骨撑天表，神光照大千。"

"吾乡有灵岩，娟娟玉一般。良偶无可托，端合嫁黄山。"

桃花岭不甚高，与紫云、紫石诸峰遥遥相对，如展翠屏。其下曰桃花源，已辟为住宅区，闻此间昔有桃花万树，而今则已归乌有。愚意他日之居此者，宜各争植桃花，蔚为大观，庶觉名副其实。十年以后行见桃花源里人家，益饶丽致矣。

"峨峨桃花岭，阴阴万绿遮。好春愿长驻，日日看桃花。"

黄山固多涧，随处可见，厥声潺潺然，如人低语，而瀑之名者，止有人字与九龙二瀑，会以经久不雨，水势少杀，但见白练条条，蠢动山坡间耳。

"日日万峰头，逸情干云上。深山无别声，但闻涧语响。"

"一瀑挂山阿，诘诎作人字。自是神来笔，黄庭初拓时。"

"我生爱飞泉，今见九龙瀑。虽则龙骨瘦，犹能作雷跃。"

黄山之声闻卓著者，凡三十六峰，而以桃花、莲花、天都、始信、玉屏、狮子、容成、九龙、紫云、紫石诸峰为尤著，其间多云海，多奇松，多怪石，可称三绝。杜鹃花亦特多，入春必富丽瞩。山中有鸟曰山乐鸟，鸣声绝美，小蝶谓细聆其声，似呼瘦鹃，听之果然。

"摩挲看山眼，来看卅六峰。枝枝碧琅玕，朵朵青芙蓉"

"神仙挥玉斧，劈破此鸿濛。奇石幻苍狗，长松化虬龙。"

"石上看云起，松下枕手眠。空谷无人到，闲煞一溪烟。"

"初日排山出，峰峦尽晓妆。万松看不了，那得一担装。"

"峰头云所宅，峰腋松之家。翠屏千嶂立，百万杜鹃花。"

"秋深山乐鸟，毛羽美而娟。似识我名字，声声叫瘦鹃。"

文殊院旁有古松，曰迎客松，高可数丈，作磬折迎客状，姿致绝美。院僧瀹茗相饷，云为天都云雾茶，味之清芬可喜。

"古松迎佳客，到处好为家。老衲殷勤献，一盏云雾茶。"

文殊院前有巨石峭然，曰文殊台，坐卧其上，晨可观云海，夜可看明月。台右高冈绵延，患等尝于清晨四时，抱衾登其上，意在欣赏初日，顾为象峰所蔽，了无所见，但闻空谷猿啼，似泣似诉而已。

"一角文殊石，仙人白玉床。无事且静卧，仁看明月光。"

"抱衾上高冈，坐待朝阳出。四山睡未醒，哀猿叫残月。"

天都峰刻削千仞，高可摩天，今岁经吴稚晖先生出资辟一山径，都数百级，登陟较便。上有五石，作人立，遥望如五老人，联翩登山，俗称五老上天都。

"五老去求仙，崎岖行万古。日日上天都，何曾移一步。"

莲花峰拔地而起，酷肖莲花一朵，瓣瓣挺秀。其巅高七千尺，为山中最高处，愚鼓勇而登，竟达绝顶，俯瞰平原，小如一粟矣。

"瓣瓣出奇峰，荨荨自横斜。凌波云海上，一朵妙莲花。"

"扶摇七千尺，独上莲花峰。玉女云中笑，呼我濂溪翁。"

"长冈断复连，古松奇且好。抠衣到绝顶，脚底天下小。"

阎王壁、小心坡均称险峻，观其名可知，近经修葺，尚堪容足，而顾名思义，咸慄慄有戒心。其间层峦叠嶂，嘉树错列，篮舆所过，如入绣屏中行，浑忘人世间有忧患事矣。

"今朝阎王壁，昨日小心坡。宵来频怯梦，梦比乱山多。"

"篮舆联队过，如入绣屏行。山风多解事，为我洗烦醒。"

阎王壁附近，有一松绝巨，作圆形，颇类僧人打坐之蒲团，因有蒲团松之称。小蝶夫人、十云女士，跳跟如稚子，遽奋身而上，跏趺作打坐状，愚等争相摄影，戏呼之为女菩萨。自维生丁斯世，心嘤百忧，窃以有生为苦，安得就此蒲团松上，永作打坐僧哉。

"脚踏黄山石，飘然便是仙。蒲团松上坐，打睡一千年"。

由莲花峰赴狮子林，道出百步云梯，过鳌鱼洞而上。鳌鱼洞者，豁张如鳌鱼之口，约可容十人盘旋其中。出洞逆转，则登鳌鱼之脊，远望天海诸胜，群峰环列，如星罗，如棋布，佥可入画。小蝶大悦，引吭发长啸，松涛作响，似相唱和焉。

"峰碍肩头过，云从脚底生。李白成仙去，金鳌背上行。"

"白袷翩翩子，到此气便豪。长驱过天海，万壑起松涛。"

狮子林有狮林精舍，可供食宿，住持惟清上人，款接可人意。前为万松岭，弥望皆长松。舍之左，有山坡，登数十级，为清凉台清凉顶，登眺极美，其上为狮子峰，雄蹲若巨狮。始信峰近在咫尺，幽秀可爱，一松一石，悉具画意。上有琴台，为丽田生弹琴处，摩崖犹存，丽田氏江，清代人，当年鼓琴时，每有白猿出听，宛然知音，及其奏罢，而猿亦不见矣。小蝶酷爱四周风物之美，因出素纸，就琴台下发墨写生，历二小时而成，归后复为设色，即以见贻，兹已什袭珍藏于紫罗兰盦中矣。

“平生无他好，所好在林泉。万松岭下住，千愁一日镯。”

“屹屹狮子峰，沉沉如睡狮。会有狂吼日，群伦胆破时。”

“振衣清凉顶，豁目望仙台。遥知明月夜，应有鹤飞来。”

“观云清凉台，迎日始信峰。倚天一长啸，万山拜下风。”

“丽田琴台上，茸茸长绿苔。猿公今不见，千古有馀哀。”

“绝巘连危壁，长冈接平阪。有客爱丹青，天然好粉本。”

自清凉台遥望，见有奇石二，一曰美女送花，髻鬟依稀可见，仿佛扶桑女子；一曰二仙对奕，一仙先已下子，意若甚得，一仙则作拈子沉吟状，均绝妙肖。散花坞口，则有小峰一，卓立如笔，一松出其顶，若笔尖然，云为梦笔生花。

“一女将花至，二仙对奕来。我欲凌风去，邀与倾绿醅。”

“愧无生花笔，徒梦笔生花。愿借山头石，为我点墨华。”

松林冈在西海，巉削无路，游者绝少，愚等鼓勇达其巅。小蝶索十云口脂条，作书于素帕之上，谓某年月日某某等探险至此云云，系以树枝，立于丛石之间，以志纪念。惟风雨侵袭，恐终不能久耳。冈上多松，几株株皆连理，小蝶、十云至此，应作会心之微笑也。冈下有谷，曰西海门，美绝妙绝，有非丹青所能写其什一者。薄暮时夕阳红映，如活绣，尤富丽瞩。

“冈头巉无路，勇上如奔霆。权借红口脂，勒作燕然铭。”

“郎上松林冈，妾步亦相从。谁为证此心，一树连理松。”

"松如翡翠林，峰似珊瑚船。西海门前立，心惊天地妍。"

散花坞在狮子峰下，巉削尤过于松林冈，愚等以惟清上人为导，攀藤附葛，颠顿而下，把树树折，践石石滑，幸有竹篾牵引，得弗失足，否则，一落千丈，糜矣。坞中有瀑，水涸见石骨，山半得一潭，瀑瀑有声，掬水饮之，绝清洌。据惟清上人言，此坞以春游为佳，盖弥望皆野花，绚烂如锦绣堆。今则但见万绿中间以黄叶、红叶，略资点缀耳。愚腰脚犹健，馀勇可贾，初以第一人下，后复以第一人上，十云虽女子，而登陟奇勇，差堪抗手，小蝶及筱巢乔梓，均不能及。还登山坡时，日已西矬，群鸟闻声惊起，纷飞夕阳中，画料亦诗料也。

"攀葛上山坡，峰头日已暮。群鸟忽惊飞，争驮斜阳去。"

"红叶萧萧下，飞满散花坞。竟日不见人，一鸟啼烟雨。"

"行年四十一，童心迄犹存。登山似猿捷，出谷如骏奔。"

"重重叠叠山，行行又止止。愧我四男儿，不如一女子。"

同游涂筱巢、鼎元乔梓，策筇戴笠，到处摄影，手镜箱回环四照，疾如发枪，愚因戏称之为父子兵，不为过也。山行苦饥渴，十云每出楂中饮食相饷，席地作辟克臬（Picnic 英语，谓野餐也），厥味绝胜，以视食前方丈，政无逊色。司行装者为顾君抑忱，心细如发，既周且至，愚深德之。

"双筇双草笠，横绝万山隈。父子兵信勇，到处捉影来。"

"枵腹入深山，臣朔饥欲仙。赖有掺掺手，殷殷进玉盘。"

自散花坞归狮林精舍，山中急起重雾，继之以雨，彻夜不绝，枕上听雨声，与寺中钟声相应。旦起雨犹未已，群峰如沐，愚等游兴已阑，乘舆出山，山坞间时见茶树，花白如银，峰头笑语蝉嫣，隐约可闻，则采茶女也。

"山中经雨后，一路白云封。晚来无个事，卧听萧寺钟。"

"一夜雾氤氲，朝来山雨秋。千峰新沐后，野花插满头。"

"一阵两阵雾，千点万点雨。群峰俱惜别，送我出山去。"

"茶树满山坞，花似白云吐。谁家采茶女，峰头出笑语。"

别海上诸故人七日矣，山中无邮筒，未通只字，而归来重晤，复无以为赠，至足愧也。其携以归我暌隔旬日之吴中故园者，舍行箧一事外，亦止小黄山松十数株耳。

"故人常相见，七日断知闻。何物持赠君，黄山一片云。"

"十日千里隔，故园梦魂通。将归无别物，一担黄山松。"

十载清游，舍黄山外无足道，记此琐琐，以示老友君豪。呜呼！天下纷纷，避秦无地，他日买山归隐，舍此莫属，黄山黄山，其亦许我乎？

"天下纷纷日，我徒欲何之。黄山如可隐，艰辛百不辞。"

原载《旅行杂志》1936 年第 10 卷第 1 期

我所爱游的名山

我也算是一个爱好游山的人，但是很惭愧，以中国之大，名山之多，而我的足迹始终没有踏出江浙皖三省。我不曾见过五岳的面，不曾游过天台、雁荡，也不曾瞧到西南诸大名山，所以问起我所爱游的名山，真是寒蠢得很，算来算去，只有一座黄山，往往寤寐系之，心向往之，虽只游过一次，可是深深地刻在我心版之上，再也不能忘怀。要是能摆脱一切，无挂无碍的话，那么隐居黄山以终吾身，也是十二万分愿意的。

爱好游山的同志们，可不要以为我说得过火，黄山不但是东南第一名山，也可说是中国第一名山，游过了黄山，别的山简直可以不必游了。吾友陈蝶野兄，足迹遍南北，并曾到过西南，所游的山是太多了。他是一个擅画山水的人，决不会盲从人家的见解，然而据他说，游来游去，总觉得没有一座山能胜过黄山的。那就足见我并不是阿私所好，而我虽没有见过大世面，却已游过了黄山，这就足以自豪了。

黄山的伟大瑰丽，决不是一枝平凡的笔所可描写得到，画必关荆，文必韩柳，诗必李杜，词必苏辛，才能尽黄山之长，而不致辱没黄山。我之往游，是在四年以前的一个秋季，同游者有陈蝶野夫妇、涂筱巢父子，一共游了十二天，实在觉得太局促了，要细细地游览，细细地领略时，虽一年也不会厌倦。那时我才到汤口，只算是才进黄山之门，便已目眩神迷，飘飘欲仙，仿佛此身已不在人间了。夜间我们先在汤池一浴，池水不冷不热，微微闻到奇南香一般的香味，浴过之后，真好似换骨脱胎，俗尘尽涤。在中国旅行社下榻，听了一夜白龙潭、青龙潭的泉声，非但不厌其烦，反如听钧天仙乐一样。第二天就由紫石峰下出发，看人字瀑，过回龙桥、朱砂庵（慈光寺）、飞来洞，小憩半山寺，再上天门坎，过云巢、小心坡、文殊洞，抚迎客松，而到达文殊院。当夜宿在院中，次晨四点即起，与蝶野、筱巢抱衾上高冈，听哀猿叫残月，坐候着朝阳出来，看白云铺海。此处可说是黄山中心，右有莲花峰，左有天都峰，背后有玉屏峰，古人曾有"不到文殊院，不见黄山面"之句，其重要可知。天都是全山最高峰，使人有高山仰止、景行行止之感，大家见峰势陡直，没有敢上去，我虽跃跃欲试，可是附和无人，也就罢了。听说当年吴稚老曾上去过，我们这般后生小子，辜负了好腰脚，恐将为稚老所笑吧。离了文殊院，向西南行，小心翼翼地经过阎王壁，度大士崖，过莲花沟，直达莲花峰下，我这时雄心勃发，像猿猴般载欣载奔，居然以第一人先到峰巅，学着孙登长啸起来。这里据说可以望见庐山、九华和长江水，可是我没有带望远镜，不曾瞧见什么，只见重重叠叠的乱山而已。下了莲花峰，向西下百步云梯，穿过鳌鱼洞，横度天海，仿佛是一片平原。再北上光明顶，曲折而达狮子林。这一带也是风景绝胜的所在，一株株的奇松，一堆堆的怪石，恨不得搬到家里去，做盆景用。东北有始信峰，玲珑可爱，真如盆景中物，上有接引松与隐士江丽田弹琴处，我们爱得它什么似的，曾两度到此盘桓，蝶野席地作画，替我画了一幅，他受了山灵的感应，真是腕下有鬼，笔下有神，完成了一件杰作。峰巅下望，有石笋矼、梦笔生花、散花坞、观音峰诸名胜。狮子峰的右面有清凉台，奇石壁立，下视无地，我们也曾流连了二三度，并且贾着馀勇，结队直下散花坞，坞名散花，料想春季一定是野花烂漫，如锦如绣，可惜恰在秋季，花是不多见了。只为好景留客，难解难分，在狮子林留宿了三夜，夜夜听够了松涛泉韵，方始向四山揖别，向东南往云谷寺，在寺中啜云雾茶，拍照，又休息一小时，才再向东南出发。经仙人榜，看九龙瀑布，瀑布分成九条龙那么泻下来，只因久旱不雨，瀑流不大，这天虽有小雨，无济于事，然而看那九条白龙，缓缓地爬下来，也是很可悦目的。过此再走七里，就到苦竹溪，上汽车回杭州去。我一路上被黄山灵感所动，不觉来了诗兴，虽然不会作诗，居然也胡诌了五十首五言古诗，先前曾在本志登过，实在是蚓唱蛙鸣，那能写尽黄山的好处。现在且将清代诗人梅渊公氏的《黄山记游》一百韵附录在此，给读者们读了，当作卧游吧。

"夙昔怀黄山，屡负仙源约。初为风雨淹，云岚尽如幕。后逢霜霰零，岩巅北风恶。兹当六月中，旱魃复为虐。同游色俱沮，畏炎胜炮烙。岚影掩人怀，幽兴愈飞跃。权为松谷游，竟日聊可托。戒仆起中宵，东方尚鸣柝。晨光辨依稀，群峦渐磅礴。芙蓉与望仙，峰石如相索。其西为翠微，循流分涧洛。双石立关门，交牙为锁钥。自此断人烟，尘埃何地着。日午抵孤庵，阴松四寂寞。衲子善迎人，浓茶再三瀹。指点五龙潭，俯仰濯幽魄。向晚夕阳斜，半射云中壑。三十六高峰，将毋见大略。老僧谓不然，所见乃包络。何处为天都，骤惊邦与郭。余乃疾声呼，高怀那能遏。且莫返篮舆，芒鞋更紧缚。灯前问已经，曲折预商酌。山中鸟声异，如铃复如铎。是夜不得眠，暑气秋先夺。披星促饱

餐，济胜斗强弱。初从涧底行，莽深杖难拨。所幸无蝮虺，而乃
逼猱玃。仰首瞻云门，夹立如悬橐。攀援十馀里，始见石笋角。
城中望笋尖，径寸如锥卓。及旁笋根行，百寻不可度。回俯经过
地，取次在两属。昨为仰面尊，今为培塿末。从此识黄山，方知
不可学。群目尽皆瞪，群口不能诺。缭绕千万峰，簇簇散花萼。
想象铺两海，前后何寥廓。起伏为菌苔，与笋互犄角。群笋丛聚
处，忽见天花落。其峰谓始信，峰断因仙喝。天然松树枝，接引
宛如杓。过桥惊海市，一一几于活。方物复肖人，成兽亦成雀。
翻疑不是山，天工太雕琢。西望西海门，一线同箭括。日落紫烟
深，魑魅实栖拓。戏以石投之，顷刻走冰雹。回见月华生，咫尺
透衣葛。夜宿狮子林，孤灯吼堂灼。下界尽炎方，到来抱绵杓。
晨陟炼丹台，海气寒漠漠。波涛无定形，晶光流活泼。惜哉丹灶
存，何人更采药。东登光明顶，其势转空扩。天都与莲华，鼎立
差相若。何物神鳌洞，五丁幻开凿。侧身下青冥，以手代足摸。
百折转云梯，踵与顶相错。左右茫无据，鱼脊几多阔。盘绕上莲
花，目炫魂逾愕。一窍汲天心，升堂学猿攫。进退分死生，从者
泣还谑。以身殉奇观，葬此抑何怍。贾勇登绝顶，闭目喘交作。
蹲身抱危石，旷哉吾眼豁。其北为九华，其西为白岳。天目岚几
层，金陵烟一抹。长江襟带间，大海等沤沙。周遭数千里，指顾
了吴越。苦无双飞翰，乘风化孤鹤。下此险亦夷，如梦惊方觉。
吾将叹观止，仙境愈奇驳。巍哉文殊台，凌虚称极乐。大海此中
央，万笏拥阊阖。木榻求小憩，云气虚相持。香厨何所有，菜根
惬大嚼。东下小心坡，前此胆仍怯。洞壑隐层层，经过不知数。
杖拂老人头，始抵天都脚。天都千仞高，游者步齐却。无径置绠
梯，壁立矗如削。微风吹缥缈，隐隐闻天乐。过此磴愈滑，经年

积枯箨。一峰变一峰，凡骨尽皆脱。屏幢开碌砂，灿烂布丹艧。老衲栖中峰，形容见古虪。握手如故人，引我宿山阁。是夜月愈明，抱琴两酬酢。诸天齐答响，拱立俨璎珞。凌晨浴汤泉，手弄珍珠沫。昔为仙液喷，于今起民瘼。浴罢归桃源，龙潭辨尺蠖。长昼息精庐，馀兴尚搜掠。山中凡七日，何能尽广博。峰峰现霁色，良遇不为薄。山灵有至性，闻者徒糟粕。大都随意游，翻令真趣获。明日出汤口，分源寻掷钵。惜未识洋湖，海筏何年泊。"

民二六冬，我避兵皖南黟县南屏村，去黄山只有九十里，曾想前去小住一月，可是误信了村人的话，说那边已列为军事禁区，不许游览。后吾黟县祝县长，才知道没有这回事，待要去时，却因急于来沪，终于没有去，至今引为憾事。曾有七绝四首云："山中独数黄山秀，除却黄山不是山。晋谒山灵原所愿，却忧豺虎满江关。""朝山前度逾旬日，揖别归来梦与俱。迎客老松应矫健，还能记得故人无。""当年俊侣翩翩集，西海门前送夕曛。他日为予留片石，好临清晓看山云。""濂溪昔爱莲花好，我爱莲花第一峰。为问别来无恙否，愿君长葆旧花容。"又《追忆黄山白龙潭》云："怒泉惊沸起蛟眠，泻入千山绝点烟。看遍人间无净土，挐云攫日上诸天。"又《忆黄山·归田乐·从山谷体》云："巘叠玲珑玉。看嵯峨、奇峰三六。起伏层霄矗。欹也或耸也。挂也横也。——葱茏结寒绿。　　丹霞锁巇谷。千仞琼崖幽花簇。弥天云海，疑有众仙浴。石下与松下，随处有乱泉泻下，唤取灵猿伴三宿。"

我所爱游的名山，除了黄山，须推奉化的雪窦，千丈之岩，瀑泉飞雪，九曲之溪，流水涵云，无论一峰一岩，都幽奇古怪，委实是一座小型的黄山，而那千丈岩的瀑布，更胜过黄山的人字瀑、九龙瀑呢。我曾前去游过两次，至今还觉得醰醰有味。此外我所爱游的，须推邓尉和超山，因为我酷爱梅花，这两处的梅花，真是洋洋大观，单去游这么一天二天，还觉得不够过瘾，恨不能结庐其间，长住暗香疏影中啊。

原载《旅行杂志》1940 年第 14 卷第 1 期

绿水青山两相映带的富春江

自问是个爱好山水的人，可是游踪所至，不出苏浙皖三省，所经历的名山大川，屈指可数，那憧憧心头使我不能忘怀的，只有一座奇松怪石应接不暇的黄山，和一条绿水青山两相映带的富春江。

大约在十四年以前吧，我曾和几位老友游过一次富春江，留下了一个很深刻的印象。我们原想溯江而上，一路游到严州为止，不料游侣中有爱西湖的繁华而不爱富春的清幽的，所以一游钓台，就勾通了船夫，推说再过去是盗贼出没之区，很多危险，就忙不迭地拨转船头回杭州去了。后来揭破阴谋，使我非常懊丧，甚至比作岳武穆出师未捷，突被十二金牌召回，同为千古憾事。十年来虽常有重续旧游之想，却蹉跎又蹉跎，终未如愿。那知八一三事变以后，在浙江南浔镇蛰伏了三个月，转往安徽黟县的南屏村，道出杭州，搭了江山船，从钱塘江出发，经过了整整一条富春江，十足享受了绿水青山的幽趣，才弥补了我十四年前的缺憾，恍如身入黄子久富春长卷，诗情画意，不断地奔凑在心头眼底，真个是飘飘然的，好像要羽化而登仙了。可是当年到此，是结队寻春，而现在却为的避乱，令人不胜今昔之感，因有两绝句道："昔年曾泛富春江，魂梦常萦七里龙。一舸浮家重到此，不堪风雨扑船窗。""此行迢递五百里，一日思乡十二时。陌上花开应不远，再来品评到鲈鲥。"

富春江最美的一段，要算七里泷，又名七里濑、七里滩，那地点是在钓台以西的七里之间，两岸都是一叠叠的青山，仿佛一座座的翠屏一样，那水又浅又清，可以见水中的游鱼，水底的石子。遇到滩的所在，可以瞧到滚滚的急流，圈圈的漩涡，实在是难得欣赏的奇观。写到这里，觉得我这一枝拙笔，不能描摹其万一，且借昔人的好诗好词来印证一下，诗如秀水朱竹垞氏《泷中吟》云："泷中行，不知远。雨初消，云乍卷。药苗长，蒲叶短。一夫牵船九折坂，缆逾急，舟逾缓。前峰合，后峰开。一曲转，一曲回。密树重重暗，飞泉处处来。人家三五居泷里，半是樵夫半渔子。叉白鱼，捕乌鬼，钓车钓轮满沙觜。黄白花开照泷水，未必他乡能有此。泷中吟，子歌不足我嗣音。"又钱塘梁晋竹氏《舟行七里泷阻风》长歌云："层青叠翠千万重，一峰一格羞雷同。篷窗坐眺快眼饱，故乡无此青芙蓉。或如兔鹘起落势，或如鸾鹤回翔容。槎伢或似踞猛虎，蜿蜒或若游神龙。忽堂忽奥忽高旷，如壁如堵如长墉。老苍滴成翡翠绿，旧赭流作珊瑚红。巨灵手擘逊巉峭，米颠笔写输玲珑。中间素练若布障，两行碧玉为屏风。无波时露石齿齿，不雨亦有云濛濛。一滩一锁束浩荡，一山一转殊龙嵸。前行已若苇港断，后迳忽觉桃源通。樵歌隐隐深树外，帆影历历斜阳中。东西二台耸山半，乾坤今古流清风。我来祠畔仰高节，碧云岩下停游踪。搜奇履险辟藤葛，攀附无异开蚕丛。千盘百折始到顶，眼界直欲凌苍穹。斯游寂寞少同志，知者惟有羊裘翁。狂飙忽起酿山雨，四围岚气青葱茏。老鱼跳波瘦蛟泣，怒涛震荡冯夷宫。舟师深惧下滩险，渡头小泊收帆篷。子陵鱼肥新笋大，柁楼晚饭饤盘充。三更风雨五更月，画眉啼遍峰头峰。"词如眉山苏东坡氏《行香子·过七里滩》云:"一叶舟轻。双桨鸿惊。水天清、影湛波平。鱼翻藻鉴,鹭点烟汀。过沙溪急,霜溪冷,月溪明。　　重重似画,曲曲如屏。算当年、虚老严陵。君臣一梦,今古虚名。但远山长,云山乱,晓山青。"番禺陈兰甫氏有《百字令》一阕,系以小序:"夏日过七里泷,飞雨忽来,凉沁肌骨,推篷看山,新黛如沐,岚影入水,扁舟如行绿颇黎中,临流洗笔,赋成此阕,倘与樊榭老仙倚笛歌之,当令众山皆响也。"词云:"江流千里,是山痕寸寸,染成浓碧。两岸画眉声不断,催送蒲帆风急。叠石皱烟,明波蘸树,小李将军笔。飞来山雨,满船凉翠吹入。　　便欲舣棹芦花,渔翁借我,一领闲蓑笠。不为鲈香兼酒美,只爱岚光呼吸。野水投竿,高台啸月,何代无狂客。晚来新霁,一星云外犹湿。"秀水冯云伯氏《百字令·咏七里泷》云:"一星今古,向严江遥认,故人芳躅。四面画眉啼不断,只在白云丛竹。乱石穿沙,暗泉生雨,渔唱前汀续。此时高卧,闲鸥留住同宿。回望夕照西台,补屑晞发,来伴风流独。我亦清狂还故态,欲借松门茅屋。波静鱼跳,月凉鹤语,着个烟蓑绿。山灵无恙,仙鬟疑响空谷。"读了这两诗三词,就可知道七里泷之美,确是名不虚传的。

航行于富春江中的船,叫作江山船,有二三丈长的,也有四五丈长的,船身用杉木造成,满涂着黄润润的桐油,一艘艘都是光焕如新。船棚用芦叶和竹片编成,非常结实,低低地罩在船上,作半月形,前后装着门板,左右开着窗子,两面架着铺位,小的船有四个,大的船就有六个和八个,以供乘客坐卧之用。船上撑篙把柁、打桨摇橹的,大抵是船主的合家眷属,再加上三四名伙计,遇到了滩或水浅的所在,就由他们跳上岸去背纤,看了他们同心协力的合作精神，真够使人兴奋。船娘中当然也有面目端好，楚楚有致的。前清有一位显官宝竹坡氏，娶了个江山船上的船娘做妾，竟甘愿丢官，一时传为佳话。所以清代的诗人词客讽咏江山船的，很多风光旖旎之作。钱塘屠琴坞氏有《江山船曲》二绝云："越女如花捩柂来，江山船子一齐开。帆从罗刹矶边转，梦到严陵滩下回。""邻舟女伴却相邀，今夜收帆泊二桥。絮语篷窗灯一点，西风初过满江潮。"华亭张祥河氏《江山船棹歌》云："花瓜才供星妃节，八夕开江月有姿。早雁几声过银汉，柂梢齐转小腰支。""吴语挦来亦自谐，风前絮絮话天涯。一双水上蜻蜓翼，飞上玲珑紫玉钗。""侬家生小不知愁，萍梗随波任去留。过雨江天新洗镜，夜凉对月更梳头。""大姑也晒小姑痴，无赖心情倦倚时。出袖纤纤红指甲，藕丝缠罢又菱丝。""罗衫窄袖自亭亭，爱好天然出性灵。生在富春图画里，不知山色比眉青。""乌石滩声滚滚来，江程七里暮潮回。红裙未识先生号，道着羊裘坐钓台。""沉沉露下草头香，淡淡波翻月子黄。不是江枫萧瑟夜，四弦如诉学浔阳。""双塔山高对夕曛，双溪水驶路中分。妾心本是山头石，郎意争如溪口云。"全椒薛澍生氏有《浣溪纱·咏江山船》前后十六首，选录七首于此："江水湾湾漾碧波。山岚冉冉映青螺。江山如此易情多。江上潮来游客梦，山中云遏美人歌。江山如此奈情何。""临水花枝分外娇。一江烟月路迢迢。灯红酒碧可怜宵。　半面琵琶羞客顾，双声檀板倩郎敲。东君无语暗魂消。""一路珠帘不上钩。杭州过了是严州。石尤风急打船头。　昨夜飘萧留客雨，明朝艰苦上滩舟。有花有酒不须愁。""鸥恋烟波蝶恋香。嘲风弄月度年光。夜深人不隔红墙。　薄幸有时嗔杜牧，风流私许嫁王昌。

聘钱十万待商量。""听水听风伴寂寥。邮亭官妓仿前朝。因缘只在木兰桡。 绿树暗藏鹦鹉语，碧梧新结凤凰巢。夜深私授郁轮袍。""三折江流曲又弯。美人生长碧波间。闲愁历劫不曾删。郎意恰如之字水，侬心长对玉皇山。珠帘半卷理云鬟。""轻拨檀槽发曼声。啼眉慵鬓不胜情。芳名新唤啭春莺。 团扇暗遮人影瘦，轻帆低挂涨痕平。晚凉独自倚红亭。"读了这十几首诗与词，可知乾嘉之间，江山船上的船娘，多半是卖笑的神女，而现在却绝对的没有了。除了江山船外，也有一夫一妇共管的较小的船只，往来于富春江上，泛宅浮家，真如神仙眷属，任是贫贱夫妇，也大足使人艳羡呢。我曾有《富春江棹歌》三绝云："兰桡小泊富春江，贪看青山启绿窗。郎坐船舷倚鹢首，鸳鸯终古自成双。""千山绿压富春江，面面云屏绕碧窗。侬听画眉郎进酒，夕阳红上木兰艭。""撑篙把柁总成双，暮暮朝朝共一艘。侬愿红颜常不老，与郎长住富春江。"

一船兀兀，从钱塘江摇到屯溪，前后足足有十三四天之久，而其中六七天，却在富春江至严江中度过，青山绿水间的无边好景，真个是够我们享受了。我们曾经迎朝旭，挹彩云，看晚霞，送夕阳，数繁星，延素月，沐山雨，栉江风，也曾听滩声，听瀑声，听渔唱声，听樵歌声，听画眉百啭声，听松风谡谡声，耳目的供养，尽善尽美，虽南面王不与易，真不啻神仙中人了。我为了贪看好景，不是靠窗而坐，就是坐在船头，不怕风雨的袭击，只怕有一寸一尺的好山水，轻轻溜走。但是每天天未破晓，船长就下令开行，在这晓色迷濛中，却未免溜走了一些，这是我所引为莫大憾事的。幸而入夜以后，总得在什么山村或小镇的岸旁停泊过宿，其他的船只，都来聚在一起。短篷低烛之下，听着水声汩汩，人语喁喁，也自别有一种佳趣。我曾有小词《诉衷情》一阕《咏夜泊》云："夜来小泊平矼。富春江。左右芳邻，都是住轻艭。　　波心月，清辉发，映篷窗。静听怒泷吞石，水淙淙。"清代词人厉樊榭氏月夜过七里滩，有《百字令》一阕："秋光今夜，向桐江，为写当年高躅。风露皆非人世有，自坐船头吹竹。万籁生山，一星在水，鹤梦疑重续。拏音遥去，西岩渔父初宿。　　心忆汐社沉埋，清狂不见，使我形容独。寂寂冷萤三四点，穿破前湾茆屋。林净藏烟，峰危限月，帆影摇空绿。随流飘荡，白云还卧深谷。"又吴穀人氏《台城路·富春道中》云："江流不管闲鸥梦，匆匆似随帆转。鬓短笼烟，衫轻浣雪，禁得天涯人惯。丝风乍卷。听万竹阴中，画眉低啭。镇日狂歌，早催斜照坠天半。　　回头山远水远。只依依雾月，无限情恋。短笛能横，长鱼欲舞，相对蓬壶清浅。空明一片。想深谷高眠，白云都懒。钓火何来，隔滩流数点。"下半阕写江上夜景，清幽如画。除了这江上明月，使人系恋以外，还有那白天的映日乌桕，也在我心版上刻下了一个深深的影子。因为我们过富春江时，正在十一月中旬深秋时节，两岸山野中的乌桕树，都已红酣如醉，掩映着绿水青山，分外娇艳。我们近看之不足，还得唤船家拢船傍岸，跳上去走这么十里五里，在树下细细观赏，或是采几枝深红的桕叶，雪白的桕子，带回船去做纪念品。关于这富春江上的乌桕，不用我自己咏叹，好在清代名词人郭频迦氏有《买陂塘》一词，写得加倍的美，系以小序："富阳道中，见乌桕新霜，青红相间，山水映发，帆樯洄沿，断岸野屋，皆入图绘，竟日赏玩不足，词以写之。""绕清江、一重一掩，高低总入明镜。青要小试婵娟手，点得疏林

妆靓。红不定。衬初日明霞，斜日馀霞映。风帆烟艇。尽闷拓
窗棂。斜欹巾帽，相对醉颜冷。　　桐江道，两度沿缘能认。者
回刚及霜讯。萧闲鸥侣风标鹭，笑我鬓丝飘影。风一阵。怕落
叶漫空，埋却寻幽径。归来重省。有万木号风，千山积雪，物
候更凄紧。"

　　富春江风景最美的所在，是从富阳到严州的一段，那青青的
山，可以明你的眼；那绿绿的水，可以洗你的五脏六腑。无怪当
初严子陵先生要薄高官而不为，死心塌地的隐居在富春山上，以
垂钓自娱了。富阳以出产草纸著名，是一个大县，我经过两次，
只为船不能拢岸，都不曾上去观光，可是遥望鳞次栉比的屋宇，
就可想象到那里的繁荣。关于富阳的诗词，曾选得了几首，如方
回氏《晓发富阳县》云："长山砻石片帆斜，小雨初晴日眩沙。
回首遥看富阳县，青烟低罩一丛花。"姜清亭氏《富阳县》云：
"泽国千帆集，秋风万马骄。半空横虎穴，一县跨山腰。木叶钟
声度，天空雁阵遥。生怜谢康乐，泪滴浙江潮。"王壬秋氏《富
阳》云："玉瓦映朱楼，雪照千家县。深林翼孤峰，烟拥三重观。
青澜既潭沱，寒树犹明蒨。悠悠叩枻讴，渺渺惊凫乱。赏心不假
言，馀秀殊可玩。"毛泽民氏《生查子·富阳道中》云："春晚出
山城，落日行江岸。人不共潮来，香亦临风散。　　花谢小妆
残，莺困清歌断。行雨梦魂消，飞絮心情乱。"又《菩萨蛮·富
阳道中》云："春潮曾送离魂去。春山曾见伤离处。老去不堪愁。
凭阑看水流。　　东风留不住。一夜檐前雨。明日觅春痕。红疏
桃杏村。"又《惜分飞·富阳水寺秋夕望月》云："山转沙回江声
小。望尽冷烟衰草。梦断瑶台晓。楚云何处英英好。　　古寺黄
昏人悄悄。帘卷寒堂月到。不会思量了。素光看尽桐阴少。"又

《富阳僧舍作别语赠妓琼芳》云："泪湿阑干花著露。愁到眉峰碧聚。此恨平分取。更无言语空相觑。　　断雨残云无意绪。寂寞朝朝暮暮。今夜山深处。断魂分付潮回去。"杨伯夔氏《清平乐·富阳舟夜》云："高山流水。大有濠梁意。可惜相如游倦矣。几点风前清泪。　　萧骚古柳空城。客愁最怕秋声。添个无名江鸟，雨中夜夜孤鸣。"

　　桐庐在富阳县西，置于三国吴的时代，真是一个很古老的县治了。在明代和清代，属于严州府，民国以来，改属金华。因为这是往游钓台和通往安徽的必经之路，游人和客商，都得在这里逗遛一下，所以沿江一带，特别繁荣。我上次来游富春江，曾在这里住过一夜，在惠宾旅馆中听过卖唱女郎的泗州调，吃过襟江楼上的桃花鳜和炒鳝背，游过对岸那座小小的桐君山，还记得桐君寺里"君系上古神仙，灵兮如在；我爱此间山水，梦也常来"那副好联，时隔十馀年，还觉得津津有味。此次过桐庐，虽曾上岸去买了些东西，却因急于赶路，来不及游览，就匆匆地上船走了。关于桐庐的诗词，很有几首绝妙的，诗如杜牧之氏《寄桐江隐者》云："潮来潮去洲渚春，山花如绣草如茵。严陵台下桐江水，解钓鲈鱼能几人。"姚镛氏《桐庐道中》云："两岸山如簇，中流锁翠微。风帆逆水上，江鹤背人飞。野庙青枫树，人家白板扉。严陵台下过，不敢浣尘衣。"陆放翁氏《桐庐县泛舟东归》云："桐江艇子去乘月，笠泽老翁归放慵。一尺轮囷霜蟹美，十分潋滟社醅浓。宦游何啻路九折，归卧恨无山万重。醉里试吹苍玉笛，为君中夜舞鱼龙。"吴师道氏《桐庐夜泊》云："合江亭前秋水清，归人罢市无馀声。灯光隐见隔林薄，湿云闪露青荧荧。楼台渐稀灯渐远，何处吹箫犹未断。凄风凉叶下高桐，半

夜仙人来绝巘。江霏山气生白烟，忽如飞雨洒我船。倚篷独立久
未眠，静看水月摇清圆。"刘芙初氏《自钱塘至桐庐舟中杂诗》
云："柔橹咿哑响几枝，寄书付与弄潮儿。何当乞得江神便，一
日潮回十二时。""推篷树色四青苍，分得烟云满客囊。迟我富
春游几日，不留红叶作轻装。""一折青山一扇屏，一湾碧水一
条琴。无声诗与有声画，须在桐庐江上寻。""估客船中习未除，
开窗一卷计然书。寒鱼衔尽鸬鹚立，如此萧闲如不如。"朱竹垞
氏《桐庐雨泊》云："桐江生薄寒，急雨晚淋漓。炊烟起山家，
化作云覆屋。居人寂无喧，一气沉岭腹。白鹭忽飞翻，让我沙
际宿。"梁晋竹氏《登桐君山》云："结庐仙隐后，采药说桐君。
采药人何处，满山空白云。遥帆隐疏树，古桥立斜曛。一径松风
里，幽泉次第闻。"词如叶小庚氏《眼儿媚·桐庐道中》云："峭
帆风定晚来晴，远浦断霞明。篷窗静倚，半江渔艇，两岸鸠声。
船娘生小娇痴惯，软语泥人听。笑轻歌缓，茶香酒酽，着意逢
迎。"杨伯夔氏《南乡子·自三衢回杭舟次桐庐》云："蒲艇竹为
篙。又泊桐江待暮潮。一夜凝云商作雪，明朝。手折梅花祭谢
皋。　　翠尾尽低摇。禽小无名集莘条。除却鹭鸥都畏冷，寥寥。
那是江湖耐久交。"又《买陂塘·桐庐阻风》云："越江流、碧无
边际，层峦翠瀜如雾。渡头叶叶蒲帆稳，输尔轻于飞鹭。天又
暮。乍黯淡、吹人几点桐庐雨。更无鸥侣。向水莶凉边，烟芦瞑
底，摇兀一篷住。　　长干曲，一样画船游女。汀洲谁采兰杜。
黄垆汐社销沉久，寂寞西台今古。乡思苦。正野寺钟残，又听津
亭鼓。宵长不语，见白海漂花，青山堆梦，潮影入深树。"吴毅
人氏《酹江月·夜过桐庐》云："秋无边际，看阴阴一片，初凝
凉魄。借取半帆风力稳，争向玉壶摇曳。舞鹤邀凉，眠鸥选梦，

此度尘凡隔。橹音何处，远滩渔火明灭。　许我载酒来游，醉馀长啸，千顷江波裂。采药人骑龙背去，几叶云迷瑶宅。泉古鸣弦，山空响玉，弹破桐枝碧。蓬瀛不远，梦魂还恋幽夕。"

过了桐庐，更向西去，约四五十里之遥，就到了富春山。我最爱清代诗人徐阮邻氏一首诗："江回滩绕百千湾，几百离肠九曲环。一棹画眉声里过，客愁多以富春山。"山上有东西二台，高一百六十丈，东台是后汉严子陵钓台，西台是南宋谢皋羽哭文天祥处。上次我专诚来游，曾走上山去，谒严先生祠，拜观他那道貌慈祥的画像，录下了一副长联："磐石钓台高，任长鲸跋浪沧溟，料理丝纶，独把一竿观世局；扁舟云路近，携孤鹤放怀山水，安排诗酒，好凭七里听滩声。"祠旁客星楼中更有"大汉千古，先生一人"一副短联，称颂得他分外伟大。谢先生名翱，号晞发子，宋代长溪人，曾当过文文山咨议参军，宋亡，文山殉国，先生独带了酒，登富春山，设文山神主，再拜恸哭，取竹如意击石，作楚些之歌，以招忠魂，歌罢，声泪俱下，竹如意与石同碎。而现在山上，就立有"谢皋羽恸哭西台"一块挺大的石碑，留作永久纪念了。一位高士，一位忠臣，东西台两两对峙，平分春色，富春山水，更为之增光不少。从来诗人词客歌咏钓台的作品，不可胜数，委实采不胜采，如今且把我所爱读的几首，汇录于此。诗如唐代高僧神颖大师《宿严陵钓台》云："寒谷荒台七里洲，贤人永逐水东流。独猿叫断青天月，千古冥冥潭树秋。"宋代施必达氏《严子陵钓台》云："悬崖断壑少人踪，只合先生卧此中。汉业已无一抔土，钓台今日几秋风。"林霁山氏《谒严子陵祠》云："客星谪下桐江湄，傲睨烟雨何年归。空遗清气满林壑，草木不受春风肥。我来维舟奠椒醑，薜荔祠荒泣山鬼。乱峰欲雪江气严，老蜃吹云日色死。白水真人御绛衣，勋臣四七攀鳞飞。冥鸿遐举不可致，天地浩荡容渔矶。季年熏貂成党狱，阿瞒朵鼎终瑟缩。东都节义何为高，七尺之台一竿竹。"明代张志道氏《严陵钓台》云："故人已乘赤龙去，君独羊裘钓月明。鲁国高名悬宇宙，汉家小吏待公卿。天回御榻星辰动，人去空台山水清。我欲长竿数千尺，坐来东海看潮生。"清代刘芙初氏《严滩口号》云："昨晚钱塘江上潮，潮头一路傍兰桡。分明万古英雄恨，流到严滩也自消。""阅尽风波是钓台，波心风定一帆开。滩高滩下都随分，只爱滩声入梦来。"郑玑尺氏《钓台》云："高台俯映暮江清，叶叶风帆尽日行。碧水几时停过客，青山终古属先生。可知遁世原持世，始信逃名是爱名。惭愧萍蓬无定迹，沧洲暂借濯尘缨。"词如清代冯云伯氏《河传·钓台》云："峰转。江远。高台平。落日潮生鸟鸣。画眉四面山色青。秋晴。渔舟呼不应。　　晞发西台谁痛哭。天地窄。烟雨一蓑绿。鸬鹚滩。竹石寒。钓竿。故人去不还。"曹秋岳氏《水调歌头·钓台》云："行过富春渚，绝壁倚青天。披裘男子高卧，安取客星悬。手弄桐庐烟雾。秋水不随人老，花覆打鱼船。青史几兴废，竿影至今圆。　　摘松鬣，摩薜石，恨高寒。谢家如意偏到，山顶泣婵娟。欲起云台将相，罗拜先生床下，汉鼎定千年。旧事休深论，溪畔且安眠。"朱竹垞氏《秋霁·严子陵钓台》云："七里滩光，见拥树归云，石壁衔照。渔火犹存，羊裘未敝，只合此中垂钓。客星曾老。算来无过烟波好。况有个、偕隐市门，仙女定娟妙。　　当此更想，去国参军，白杨悲风，应化朱鸟。翠微深、鸬鹚飞处，半林茅屋掩秋草。历历桅楼人影小。水远山远，君看满眼江山，几人流涕，把莓苔扫（子陵，梅福女婿，参军谓谢皋羽。《西台恸哭记》有"化为朱鸟将安居"之歌）。"关于西台恸哭之谢皋羽先生，亦得诗三首，如宋代林霁山氏《酬谢皋父见寄》云："入山采芝薇，豺虎据我丘。入海寻蓬莱，鲸鲵掀我舟。山海两有碍，独立凝远愁。美人渺天西，瑶音寄青羽。自言招客星，寒川钓烟雨。风雅一手提，学子屦满户。行行古台上，仰天哭所思。馀哀散林木，此意谁能知。夜梦绕勾越，落日冬青枝。"明代高僧大同大师《读谢翱传》云："南奔北走家何在，七里滩前许剑来。厓海夜寒惟月上，冬青树老又花开。侧身天地聊晞发，怅望江山独把杯。一掬当年知己泪，秋风洒尽下西台。"清代徐东痴氏《富春山中吊谢皋羽》云："晞发吟成未了身，可怜无地著斯人。生为信国流离客，死结严陵寂寞邻。疑向西台犹恸哭，思当南宋合酸辛。我来凭吊荒山曲，朱鸟魂归若有神。"自问秉性恬淡，与严先生相似，而生而多感，则又和谢先生为近，所以富春山的东西二台，所给予我的观感极深，只恨满地荆榛，欲行不得，否则，定当以一叶扁舟，荡向七里滩边，抠衣直上富春山，到西台上恸哭一番，洒却数升辛酸眼泪，然后更上东台，学严先生把竿垂钓，终老岩阿咧。

自钓台到严州，一路好山好水，真是目不暇接，美不胜收。严州本为府治，置于明代，民国以后，改为建德县。我在严州曾盘桓半天，在江边的茶楼上与吴献书前辈品茗谈天，饱看水光山色，当夜在船上过宿。赋得绝句四首："浮家泛宅如沙鸥，欸乃声繁似越讴。听雨无聊耽午睡，兰桡摇梦下严州。""玲珑楼阁峨峨立，品茗清淡逸兴赊。塔影亭亭如好女，一江春水绿于茶。""粼粼碧水如罗縠，渔父扁舟挂网回。生长烟波生计足，鸬鹚并载卖鱼来。""灯火星星随水动，严州城外客船多。篷窗夜听潇潇雨，江上明朝涨绿波。"昔人诗词中，曾见清代吴兰雪氏《桐江舟中》云："烟鬟低漾水风柔，夹岸青山笑不休。诗梦卅年无觅处，画眉声里又严州。"吴翊寅氏《严州山水佳胜诗以纪之》云："江天秀色开灵岩，别有造化工雕劖。丹青紫翠不可状，晴峰重叠烟云嵌。泠然吟啸杂鸾凤，远瀑百道飞寒杉。玎琤涧响漱碧玉，波光净拭如鉴函。清溪忽转路疑断，湘水九曲随风帆。岚气濛濛作微雨，午阴薄润霏轻衫。茶瓯饮满睡初足，放眼饱看心犹馋。恨无鹅溪数幅绢，粉墨缩本摹层岩。静观潇洒得天趣，桐花乱落山鸟衔。招邀深嶂去采药，手劚茯苓携长镵。缘悭未许俗骨蜕，丹崖白石撑巉巉。回看村落晚炊上，鸡犬莫辨仙与凡。登峰迳待去屐齿，腰脚健谢松萝挽。山川世代有时改，千载钓台还姓严。"吴毅人《高阳台》词《严江春尽日，旅馆无人，惟听雨声送花，买醉不得，黯然于言》云："絮絮无言，花花似梦，几曾料理归船。未到离愁，送春只自年年。天涯近已伤春甚，怕春归、斜照谁怜。更伤心、雨后亭台，一碧如烟。　茫茫细认裙腰路，料乡关咫尺，一样山川。为问东风，可能留向尊边。与春有约春偏去，恼今宵、燕子无眠。听檐声、直到天明，又接啼鹃。"

从富春江入新安江而达屯溪，一路上有许多急滩，据船夫说，共有大滩七十二，小滩一百几。他是不是过甚其辞，我们也无从知道了。在上滩时，船上的空气，确是非常紧张，把柁的把柁，撑篙的撑篙，背纤的背纤，呐喊的呐喊，完全是力的表现。儿子铮曾有过一篇记上滩的文字，摘录几节如下："汹涌的水流，排山倒海似的冲来，对着船猛烈地撞击，发出了一阵阵咆哮之声。船老大雄纠纠地站在船头，把一根又长又粗的竹篙的铁尖，猛力地直刺到江底的无数石块之间，把粗的一头插在自己的肩窝里，同时又把脚踏在船尖的横杠上，横着身子，颈脖上凸出了青筋，满脸涨得绯红，当他把脚尽力挺直时，肚子一突，便发出了一阵'唷——嘿'的挣扎声，船才微微地前进了一些。这种力的表演，在古希腊力士的石膏塑像上虽可瞧到，但比不上船老大所表演的来得逼真。这样的打了好几篙，船仍没有脱险，他便将桅杆上的藤圈，圈上系有七八根纤绳，用浑身的力，拉在桅杆的下端，于是全船的重量，全都吃紧在纤夫们的身上，船老大仍一篙连一篙地打着，接着一声又一声的呐喊。在船梢上，那白发的老者双手把着柁，同时嘴里也在呐喊，和船老大互相呼应。有时急流狂击船梢，船身立刻横在江心，老者竭力挽住了那千斤重的柁，半个身子差不多斜出船外，呐喊的声音，直把急流的吼声掩盖住了。在岸滩上，纤夫们竟进住不动了，他们的身子接近地面，成了个三十度的角，到得他们的前脚站定了好一会儿之后，后脚才慢慢地移上来，这两只脚一先一后的移动，真的是慢得无可再慢的慢动作了。他们个个人都咬紧了牙关，紧握了拳头，垂倒了脑袋，腿上的肌肉，直似栗子般地坟起。这时的纤绳，如箭在张大的弓弦上，千钧一发似的，再紧张也没有了。终于伟大的人力，克服了有限的水力，船身直向前面泻下去，猛吼的水声，渐渐地低了。最后的胜利，终属于我！"这一篇文字，虽很幼稚，描写当时情景，却还逼真。富春江上的大滩，以鸬鹚滩与怒江滩为最著名。诗中咏及鸬鹚滩的，有朱竹垞氏的一首《七里濑》："七里濑急鸣哀湍，严陵于此留钓坛，两崖怪石青攒攒。雨来欲上不得上，竹篙撑过鸬鹚滩。"我过怒江滩时，曾有七绝一首："怒江滩上端流急，郁郁难平想见之。坐看船头风浪恶，神州鼎沸正斯时。"关于上滩的诗，华亭张祥河氏有《上滩》云："上滩舟行难，一里如十里。自过桐江驿，滩曲出沙觜。束流势不舒，遂成激箭驶。游鳞清可数，累累铺石子。忽焉涉深波，鼋鼍伏中沚。舟背避石行，邪许声满耳。瞿塘滟滪堆，其险更何似。"钱塘谭仲修氏有《上滩行》云："群流吞乱石，万指争一篙。逡巡欲上不得上，天寒水落滩益高。七里泷头更西去，山似荆关点毫素，平生坐爱山水清。宁知行路复难行，人生进止各有数，由来美恶无定名。水浅漫至骭，空歌白石烂。千夫邪许声，晨朝达夜半，舟中之人兮耿独旦。"

画眉是一种黄黑色的鸣禽，白色的较少，它的眉好似画的一般，因此得名。据说产于四川，但是富春江上，也特别的多。你的船一路在青山绿水间悠悠驶去，只听得夹岸柔美的鸟鸣声，作千百啭，悦耳动听，这就是画眉，所以昔人歌颂富春江的诗词中，往往有画眉点缀其间。我爱富春江，我也爱富春江的画眉，虽然瞧不见它的影儿，但听那宛转的鸣声，仿佛是含着水在舌尖上滚，又像百结连环一般，连绵不绝，觉得这种天籁，比了人为的音乐，曼妙得多了。我有《富春江凯歌》一绝句，也把画眉写了进去："将军倒挽秋江水，洗尽黏天战血斑。十万雄师齐卸甲，画眉声里凯歌还。"此外还有一件俊物，就是鲥鱼。富春江上父老相传，鲥鱼过了严子陵钓台之下，唇部微微起了红斑，好像点上一星胭脂似的，试想鳞白如银，加上了这嫣红的脂唇，真的成了一尾美人鱼了。我两次过富春江，一在清明时节，一在中秋以后，所以都没有尝到富春鲥的美味，虽然吃过桃花鳜，似乎还不足以快朵颐呢。据张祥河氏之《钓台》诗注中说："鲥之小者，谓之鲥婢，四五月间，仅钓台下有之。"鲥婢二字很新，《尔雅》

中不知有没有？并且也不知道张氏所谓小者，是小到如何程度。往时我曾吃过一种很小的小鱼，长不过一寸左右，桐庐人装了瓶子出卖，味儿很鲜，据说也出在钓台之下，名子陵鱼。如今我发下一个大愿，愿苦苦地守到河清海晏、日月重光之后，以轻红一舸，容与富春江上，听画眉，啖鲥婢，任它十天二十天的在江上过去，慢慢地到了屯溪，然后舍舟登陆，转到黄山去畅游一番，踏遍三十六奇峰，高瞻远瞩。倘此愿得偿，已足快慰平生，不再作壮游五岳之想了。

原载《旅行杂志》1941 年第 15 卷第 1 期

杨梅时节到西山

——记洞庭西山之游

　　今春农历二月中旬，正当梅花怒放的季节，我应了江苏省立图书馆长蒋吟秋兄之约，到沧浪亭可园去观赏浩歌亭畔的几株老梅，和小西湖边那株易君左兄誉为"江南第一梅"的胭脂红梅，香色特殊，孤芳自赏，正如吟秋兄所谓以儿女容颜而具英雄性格的。饱看了名梅之后，又参观了在抗战期间密藏洞庭西山而最近完璧归赵的许多善本书籍。在茶会席上遇见了西山显庆禅寺的住持闻达上人，他就是八年间苦心孤诣保持这些珍籍的大功臣，年四十许，工书善诗，谈吐不俗，曾师事故高僧太虚、大休两大师，除显庆禅寺外，兼主苏州龙池庵，虽是僧侣，而并没有一些僧侣的习气，但觉得恂恂儒雅，绝似一位骚人墨客一般。席散之后，他就和范烟桥兄同到我家，探看梅丘梅屋下的几株白梅，它们本是洞庭西山的产物，这时就好似见了故人一样。我们畅谈之下，仿佛增加了十年的友情，上人坚邀于枇杷时节去西山一游，可在他的禅寺中下陈蕃之榻，由他作东道主，我们都欢欣地答允了。

　　荏苒数月的光阴，消逝得很快，我因愤世嫉俗，意兴阑珊，百无聊赖之中，只以花木水石自遣，几乎把闻达上人的游山旧约付之淡忘了。到了枇杷时节，眼见凤来仪室北窗外的一树枇杷，一颗颗的黄了熟了，尽是摘下来饱啖，也并不想到洞庭西山的白沙枇杷。倒是范烟桥兄不忘旧约，一见枇杷、杨梅相继上市，就投了一首诗给闻达上人："曾与山僧约看山，枇杷黄熟杨梅殷。偶然入市蓦然见，飞越心神消夏湾。"上人得诗也不忘旧诺，忙着与烟桥兄接洽，约定于国历六月二十七日往游，烟桥兄转达于我，并约了程小青兄等七八人同去，我是无可无不可的，立时答允下来。谁知到了二十七日那天早上，天不作美，竟下起雨来，我以为这一次西山之游，恐成画饼了。正待着老妈子去探问小青兄他们去不去，而小青兄已穿了雨衣戴了雨帽赶上门来，说别的游伴或因有事或因怕雨都来回绝，可是他和烟桥兄是去定了的，并要拉我同去。我倒也并不怕雨，他们既游兴勃发，我是个有闲之身，当然奉伴，于是毅然决然地带着雨具走了。

我们俩雇了人力车赶到胥门外万年桥下西山班轮船的码头上，闻达上人在船头含笑相迎，而烟桥兄早已高坐船舱中，悠闲地抽着纸烟。此行只有我们三人，并无外人，平日间彼此原是意气相投，如针拾芥，如今结伴同游，自是最合理想的游伴。闻达上人不在西山相候，而特地从苏州伴同我们前去，真是情至义尽，使人感激得很！轮船九时解缆，两小时到木渎镇停泊，我们在石家饭店吃面果腹之后，回到船中，直向胥口进发。一时徐出胥口，就看到了三万六千顷的太湖的面目，浩浩森森，足以荡涤尘襟，令人有仙乎仙乎之叹，唐代大诗人陆鲁望称太湖乃仙家浮玉之北堂，的非溢美之辞。我们先前只在岸上望太湖，只是心慕丽质，那及此时借着舟楫投入太湖怀抱这么的亲昵，不觉想起皮日休泛太湖长歌的佳句来："（上略）三万六千顷，千顷颇黎色。连空澹无颣，照野平绝隙。好放青翰舟，堪弄白玉笛。疏岑七十二，巉巉露矛戟。悠然啸傲去，天上摇画艒。西风乍猎猎，惊波窅涵碧。倏忽雷阵吼，须臾玉崖坼。树动为蜃尾，山浮似鳌脊……"太湖之美，已给他老人家一一道尽，我虽想胡诌几句来歌颂它一下，竟不能赞一辞，而烟桥兄吟哦之下，却已得了两句："山分浓淡天然画，浪有高低自在心。"大家听了，都道一声好，他意在促成一首七律，一时想不妥帖，于是又成了七绝一首："一舟划破水中天，七十二峰断复连。低似蛾眉高似髻，不须粉黛亦婵娟。"比喻入妙，倒也未经人道。今人称东南山水之美，总说是杭州的西湖，其实西湖只有南北二高峰作点缀，那及太湖拥有七十二峰之伟大。我们在船上放眼望去，只见峰峦起伏，似是一叶叶的翡翠屏风，目不暇接，而以西山的缥缈峰和东山的莫釐峰为领袖，东西岿峙，气象万千，衬托着汪洋浩瀚的太湖，送到眼底，高瞻远瞩之馀，觉得这一颗心先已陶醉了。于是我也口占了一首诗："七十二峰参差列，翠屏叶叶为我开。湖天放眼先心醉，万顷澄波一酒杯。"太湖太湖，您倘不是一大杯色香俱美的醇酒，我怎么会陶然而醉啊？

　　船出胥口后又两小时许，就到了镇下，傍岸而泊，踏着轻松的脚步，跨上了埠头，这才到了西山了。西山原是我旧游之地，这一回是前度刘郎今又来了。记得民二十四年冬，我为了要买些老梅树种在梅丘上下，曾随同文友吴雅非兄来到西山，就宿在他的家里，他的老母和夫人，招待得十分殷勤。第二天难为雅非兄四处与山农接洽，买到了十几株虬枝老干的大梅树，代雇了船装运到苏州。可是这次除观光了林屋洞外，并未出游，第三天就买棹回苏了。如今林屋洞无恙，而雅非兄墓草已宿，追忆旧游，为之腹痛！

　　跨上埠头时，瞥见一筐筐红红紫紫的杨梅，令人馋涎欲滴，才知枇杷时节已过，这是杨梅的时节了。闻达上人和山农大半熟识，就向他们要了好多颗深紫的杨梅，分给我们尝试，我们边吃边走，直向显庆禅寺进发。穿过了镇下的市集，从山径上曲曲弯弯地走去，夹道十之七八是杨梅树，听得密叶中一片清脆的笑语声，女孩子们采了杨梅下来，放在两个筐子里，用扁担挑回家去，柔腰款摆，别有一种风致，我因咏以诗道："摘来甘果出深丛，三两吴娃笑语同。拂柳分花归缓缓，一肩红紫夕阳中。"这一带的杨梅树实在太多了，有的已把杨梅采光，有的还是深紫浅红地缀在枝头，我们尽拣着深紫的摘来吃，没人过问，小青兄就成了一首五绝："行行看峦色，幽径绝埃尘。一路杨梅摘，无须问主人。"可是这山里的杨梅，原也并不像都市中那么名贵，出了三四千元，就可买到大大的一筐，而路旁沟洫之间，常见成堆的委弃在那里，淌着血一般的红汁，我瞧了怅惜不置！心想倘有一家罐头食物厂开在这里，就可把山农们每天卖不完的杨梅收买了蜜饯装罐，行销到国内各地去，化无用为有用，那就不致这样的暴殄天物了。

　　行进约二里许，闻达上人忽说："来来来！我们先来看一看林屋洞。"于是折向右方，踏着野草前去百馀步，见有大石盘礴，一洞豁然，石上刻有"天下第九洞天"六个擘窠大字，并有灵威丈人异迹的石刻。洞宽丈许，高约四五尺，我先就伛偻着走了进去，石壁打头，不能直立，地上湿漉漉的，泞滑如膏，向内张望，只见黑黝黝的一片，也不知有多远多深。但据《娄地记》说："潜行二道，北通琅琊东武县，西通长沙巴陵湖，吴大帝使人行三十馀里而返。"《郡国志》说："阖闾使灵威丈人入洞，秉烛昼夜行七十馀日不穷（一说十七日），乃返，曰：'初入洞口甚隘，约数里，遇石室，高可二丈，上垂津液，内有石床枕砚。'石几上有素书三卷，上于阖闾不识，使人问孔子，孔子曰：'此禹石函文也。'阖闾复令入，经两旬却返，云不似前也，惟上闻风涛声，又有异虫挠人扑火，石燕蝙蝠大如鸟，前去不得，穴中高处照不见巅，左右多人马迹。"《拾遗记》说："洞中异香芬馥，众石明朗，天清霞耀，花芳柳暗，丹楼琼宇，宫观异常，乃见众女霓裳，冰颜艳质。"众说纷纭，都是些神话之类，不可凭信。我小立了一会儿，只觉凉风袭来，鼻子里又闻到一股幽腐之气，就退了出来。要不是陵谷变迁，我不信这洞中可昼夜行七十馀日，也不信可以深入三十馀里。据闻达上人说，十馀年前，他曾带了电炬，带爬带走地进去了半里多路，因见地上有很大的异兽似的脚印，才把他吓退了，不敢深入。唐代大诗人皮日休，曾探过此洞，有长诗记其事："斋心已三日，筋骨如烟轻。腰下佩金兽，手中持火铃。幽塘四百里，中有日月精。连亘三十六，各各为玉京。自非心至诚，必被神物烹。顾余慕大道，不能惜微生。遂招放旷侣，同作幽忧行。其门才函丈，初若盘礴硎。洞气黑眹盰，苔发红鬐鬡。试足值坎窞，低头避峥嵘。攀缘不知倦，怪异焉敢惊。匍匐一百步，稍稍策可横。忽然白蝙蝠，来扑松炬明。人语散颏洞，石响高玲玎。脚底龙蛇气，头上波涛声。有时若服匿，逼仄如见绷。俄尔造平澹，豁然逢光晶。金堂似铸出，玉座如琢成。前有方丈沼，凝碧融人睛。云浆湛不动，琼露涵而馨。漱之恐减算，勺之必延龄。愁为三官责，不敢携一罌。昔云夏后氏，于此藏真经。刻之以紫琳，秘之以丹琼。期之以万祀，守之以百灵。焉得彼丈人，窃之不加刑。石匮一以出，左神俄不扃。萬书既云得，吴国由是倾。薛缝才半尺，中有怪物腥。欲去既嗟喑，将回又伶俜。却遵旧时道，半日出杳冥。屡泥惹石髓，衣湿霑云英。玄篆乏仙骨，青文无绛名。虽然入阴宫，不得朝上清。对彼神仙窟，自厌浊俗形。却憎造物者，遣我骑文星。"细读全诗，也并没有什么新的发现，与诸记所载，如出一辙，他到底探过了洞没有，也还是可疑的，不过他并不曾说起遇到什么神仙灵怪，以眩世而惑众，总算是老实的了。据道书所载，洞有三门，同会一穴，一名雨洞，一名丙洞，一名旸谷洞，中有石室银房，金庭玉柱，石钟石鼓，内石门名隔凡。我们所进去的，大概就是雨洞，过去不多路，就瞧见了旸谷，恰在山腰之上，洞口高约丈许，长满了野草，黝黑阴森，茫无所见，谁也不敢进去。洞外石壁上多摩崖，宋代名人范至能、至先都有题名，笔致古朴可喜。再过去不远就是丙洞，洞门也很高广，可是进口很小，似乎容不得一个人体，当然是无从进去探看。这两洞附近，多玲珑怪石，林林总总，大小不下数百块。志书所谓林屋洞之外，乱石如犀象牛羊，起伏蹲卧者，大约就是指此吧？

辞别了林屋洞，仍还原路，又走了一里多路，蓦听得闻达上人欣然说道："到了到了，这儿就是我的家！"出家人没有家，寺观就是他的家。只见一重重果树和杂树乱绿交织之间，露出红墙一角。当下又曲曲折折地走了好几百步路，度过了一顶曲洞上的石桥，好一座宏伟古朴的显庆禅寺已呈现在眼前，我们就从边门中走了进去。此寺旧为禅院，有古钟，梁大同二年置为福愿寺，唐上元九年改为包山寺，高宗赐名显庆，可是大家都称它为包山寺，显庆两字反而晦了。大雄宝殿外有石幢二座，东西各一，上人郑重地指点幢上所刻的字迹，一座上刻的是《陀罗尼尊圣经》，另一座上刻的是唐代高僧契元所写的偈，字体古拙而遒媚，别具风致。此寺环境之幽蒨，疑在尘外，但看皮日休那首《雨中游包山精舍》诗，即可知之，诗云："松门亘五里，彩碧高下绚。幽人共跻攀，胜事颇清便。娟娟林上雨，隐隐湖中电。薜带轻束腰，荷笠低遮面。湿屦黏烟雾，穿衣落霜霰。笑次度岩壑，困中遇台殿。老僧三四人，梵字十数卷。施稀无夏屋，境僻乏朝膳。散发抵泉流，支颐数云片。坐石忽忘起，扪萝不知倦。异蝶时似锦，幽禽或如钿。箷筇还戛刃，栟榈自摇扇。俗态既斗薮，野情空眷恋。道人摘芝菌，为予备午馔。渴兴石榴羹，饥惬胡麻饭。如何事于役，兹游急于传。却将尘土衣，一任瀑丝溅。"但看诗中的描写，不是好像仙境一般么？

大雄宝殿之后，有堂构三楹，中间挂一横额，大书曰"大云堂"，是清代咸丰时人谢子卿的手笔，写得倒也不坏。另有一个金字蓝地的匾，是清帝顺治的御笔"敬佛"二字，却并不高妙，真迹还保藏在藏经楼中，历数百年依然完好，可也不容易了。壁上张挂书画多幅，而以书轴为多，老友蒋吟秋兄以省立图书馆长的身份，亲书一轴，颂扬闻达上人保藏图书馆旧籍的功绩。此外有石湖名书家余觉老人一联："佳味无多，白饭香蔬苦茗；我闻如是，松风鸟语泉声。"切合本地风光，自是佳构。名艺人田汉也有一个诗轴，是他的亲笔："不闻天堑能防越，何处桃源可避秦。愿待涛平风定日，扁舟重品碧螺春。"原来民二十六年暮春，田氏曾来此一游，而中日的局势已很紧张，所以有防越之语，至于问桃源何处，那么这一座包山寺实在是最现成的桃源啊（据闻达上人说，苏州沦陷期间，日寇从未到此）。堂的左右，有两间厢房，右厢是上人的丈室，左厢就是客房，前后用板壁隔成两间，各置床铺一张，这便是我们的宿所。当时决定我和小青兄宿在里间，烟桥兄宿在外间，虽有一板之隔，而两床的地位恰好贴接，正可作联床夜话咧。堂前有廊，可供小坐。廊外有院落，种着两大丛的芭蕉，绿油油地布满了一院的清阴，爽心悦目。

我们在堂上坐定，以后就进来了一位三十左右的衲子，送茶送烟的十分殷勤，上人给我们介绍，原来是他的高徒云谷师。烟茶之后，云谷师忽又送上一盘白沙枇杷来，时期已过，暮见此仅存硕果，我们都大喜过望，原来上人因和我们约定了游山之期，特地写信给云谷师，把最后一株树上的枇杷摘下来留以相饷的，如此情重，怎不使人感激！烟桥兄饱啖之馀，立成一诗："我来已过枇杷时，山里枇杷无一枝。入寺枇杷留以待，谢君应作枇杷诗。"吃过了枇杷，我很想到附近山上去蹓跶一下，上人却说此来不免有些乏了，不如就在寺中各处瞧瞧吧。于是引导我们先到藏经楼上，看了许多经籍，但也有不少的诗词杂书。随后又穿过了几所堂屋，到一个很幽僻的所在，见有小小的一间房，很为爽垲，当年省立图书馆的善本旧籍四十箱，就由上人密密地藏在这里，虽被敌伪威胁利诱，始终不屈，终于在胜利后完璧归赵。吴江大儒故金鹤望先生曾撰《完书记》一文记其事，吴中传诵一时。

寺中向来不做佛事，寺僧也只有他们师徒二人，不闻讽经念佛和钟磬之声，所以我们也忘却自己身在佛地，自管谑浪笑傲起来。参观一周之后，仍还到大云堂上，这时夕阳在山，已是用晚餐的时候了，香伙阿三用盘子端上了五色素肴，色香俱美，一尝味儿，也甘美可口，并不如我意想中的清淡。因为烟桥兄嗜酒，一日不可无此君，上人特备旨酒供奉，用一个旧景泰蓝的酒壶盛着，古雅可喜。我们一壁随意吃喝，一壁放言高论，一些儿没有拘束，极痛快淋漓之致。酒醉饭饱，便移坐廊下，香伙早又送上来一大盘的紫杨梅，是刚从本寺果园里摘下来的，分外觉得鲜甜，我一吃就是几十颗，微吟着宋代杨万里"玉肌半醉生红粟，墨晕微深染紫裳；火齐堆盘珠径寸，醴泉绕齿蔗为浆"之句，以此歌颂包山的杨梅，实在是当之无愧的。

我们正在说古谈今，敲诗斗韵，蓦见重云叠叠，盖住了前面的山峰，料知山雨欲来，不多一会儿，果然下雨了，先还不大，淅淅沥沥地打着芭蕉，和我们的笑语声互相应和，谁知愈下愈大，竟如倾盆一般，小青兄即景生情，得了一首诗："大云堂上谈今古，蓦地重云罨翠峦。细雨蕉声听未足，故教倾泻作奔澜。"这时的雨，当真像倒泻的奔澜一样，简直要把那许多芭蕉叶打碎了，我很想和他一首，因不得佳句，没有和成。大家渐有倦意，就和上人说了声"明天见"，到左厢中去睡觉。我和小青兄个子较瘦，就合了一床，三十馀年老友，才是第一次抵足而眠，烟桥兄独睡在外房，隔着板壁把我们调侃一番。我的头着到枕上，听得雨声依然未止，大约雨师兴会淋漓，怕要来个通宵了，于是口占二十八字："聚首禅堂别有情，清宵鹄烛话平生。芭蕉叶上潇潇雨，梦里犹闻碎玉声。"梦里听得到听不到，虽未可知，不妨姑作此想吧。

第二天早上，云收雨歇，日丽风和，正是一个游山玩水的好日子。闻达上人提议今天不山而水，到消夏湾泛舟去。我早年就神往于这吴王避暑之所，连想到那位倾国倾城的西施，可是在苏州躭了好几年，无缘一游，今天可如愿以偿了。出得寺来，听得水声潺潺，如鸣琴筑，原来一夜豪雨，使溪涧中的水都激涨起来，我们找到一座小桥之畔，就看见一片雪白，在乱石中翻滚而下，虽非瀑布，也使耳目得了小小享受。从汇里镇到消夏镇，约有四五里路，中途在一个小茶馆中吃茶小息，向一位卖零食的老婆婆那里买了一卷椭圆形的饼，据说是吴兴出名的腰子饼，猪油夹沙，味儿很腴美，每卷五个，代价一千五百元，吴兴去此不远，每天有人贩来出卖，销路倒还不坏。沿路静悄悄的，住户似乎不多，有些很大的老屋子，坍毁的坍毁，空闲的空闲，充满了萧条气，大概小康之家，不耐山村寂寞，八年抗战期间，多有迁避到都市中去的，如今就乐不思返了。消夏镇中有士绅蔡颂芳先生，豪爽好客，闻达上人和他交称莫逆，就导我们去访问他。彼此一见如故，纵谈忘倦，承以面点、家酿相款，肴核精洁，大快朵颐。广轩面南，榜曰"晚香书屋"，前有一个小小院落，叠湖石作假山，满种方竹无数。苏州没有方竹，我就向主人要了几枝新生的稚竹，和了泥土包扎起来，预备带回家去，这是我此行第一次的收获，不可不记的。

消夏湾在西山之北，据卢《志》说："水口阔三里，深九里，烟萝塞望，水树涵空，杳若仙乡，殆非人境。"可是我们要去泛舟，却并没有现成待雇的船只，难为蔡先生给我们设法，恰好他有一位族侄女，要送饭去给她丈夫吃，就让我们搭着她的船同去。她丈夫今年以一千五百万元新立了一个鱼簖，不幸在前几天被大风吹倒了一部分，这几天正在修葺，所以天天要送饭去。明明是一位世家女，却自己摇橹，并不假手他人，这是都市中的小姐们所想象不到的，不由得使我们肃然起敬。据说打鱼的利益很大，要是幸运的话，每天大鱼小鱼源源而来，一年间就可出本获利，不过半夜三更就要出门，风雨无间，也是非常辛苦的。我们浮泛水上，但觉水连天，天连水，一片空明，使人心目俱爽。蔡羽《消夏湾记》有云："山以水袭为奇，水以山袭尤奇也，再袭之以水，又袭之以山，中涵池沼，宽周二十里，举天下之所无，奇之奇，消夏湾是也。湾去郡城且百二十里，春秋时吴子尝从避暑，因名消夏。自吴迄今垂二千年，游而显者，不过三五辈，不为凡俗所有，可知矣。"足见消夏湾之为消夏湾，自有价值。俗传当年山上还有吴王的避暑宫，下筑地道，可以把船只拖上山去，可是年久代远，宫和地道早就没有。据说前几年曾有人发见宫的遗址，有砖石的残壁，存在丛丛荆榛中，这究竟是不是避暑宫的所在，可也不可考了。不过宋明人的诗中，已有此说，如宋范成大诗云："蓼矶枫渚故离宫，一曲清涟九里风。纵有暑光无着处，青山环水水浮空。"又明高启诗云："凉生白苎水云空，湖上曾闻避暑宫。清簟疏帘人去后，渔舟占尽柳阴风。"以吴王之善享清福，那么既有消夏湾，当然还有避暑宫，这是不足为奇的。

我们的船有时容与中流，有时在荻岸边行进，常见荇藻萍莼和菱叶泛泛水上，有的还开着小小的白花，纯洁可爱。我用手杖撩了几根浮萍起来，忽有所感，因口占一绝云："湖水沦涟满绿萍，随波逐浪总艰辛，托根无地归无所，一样飘零念个人。"个人是谁？小青兄是知道的，听了末二句，也不觉微微叹息。这一带本来莲花也是很多的，大约为了时期尚早，只见一朵挺立在田田莲叶之上，猩红照眼，在乱绿中分外鲜艳，这是吾家之花，不可无诗，因又胡诌了二十八字："消夏湾头一望赊，亭亭玉立有莲花。遥看瓣瓣胭脂色，疑是西施脸上霞。"看了红莲花，想入非非，又想到西施脸上去了，轻薄之诮，自不能免。烟桥兄兴到，也成了一首五律："消夏湾头去，廿年宿愿成。一宵梅雨急，到处石泉鸣。先许红莲放，要同青嶂迎。倘迟两月至，可听采菱声。"船在石佛寺前停泊，让我们在寺中游息一下，约定送饭回来时，再来相接。这石佛寺实在没有什么可看的，就鼋头山麓开了一个小小的洞，雕成几尊小小的佛像，雕工也很平凡。此寺何代兴建，已不可考，据《吴县志》说建于梁代，那么与包山寺一样古老了。临水有阁，可供坐眺，见壁间有亡友刘公鲁题字，如遇故人，烟桥兄赋诗有"忽从题壁怀公鲁，老去风流一例休"之句，不禁感慨系之。我一面啜茗，一面饱看湖光山色，乐而忘倦，因微吟着明代诗人王鏊的两首绝句："四山环列抱中虚，一碧玻璨十顷馀。不独清凉可消夏，秋来玩月定何如。""画船棹破水晶盘，面面芙蓉正好看。信是人间无暑地，我来消夏又消闲。"我这时的心中也正在这样想，这两首诗倒像是代我捉刀的。

在石佛寺坐息了一小时光景，那船又来了，把我们送到了汇里镇登岸，怀着满腔子的愉快回到了包山寺。难为云谷师早又备好了一大盘的白沙枇杷和一大盘的紫杨梅送到大云堂上，让我们既解了渴，又杀了馋。我随即把带回来的几枝方竹暂时种在芭蕉下，把浮萍养在水缸里，又将石佛寺里掘得的竹叶草和石上的寄生草种在一个泥盆子里，栗六了好一会儿，才坐下来休息。闲着无事，信手翻看案头的书本，发见了一本《洪北江诗文集》，翻了几页，蓦地看到一篇《游消夏湾记》，喜出望外，即忙从头读下去，读完之后，击节叹赏，的是一篇小品美文中的杰作，于是掏出怀中手册，抄录了下来："余以辛酉七月来游东山，月正半圭，花开十里。人定后，自明月湾放舟西行，凉风参差，骇浪曲折。夜四鼓，甫抵西山，泊所为消夏湾者。橘柚万树，与星斗并垂；楼台千家，共蛟蜃杂宿。云同石燕，竟尔回翔；天与白鸥，居然咫尺。舟泊水门，岸来素友。言采菱芡，供其早餐；频搜鱼虾，酌此春酒。奇石突户，乞题虫书；怪云窥人，时现鳞影。相与纵步幽远，攀跻藤葛。灵区种药，往往延年；暗牖栽花，时时照夜。晚辞同人，独宿半舫，莲叶千千，游鱼百头，怪响出波，奇香入梦。盖至夜光沉墼，湖浪冲霄，悄乎若悲，默尔延仁。此又后夜渔而燕息，先林鸟而遄征者焉。是为记。"游消夏湾归来，却于无意中给我读到这篇《游消夏湾记》，也可算得是一件奇巧的事了。

用过了晚餐，月色正好，我们便又坐在廊下啜茗谈天，从饮食谈到了男女。烟桥兄说他是鲁男子，生平从没有过粉红色的梦，因转问闻达上人当初为什么出家，可是受了失恋的刺激？上人回说并没这回事，他早年就心如止水，了无俗念，实在也就如一般人所说，看破了红尘而出家的。我和小青兄俩倚着三分薄醉，想起了三十年前如烟如梦的陈陈影事，不由得回肠荡气起来，便如泣如弥地倾筐倒箧而出。烟桥听了，大为感动，立成一诗，有"已分伶俜年少事，一般柅触两情痴"之句，是啊！我们俩都是情痴，已足足地痴了三十年了。不过我们正谈得出神，月儿被云影掩去，霎时间下起雨来，雨点先徐后急，愈急愈响，着在那两大丛的芭蕉叶上，仿佛奏着一种繁弦急管的交响乐。我侧耳听着，如痴如醉，反而连话匣子也关上了，沉默下来，这样不知听了多少时候，雨声并未间歇，芭蕉叶上仍是一片繁响，蓦听得小青兄放声说道："时光不早了，你难道不想睡了么？"我这时恰好想得了两句诗，便凑成一绝句作答道："跌宕茶边复酒边，清言叠叠涌如泉。只因贪听芭蕉雨，误我虚堂半夕眠。"烟桥兄点着头道：

"这两晚你作了两首芭蕉诗，都很不错，我们援着昔人王桐花、崔黄叶之例，就称你为周芭蕉吧。"我连说不敢不敢，只是偶然触机而已。于是大家就在这雨打芭蕉声中，各自安睡去了。

　　天公真是解事，不肯扫我们的兴，仍像前天一样，夜间尽自下雨，而一早就放晴了，一路泉声鸟语，把我们送到了镇下。闻达上人知道我除了游山以外，还得劚树拾石，因此特地唤香伙阿三带了筐子刀凿随同前去，难为他想得如此周到啊！一到镇下，就雇了一艘船，向石公山进发。石公山在包山东南隅，周二里许，三面环着湖水，多石而少土，上上下下，都是无数的顽石怪石堆叠而成，正像小孩子们所玩的积木一般。我从船上远远地望去，就觉得此山不同于他山，它仿佛是一位端重凝厚的古之君子，风骨崚崚，不趋时俗，像缥缈、莫釐那么的高峰，到处都有，而像公山的怕不多见吧？舟行约一小时有半，就到了山下，大家舍舟登山，从山径中曲折前去，但见高高低低、怪怪奇奇的乱石，连接不断，使人目不暇接。先过归云洞，洞高约二丈，相传旧时有大石垂在洞口，如云之方归，因以为名。洞形活似一座天然的佛龛，中立观音大士装金造像，高可丈许，宝相庄严，另有青龙石、鹦鹉石，都是象形。石壁上刻有昔贤的题诗题字很多，如徐纲的十二大字："读圣贤书，行仁义事，存忠孝心。"倒像是现代的标语。尤西堂的古风一章，秦敏树的石公八咏，都是歌颂本山的妙景。最近的有六十年前龙阳易实甫氏的七律一首，烟桥兄有意和韵，就把它抄了下来："石公山畔此勾留，水国春寒尚似秋。天外有天初泛艇，客中为客怕登楼。烟波浩荡连千里，风物凄清拟十洲。细雨梅花正愁绝，笛声何处起渔讴。"去洞再进，有御墨亭，游人胡乱题字题诗，都不可读，而墨污纵横，活像人身上生满了疥疮，昔人称为"疥壁"，的是妙喻。石公禅院背山面湖，处境绝胜，其旁有翠屏轩与浮玉堂，可供小憩。由轩后石级迂回而上，见处处都是方形的大石，似乎用人工堆积而成，宛然是现代最新式的立体建筑，难道天工也知道趋时不成？最高处有来鹤亭，料想山空无人之际，真会有仙鹤飞来呢。其下有断山亭，望湖最好，远山近水，一一都收眼底，足以醒目怡神。

闻达上人的游山提调，做得十分周到，他知道这里没东西吃，早带来了生面条和一切佐料，命香伙阿三做好了给我们吃。果腹之后，就继续出游。先到夕光洞，洞小而浅，石壁有罅似一线天，可是不能上去。据说另有一石好像一个倒挂的塔，斜阳返照时，光芒灿然，可惜此刻时光还早，无从欣赏。洞外一块平面的石壁上，刻有一个周围十馀尺的大"寿"字，为明代王鏊所书，不知当时是为了祝某一大人物之寿呢，还是祝湖山之寿，这也不可考了。过去不多路，又见石壁上刻有"云梯"二大字，只因这里的石块略具梯形，因有此名，其实并无梯级，除了猿猴，恐怕谁也不能走上去的。再进就是本山第一名胜联云嶂，一块硕大无朋的石壁，刻着"缥缈云联"四个硕大无朋的字，而这里一带错综层叠、连绵衔接的，也全是无量数的硕大无朋的方形顽石，正如明人姚希孟所记："如崇丘者，如禅龛者，如夏屋者，如钓台者，皆突屼水滨而瞰蛟龙之窟，参差俯昂，离亘离属。"转折而上，便是联云嶂的第一名胜"剑楼"，高四五丈，宽十丈许，中间开出宽窄不一的五条弄来，弄中石壁，都锐列如攒剑，因名"剑楼"，而五弄之中，以"风弄"为最著，仿佛是神工鬼斧，把一堵奇险的峭壁，从中间劈了开来，顶上却留着一个窟窿，透进天光，因此也俗称一线天。闻达上人并不取得我们的同意，先自矫捷地赶上前去，鼓勇而登。我和小青虽过中年，而腰脚仍健，不肯示弱，见弄中并没有显著的石级，只是在两旁突出的石块上攀跻上去，石上又湿又滑，必须步步留神，一失足就得掉将下去，也许要成千古恨了。我们一面用脚踏得着实，一面用手攀着上面的野树和藤葛，好容易跟着上人到达弄口，回头一瞧，不禁长长地吐了一口气，竟不信我们会这样冒险攀登上来的。烟桥兄脚力较差，没有这股勇气，只得被遗留在下面，抬着头望"弄"兴叹。我们当着弄口，小立半晌，领略了一阵不知所从来的飒飒凉风，才知道风弄之所以名为风弄。小青兄先就口占一绝句道："百尺危崖惊石破，才知幽弄得风多。攀缘直上临无地，笑傲云天一放歌。"我也和了两绝："奇石劈空惊鬼斧，天开一线叹神工。先登风弄骄风伯，更上层崖叩碧穹。""步步艰难步步愁，还须鼓勇莫夷犹。老夫腰脚仍如昨，要到巉岩最上头。"当下我们俩一递一迭地信口狂吟，悠然自得，转过身去，却见闻达上人又在攀登一座危崖，于是也贾着馀勇，手脚并用地攀援了上去，在这里高瞻远瞩，一片开旷，又是一个境界。从乱石堆里曲折盘旋而下，和烟桥兄会合，我们犹有童心，不免把他的畏葸不前调笑一番，烟桥兄却涎着脸，放声长吟起来道："我本无能，未登风弄；公等纵勇，不上云梯。"他明知云梯徒有其名，可望而不可即，却故意借此来调侃我们，这也足见他的俏皮处了。可是他虽怯于登山，而勇于作诗，三天来一首又一首的，随处成吟，这时他已和就了易龙阳那首刻在归云洞中的七律，得意地念给我们听："暂作西山三日留，晚凉我亦感如秋。云归有待尚虚洞，风至无边欲满楼。上下天光开玉垒，东南灵气尽芳洲。不闻梵呗空钟磬，惟与山僧杂笑讴。"两联属对工稳，字斟句酌，以视易氏原诗，有过之无不及。

从联云嶂那边转下去，步步接近水滨，见有一大片平坦宽广的石坡，直展开到水里去，可容数百人坐，很像虎丘的千人石。闻达上人说："这是明月坡，三五月明之夜，啸歌于此，又是何等境界！"我留连光景，不忍遽去，很愿意等到月上时候，欣赏一下，因此得句："此心愿似明明月，明月坡前待月明。"因了明月坡，便又想起了明月湾，据说是当年吴王玩月之所，有大明湾、小明湾之分，湖堤环抱，形如新月，因以为名。明代诗人高启曾有诗云："木叶秋乍脱，霜鸿夜犹飞。扁舟弄明月，远度青山矶。明月处处有，此处月偏好。天阔星汉低，波寒芰荷老。舟去月始出，舟回月将沉。莫照种种发，但照耿耿心。把酒酹水仙，容我宿湖里。醉后失清辉，西岩晓猿起。"我因向往已久，便向上人探问明月湾所在，能不能前去一游。上人回说湾在此山之西，还有好一些水路，只因常有湖匪出没其间，还是以不去为妙。我听了，不觉怅然若失，于是身在明月坡上，而神驰明月湾中了。

在明月坡前滨水之处，有两块挺大的奇石差肩而立，闻达上人指点着那块伛偻似老人的说道："这就是石公，不是很像一位老公公么？"又指着那块比较瘦而秀的说道："这就是他的德配石婆，顶上恰长着一株野树，不是很像老太太头上簪着一枝花么？"我瞧着这石公婆一对贤伉俪，不胜艳羡之至！因为人间夫妇，往往不是生离，就是死别，那有像他们两口儿天长地久厮守下去的？因又胡诌了一绝句道："双石差肩临水立，石公耄矣石婆妍。羡他伉俪多情甚，息息相依亿万年。"当下向石公、石婆朗诵了一下，料想贤伉俪有知，也该作会心的微笑吧。这一带水边，很多五光十色的小石块，有黑色的，有绿色的，有纯白色的，有赭黄色的，有黑地白纹的，有灰色地而缀着小红点的，大概都被湖中波浪冲激而来。那时我如入宝山，看到了无数的宝石，一时眼花缭乱，也来不及掇拾，只捡取了一二十块，又在大石上掘了好多寄生的瓦花和水苔，一起交与香伙阿三，纳入带来的那只筐子里，代为保管，这是我此行很大的收获，也是石公、石婆赐与我的绝妙纪念品。

　　昔人曾称石公山为"石之家"，奇峰怪石，有如汗牛充栋，所谓"皱""瘦""透""漏"石之四德，这里的石一一俱备。宋代佞臣朱勔的花石纲，弄得民怨沸腾，据说也就是取给石公山和附近的谢姑山的。千百年来，人家园林中布置假山，大都到这里来采石，所以皱瘦透漏的奇峰，已越采越少了。至于那些硕大无朋的顽石，当然无从捆载以去，至今仍为此山眉目，清代诗人汪琬《游石公山》一诗中，写得很详细，兹录其一部分："……所遇石渐奇，一一烦寄录。或如城堞连，或如屏障曲。或平若几案，或方若棋局。虚或生天风，润或聚云族。或为猨猱蹲，或作羊虎伏。或如儿孙拱，或如宾主肃。或深若永巷，或邃若重屋。色或杂青苍，纹或蹙罗縠。累累高复下，离离断还属。旷或可振衣，仄或危容足。既疑雷斧劈，又似鬼工筑。不然湖中龙，蜕骨堆深谷。天公弄狡狯，专用悦人目……"这写石之大而奇，历历如数家珍，而末后几句，更写得加倍有力，石公有知，也该引为知己吧。

　　我盘桓在这明月坡一带，游目骋怀，恋恋不忍去，要不是大家催着我走，真想耽下去，耽到晚上，和石公石婆俩一同投入明月的怀抱，做一个游仙之梦。记得明代王思任氏《游洞庭山记》中有云："……诸山之卷太湖也以舌，而石公独拒之以齿，胆怒骨张，而石姥助之。予仰卧于廿丈珊瑚濑上，太清一碧，斜睨万里湖波，与公姥戏弄，撩而不斗，乃涓涓流月，极力照人，若将翔而下者。李生辈各雄饮大叫，川谷哄然，竟不知谁叫谁答。吾昔山游仙于琼台，今水游仙于石公矣……"写月夜游赏之乐，何等隽永够味！我既到了这廿丈珊瑚濑上，却不能水游仙于石公，未免输老王郎一着，恨也何如！

我们重到翠屏轩中，喝了一盏茶，才回上船去，可是大家都有些恋恋不舍之意，因命船家沿着山下缓缓摇去，让我们把全山形势仔细观察一下，有在山上瞧不见的，在船上却瞧清楚了。有一个像龙头一般伸在水里的，据说是龙头渚；而石公、石婆比肩立着，也似乎分外亲昵。我们的船摇呀摇的，直摇到了尽头处，方始折回来。我又掏出手册，把风弄、联云嶂、明月坡一带画了一个草图，打算把昨天在大云堂前花坛里所捡到的许多略带方形的小石块，带回去搭一座石公山雏型玩玩，那也算得不虚此行也。一路回去时，烟桥兄被好山好水引起了烟士披里纯（Inspiration，梁任公译音），提议联句来一首七律，由他开始道："七十二峰数石公（桥），烟波万顷接长空。风帆点点心俱远（青），山骨峻峻意自雄。萍藻随缘依荻岸（鹃），松杉肆力出芜丛。崩云乱石惊天阙（达），未许五丁夺化工（桥）。"单以这么一首七律来咏叹石公山，实在还不够，且把清初吴梅村的一首五古来张目："真宰劚云根，奇物思所置。养之以天池，盎盎插灵异。初为仙家囿，百仞千仓闭。釜鬲炊云中，杵臼鸣天际。忽而遇严城，猿猱不能缒。远窥楼橹坚，逼视戈矛利。一关当其中，飞鸟为之避。仰睇微有光，投足疑无地。循级登层巅，天风豁苍翠。疲喘千犀牛，落落谁能制。伛偻一老人，独立拊其背。既若拱而揖，又疑隐而睡。此乃为石公，三问不吾对。"一结聪明得很。

回到了包山寺中，啜茗小息。我因今日得了许多好石，却没有掘到野树，认为遗憾，闻达上人就伴我到他的山地上去，由他亲自带了筐子和刀凿，我策杖相随，还是兴高采烈。一路从山径上走去，一路留心着地下，上人知道我的目标所在，随时指点，做了一小时的"地下工作"，大的树桩因时令关系，掘回去也养不活，所以一概留以有待，只掘了许多小型的六月雪、山栀子、山竹、杉苗，连根带泥，装在筐子里，满载而归。可是回到大云堂上，却不见了手杖。这一枝手杖，是民二十六年冬间避寇皖南南屏山村时，房东太太赠与我的纪念品，丢了未免可惜，难为上人重又赶上山去，居然找了回来，真使我感激不尽！当下我又把那些野树一一种在地上或盆里，忙了好一会儿，还是不想休息，烟桥兄便又调侃我，作了一首诗："劚根剔石不寻常，也爱山栀有野香。鸟语泉声都冷淡，比来端为访花忙。"小青兄接口道："岂止冷淡，简直是一切不管！"我立时提出了抗议，说鸟语泉声，都是我一向所爱听的，岂肯冷淡，岂有不管，不过好的卉木，凡是可以供我作盆玩用的，也不肯轻轻放过罢了。于是也以二十八字为答："奇葩异卉随心撷，如入宝山得宝时。寄语群公休自笑，鲰生原是一花痴。"他们见我已自承花痴，也就一笑而罢。这夜是我们在大云堂上最后的一夜，吃过了一顿丰盛的晚餐，又照例在廊下聊天，大家畅谈人生哲学，飞辞骋辩，多所阐发，好在调笑谑浪既不禁，谁驳倒了谁也并不生气。这大云堂上的三夜，至今觉得如啖谏果，回味无穷。

第四天早上，我们倍觉依依地和包山寺作别了，闻达上人直送我们到镇下，云谷师已先在那里相候，并承以寺产杨梅三大筐分赠我们，隆情可感！我们各自买了一些土产，就登轮待发，上人送到船上，珍重别去。十时左右，船就开了，一路风平浪静，气候也并不太热，缥缈峰兀立云表，似在向我们点头送别，可是石公山已在烟波深处了。船到胥口，停泊了一下，我因来时贪看大者远者的太湖，没有留意这一带风物，此刻便在船窗中细看了一下。唐代皮日休氏曾有《胥口即事六言二首》，倒是所见略同，诗云："波光杳杳不极，霁景潏潏初斜。黑蛱蝶粘莲蕊，红蜻蜓袅菱花。鸳鸯一处两处，舴艋三家五家。会把酒船偎荻，共君作个生涯。""拂钓清风细丽，飘蘘暑雨霏微。湖云欲散未散，屿鸟将飞不飞。换酒梢头把看，载莲艇子撑归。斯人到死还乐，谁道刚须用机。"把这两首好诗录在这里，就算对证古本吧。

午后二时许，我们已回到了苏州，而这四天中所登临的明山媚水，仍还挂在眼底，印在心头，真的是推它不开，排之不去。在山中时，烟桥、小青二兄曾约我和闻达上人合作了一篇集体游记，我自己又把小石堆了一座石公山的雏型，和一盆消夏湾的缩景，朝夕自娱，并吸引了许多朋友都来欣赏，山竹、山栀、六月雪等分栽多盆，也欣欣向荣，于是更加深了我对于洞庭西山的好感，索性搜集材料，加以我个人的经历和观感，写了这一篇比较详细的游记。不过有两点使我不能无憾的，一则在苏州沦陷期间留沪八年，亡妇凤君曾和我约定承平后重返故乡时，定要一游洞庭，如今我已偿了宿愿，而凤君却长眠地下了；二则外患虽去，内忧未已，我在登临之馀，总觉得河山淘美，无奈是人谋不臧，胜利以来，忽忽两周年，却似乎乍见了旸谷初阳，顿时又瞧到虞渊斜日，黑地昏天，不知所届，以此言愁，愁可知矣！漫赋二绝句，以作本文的结束：

"游侣当年有凤俦，偏教避寇误清游。而今放棹烟波上，触拨孤鸾一段愁。"

"旸谷初阳乍吐光，虞渊斜日又昏黄。相煎相贼今何世，歌哭湖山下大荒。"

原载《旅行杂志》1947 年第 21 卷第 10 期

雪窦纪游

生平游踪所至，不出苏浙皖三省，好山好水，倒也见了不少，而至今梦寐系之的，却只有两处，一为皖之黄山，一为浙之雪窦。黄山是放大的雪窦，雪窦是缩小的黄山，真是美尽东南，各极其妙的。雪窦是蒋主席早年游钓之地，在宁波西五十里，属奉化，水石并擅其胜，尤其是那个千丈岩的瀑布，最足动人心目，《宁波府志·形胜篇》所谓"千丈之岩，瀑泉飞雪；九曲之溪，流水涵云"，就可窥见其美之斑了。

抗战前，我曾经去游过两次，下榻雪窦寺中。古人咏叹雪窦岩和雪窦寺的，明代倪复有《登雪窦岩》七律一首云："倚天苍翠出峥嵘，中有飞泉泻碧鸣。绝壑风高岩虎啸，千林月上野猿惊。寺当绝顶丹题见，径转回溪素练萦。陡觉尘区异寥廓，欲临寒碧洗烦缨。"唐代方干有《游雪窦寺》五律三首云："飞泉溅禅石，瓶屦每生苔。海上山不浅，天边人自来。度年惟桧柏，独夜任风雷。猎者闻钟磬，知师入定回。""登寺寻盘道，人烟远更微。石窗秋见海，山雾暮侵衣。众木随僧老，高泉尽日飞。谁能厌轩冕，来此便忘机。""绝顶空王宅，香风满薜萝。地高春色晚，天近日光多。流水随寒玉，遥峰拥翠波。前山有丹凤，云外一声过。"千丈岩瀑布就在寺的左近，日夜可以隐约听得那春雷般的水声，走近去时，就一眼望见那几百尺长的匹练，倒泻而下，水花喷薄，真像飞雪一样。明代诗人汪礼约曾有一首长诗赞美它，其中警句，如"目迥万里尽，意豁千峰开；足底溪声激，泠泠清吹哀""石转惊飞流，槎来银汉秋；又疑广陵雪，喷薄钱塘丘"。我因为生平最爱瀑布，天天总得到飞雪亭中去尽情饱看一下，顺便更踱上妙高台去小坐，高瞻远瞩之馀，吟着昔贤"既看翠壁飞苍雪，更转花台憩夕阴"的妙句，这情调是多么的美啊！妙高台高踞全山最高处，似可拏云摘星，自是高妙。明代诗人沈明臣到此远瞩，曾记以诗云："西陟何崔嵬，崇基凤曾构。白云荡空阶，红壁射高溜。万岭盘斗蛟，中区显孤秀。五色纷以披，春阳逗云岫。阴霾开昨寒，迥涧回今昼。田霞耕阪叠，溪霜响林薮。西教肃瞿昙，狞猛驯山兽。藤结秋干龛，鹤鸣秋水甃。乃兹荒秽场，苍莽穴鼯鼬。坐以息纷挐，内典竟渊究。神理当自超，局影多瘢垢。眺望遥峰长，兹心敢终负。"将妙高台登眺之乐，一一写尽，诗笔也极高妙。此外胜景，如白龙洞、伏龙洞、隐潭、徐凫岩等，大概都以水胜，而配以奇峰怪石，瑶草琪花，处处都像是一盆盆玲珑剔透的盆景，而出之于鬼斧神工的。

我第一次往游时，在溪口文昌阁下试登竹筏，不过一头翘了起来，把我掀入水中，险遭灭顶，这是我生平旅行史最可纪念的一页，至今回想起来，犹有馀悸！然而我仍是爱酷雪窦，往往逢人苦誉，雪窦雪窦，你真是天下名山中的殢人尤物啊！

原载《永安月刊》1947 年第 101 期

湖山胜处看梅花

年来忽抱逋仙癖，端为梅花是国花。

一年之计在于春，一春出游之计最先在于探梅，而探梅的去处总说是苏州的邓尉，因为邓尉探梅古已有之，非同超山探梅之以今日始了。邓尉山在吴县西南六十里，相传汉代有邓尉隐居于此，因以为名；一名光福山，因为山下有光福镇，而旧时是称为光福里的。作邓尉的附庸的，有龟山、虎山、至理山、茆冈山、石帆山等八九座小山，人家搅也搅不清，只知道主山是邓尉罢了。明代诗人吴宽有登邓尉诗云："昔年曾学登山法，纵步不忧山石滑。舍舆径上凤冈头，趁此凉风当晚发。远山朝臣抱牙笏，近山美人盘髻发。我身如在巨海中，青浪低昂出复没。山下人家起市廛，家家炊烟起曲突。梅林屋宇遥隐见，一似野鸟巢木末。寺僧见山如等闲，翻怪群山竞排闼。偶凭高阁发长笑，笑我胡为蹑石钵。夕阳满目波洋洋，西望平湖更空阔。山灵为我报水仙，预设清泠供酒渴。吴人非不好登山，一宿山中便愁杀。扁舟连夜泊湖口，舟子长篙未须刺。懒游已笑斯人呆，狂游不学前辈达。若邪云门在于越，何必青鞋共布袜。"诗中除了"梅林屋宇遥隐见"一句外，对于梅花并没详细的描写，原来看梅并不限于邓尉山上，而梅树也散在四周的山野之间，即如和邓尉相连不断而坐落在东南六里的玄墓山就是一例，那边也可看梅，并且山上也有不少梅树的。玄墓之得名，因东晋青州刺史郁泰玄葬在山上的原故，现在此墓依然存在，位在圣恩寺的后面的山坡上。向右过去不多路，就是颇有名的"真假山"，嵌空玲珑，仿佛是用太湖石堆砌而成，正如人家园林中的假山一样，其实是出于天然，因山泉冲激所致，所以称之为"真假山"。这里一带，至今还有好几十株老梅树，而圣恩寺前，本来也种有不少梅树，不幸在暴日入寇时砍伐都尽，后来虽由伪省长陈则民补种了一百多株梅苗，可是小得可怜，不知要经过多少年才可供人观赏咧。笔者在十馀年前到此看梅，还不愧为大观，回来以后，曾怀之以诗："邓尉梅花锦作堆，千枝万朵满山隈。几时修得山中住，朝夕吹香嚼蕊来。"寺中还元阁上，原藏有《万梅花外一蒲团》长卷，也足见当年山中梅花之盛，自明清以至民国，都有骚人墨客的题咏，而经过了这一次浩劫，前半早已散失，后半只剩胡三桥的一幅画，和易实甫、樊云门以及近人所题的诗词，并且不知怎样，纸上沾染了许多黑斑，有几处竟连字也瞧不出来了。今春我上山看梅，也看过了这一个残馀的卷子，曾题了两首七绝："劫馀重到还元阁，举目河山百种宽。欲寄身心何处寄，万梅花外一蒲团。""万梅花外一蒲团，打坐千年便涅槃。佛雨缤纷花雨乱，如来弥勒共盘桓。"我虽仍然沿用着"万梅花外一蒲团"原句，其实那里还有万树梅花之盛，只能说是万朵梅花吧。玄墓之西有弹山、蟠螭山，以石楼、石壁吸引了无数游屐，那边也有梅树，可是散漫而并不簇聚，只是疏疏落落地点缀在山径两旁罢了。弹山的西北有西碛山，其南有查山，旧时梅花最盛，宋代淳祐年间，高士查耕野莘曾隐居于此，筑有梅隐庵，庵东有一个挺大的潭，在梅林交错中，虽亢旱并不干涸，查氏就在上面的崖壁上题了"梅花潭"

三字，可是这些古迹，已无馀迹可寻。不过唐六如诗有"十里梅花雪如磨"句，而李流芳文有"余买一小丘于铁山之下，登陟不十步而尽揽湖山之胜，尤于看梅为宜，盖踞花之上，千村万落，一望而收之"云云。那就足见这里一带，在明代是一个观赏梅花的胜处咧。

在光福镇之西，与铜井山并峙的，有马驾山，俗称吾家山，山并不很高，而四面全是梅树，花开时一白如雪，蔚为大观。清康熙中巡抚宋牧仲荦在崖壁上题了"香雪海"三字，复筑亭其旁，以便看梅。据说乾隆下江南时，也曾到此一游，于是"香雪海"之名藉甚人口，游人络绎而至。诗人汪琬曾有《游马驾山记》，兹摘其中段云："……前后梅花多至百许树，芳气翁勃，落英缤纷，入其中者，迷不知出。稍北折而上，望见山半累石数十，或偃或仰，小者可几，大者可席，盖《尔雅》所谓礐也。于是遂往，列坐其地，俯窥旁瞩，濛然暍然，曳若长练，凝若积雪，绵谷跨岭无一非梅者，加又有微云弄白，轻烟缭青，左澄湖以为镜，右崇嶂以为屏，水天浩漾，苍翠错互，然则极邓尉、玄墓之观，孰有尚于兹山者耶？……"读了这一段文字，就可知道这马驾山香雪海亭一带，确是看梅最好的所在，不过"百许树"疑为"万许树"之误。因为十馀年前我到此看梅，也决不止百许树，但见山下四周茫茫一白，确有曳若长练、凝若积雪的奇观，至少也该有千许树呢。可惜十年以来，既遭了兵劫，而乡人又因种梅利薄，不及种桑利厚，于是多有砍梅以种桑的。如今梅花时节，您要是上马驾去向四下一看，怕就要大失所望，觉得香雪海已越缩越小，早变成香雪河、香雪溪了。清代画师作探梅图，多以香雪海为题材，吾家藏有横幅一帧，出吴清卿大澂手，点染极精，我曾请吴氏裔孙湖帆兄鉴定一下，确是真迹，特地转请故王胜之先生题端，而由湖兄检出愙斋旧笺，抄了他老人家的遗作《邓尉探梅》诗七律二章殿其后，更有锦上添花之妙，我于登临之馀，欣赏着这画中的香雪海，不胜今昔之感！

　　明代高士归庄，字玄恭，昆山人，国亡以后，便遁入山林中，佯狂玩世，与顾亭林同享盛名，一时有"归奇顾怪"之称。遗作《观梅日记》，详记邓尉探梅事，劈头就说："邓尉山梅花，吴中之盛观也。崇祯间尝来游，乱后二十年中，凡三至……"他最后一次探梅，历时十日，从昆山乘船出发，先到虎丘，寓梅花楼，赋诗二绝句，第一首："邓尉山梅是胜游，东风百里送扁舟。更爱虎丘花市好，月明先醉梅花楼。"这首诗可算是发凡。第二天仍以舟行，过木渎，取道观音山而于第三天到上崦，记中说："遥望山麓梅花林，斜阳照之，皑皑如积雪。"这是邓尉探梅之始。第四天到士墟访友人葛瑞五，记云："其居面骑龙山，四望皆梅花，在香雪丛中。余辛丑年看梅花，有'门前白到青峰麓'之句，即其地也。庭中垒石为丘，前临小池，梅三五株，红白绿萼相间。酌罢坐月下，芳气袭人不止，花影零乱，如水中藻荇交横也。后庭有白梅一株，花甚繁，云其实至十月始熟，盖是异种。"他在这里探梅，是远望与近看，兼而有之的。第五天登马驾山，他说："山有平石，踞坐眺瞩，梅花万树，环绕山麓。"这平石附近的崖壁上，就是后来宋牧仲题"香雪海"三字的所在，要看大块文章式的梅花，这里确是惟一胜处，我当年也就在这一块平石上，酣畅淋漓地领略了香雪海之胜。第六天游弹山之西的石楼，记云："石楼前临潭山，潭山之东西村坞皆梅花，千层万叠，如霰雪纷集，白云不飞。"这里的梅花也可使人看一个饱，可是现在登石楼，就不足以餍馋眼了。第七天游茶山，他说："茶山之景，梅花则胜马驾山；远望湖山，则亚于石楼。盖马驾梅花，惟左右前三面，茶山则花四面环匝。"这所谓茶山，为志书所不载，大概就是宋代高士查莘所隐居的查山吧？他既说梅花四面环匝，胜过马驾山，将来倒要登临其上，对证古本咧。随后他又游了铜井山，记云："铜井绝高，振衣山巅，四面湖山皆在目，而村坞梅花，参差逗露于青松翠竹之间，亦胜观也。"他这里所见，只是村坞间参差的梅花，已自绚烂归于平淡了。第八天上朱华岭，记云："回望山麓梅花，其胜不减马驾山。过岭，至惊鱼涧，涧水潺潺有声，入山来初见也。道旁一古梅，苔藓斑驳，殆百馀年物，而花甚繁，婆娑其下者久之。路出花林中，早梅之将残者，以杖微扣之，落英缤纷，惹人襟袖。复前，则梅杏相伴，杏素后于梅，春寒积雨，梅信迟，遂同时发花，红白间杂如绣。"因看梅而看到杏花，倒是双重收获，眼福不浅，原来他记中所记时日，已是古历的二月十九日了。第九天他才游玄墓山，这是今人看梅必到的所在，圣恩寺游侣如云，直到梅花残了才冷落下来。他记中只说："途中所见，无非梅花林也。"又说："遥望五云洞一带，梅花亦可观。"对于真假山一带梅花，不着一字，大约那时还没有种梅吧。第十天上蟠螭，至石壁，经七十二峰阁，至潭东，记云："蟠螭者，在诸山之极西，梅杏千林，白云紫霞，一时蒸蔚。"又云："潭东梅杏杂糅，山头遥望，则如云霞，至近观之，玉骨冰肌，固是仙姝神女，灼灼红妆，亦一时之国色也。"他在这里都是由梅花而看到杏花，杏花正在烂漫，而梅花已有迟暮之感了。第十一天他就出土墟而至光福，结束了他的邓尉探梅之行。归氏此行历十天之久，又遍游诸山，对于梅花细细领略，真是梅花知己。今人探梅邓尉，总是坐了小汽车风驰电掣而去，夕阳未下，就又风驰电掣而返，这样的探梅，正像乱嚼江瑶柱一样，还有什么味儿？来春有兴，打算约烟桥、小青二兄，也照归氏那么办法，趁梅花开到八九分时，作十日之游，要把邓尉四周的山和梅花，仔仔细细地领略一下，也许香雪海依然是香雪海呢。

对于邓尉梅花能细细领略如归玄恭者，还有三人，其一是清代名画师恽南田，他的画跋中有云："泛舟邓尉，看梅半月而返，兴甚高逸，归时乃作《看花图》。江山阻阔，别久会稀。痊寂心期，千里无间。春风杨柳，青雀烟帆。室迩人遐，空悬梦想。"其二是名画师兼金石名家金冬心，他的画跋中有云："小雪初晴，馀寒送腊，具鹤氅浩然巾，入邓尉山，看红梅绿萼，十步一坐，坐浮一大白，花香枝影，迎送数十里，虽文君要饮，玉环奉盏，其乐不是过也。"一个是"看梅半月而返"，而尚有馀恋；一个是"十步一坐，坐浮一大白"，而以梅花比之古美人要饮奉盏，他们都是善于看梅而领略到个中至味的。其三是清末名词人郑叔问，晚年自署大鹤山人，卜居苏州鹤园，日常以作画填词自遣。他的词集《樵风乐府》中，不少邓尉探梅之作，他自己曾说往来邓尉山中廿馀年，并因爱梅之故，与王半塘有西崦卜邻之约。他的看梅也与归玄恭一样，遍历诸山而无一遗漏的，但读他的八阕《卜算子》，可见一斑。其一云："低唱暗香人，旧识凌波路。行尽江南梦里春，老兴天悭与。　桥上弄珠来，烟水空寒处。万顷颇黎弄玉盘，月好无人赋。"这是为常年看梅旧泊地虎山桥而作。其二云："瑶步起仙尘，钿额添宫样。一闭松风水月中，寂寞空山赏。　诗版旧题香，盛迹成追想。花下曾闻玉辇过，夜夜青禽唱。"这是为追忆玄墓山圣恩寺旧游而作。其三云："数点岁寒心，百尺苍云覆。落尽高花有好枝，玉骨如诗瘦。　卧影近池看，露坐移尊就。竹外何人倚暮寒，香雪和衣透。"这是因司徒庙柏因社清古怪四古柏联想到庙中梅花而作。其四云："枝亚野桥斜，香暗岩扉迥。瘦出花南几尺山，一坞苍苔静。　梦老石生芝，开眼皆奇景。大好青山玉树埋，明月前身影。"这是为青芝坞面西碛小丘宜于看梅而作。其五云："一棹过湖西，曾载双峤雪。踏叶寻花到几峰，古寺诗声彻。　林卧共僧吟，树老无花折。何必桃源别有春，心境成孤绝。"这是为安山东坞里古寺中寻古梅而作。其六云："刻翠竹声寒，扫绿苔文细。四壁花藏一寺山，香国闲中味。　对镜两蛾颦，想象西施醉。欲唤鸥夷载拍浮，可解伤春意。"这是为常年看梅信宿蟠螭山而作。其七云："云叠玉棱棱，琴筑流渐咽。漫把南枝赠北人，陇上伤今别。　秀麓梦重寻，泉石空高洁。台上看谁卧雪来，独共寒香说。"这是为弹山石楼看梅兼以赠别知友而作。其八云："初月散林烟，近水明篱落。昨夜东风犯雪来，梦地春抛却。　最负五湖心，不为风波恶。笑看青山也白头，一醉花应觉。"这是为冲雪泛舟，看梅于法华、渔洋两山邻近的白浮而作。原词每阕都有小注，十分隽永，为节约篇幅故，不录。但看每一阕中，都咏及梅花，而极其蕴藉之致，三复诵之，仿佛有幽香冷馥，拂拂透纸背出。邓尉的梅花，大抵以结实的白梅为多，一称野梅，浅红色和绿萼的较少，透骨红已绝无而仅有。盆梅向来盛于潭东天井上一带，往年我曾两度前去，物色枯干虬枝的老梅，可是所得不多，苏州沦陷期间已先后病死，硕果仅存的只有一株浅红色的大劈梅，十年前曾在那老干的平面上刻了一首龚定盦的绝句："玉树坚牢不病身，耻为娇喘与轻颦。天花岂用铃幡护，活色生香五百春。"这二十八字和题款，还是从有正本龚氏真迹上勾下来的。以这株老梅的本干看来，也许已有了五百年的高寿，而今冬已含蕊累累，胜于往年，开放时必有可观，真不愧是"玉树坚牢不病身"咧。如今花农因盆梅并无多大利益，多半已种田栽桑，岁朝清供，再也不能求之于邓尉的了。每年梅花盛开时，大抵总在农历惊蛰节以后，所以探梅必须及时，早去时梅犹含蕊，迟去时梅已谢落，最好山中有熟人，报道梅花消息，那么决不致虚此一行。今春我因中国文化服务社吴县分社之邀，曾与各界名流同往探梅，有钱慕尹将军、立法委员吴闻天兄等一行五十馀人，共谋整理吴西风景区，而以邓尉探梅为吸引四方游客之计，我也被推为整理委员之一。鄙意以为第一要着，就得由公家在邓尉一带广种梅树，至少要在万株以上，梅为国花，应该有这般洋洋大观，一方面使"香雪海"不致虚有其名，而每年梅花时节，也自然宾至如归了。

原载《旅行杂志》1948 年第 22 卷第 1 期

姑苏台畔秋光好

秋光好，正宜出游，秋游的乐趣，实在不让春游，这就是苏东坡所谓"一年好景君须记，正是橙黄橘绿时"啊！笔者年来隐居姑苏台畔，天天以灌园为事，厮守着一片小园，与花木为伍，简直好像是井底之蛙，所见不广，几几乎不知天地之大，更不知有秋游之乐了。前天老友赵君豪兄海上书来，问我要秋游之作，一时却怔住了，无以报命，再把来书从头细读一下，这才松了一口气，原来他因为我住在苏州，特地要我说说苏州的秋日风光，为倡导各方士女来苏游览之计，这题目真出得再迁就也没有了。笔者食毛践土，原感激着苏州的待我不薄，当此国是蜩螗、民生凋敝之际，苏州也不能例外地在日就衰落，那么笔者正该尽一些宣传的义务，多拉些行有馀力的游客来，使苏州一年年的长保繁荣，长享天堂的令誉。

笔者虽生长上海，而原籍却是山温水软的苏州，三代祖先，也都葬在苏州的七子山下，冥冥中倒像把我的一颗心儿绊住了。所以当我没有把家搬回苏州以前，先就爱着苏州，到得搬回苏州之后，那就更加地爱上了苏州。这些年来，我衣于斯，食于斯，歌哭于斯。二十六年以后的九年间，虽为了避倭寇而流亡在外，却还是朝朝暮暮地想念着苏州。胜利后三月，我居然欢天喜地地重返苏州了，在经过了一重重的国难家难之后，居然能留得微命，归隐故园，学着那位不为五斗米折腰的陶渊明，只因我偏爱着苏州，也就心甘情愿地打算老死牖下了。当二十六年冬间避寇皖南黟县的南屏山村时，曾做了不少怀念苏州、歌颂苏州的诗词，绝句中如"我亦他乡权作客，寒衾夜夜梦苏州""瞥眼春来花似海，魂牵梦役到苏州""愿托新安江上月，照人归梦下苏州"等，都足以表示我对于苏州相思之切。又如《柳梢青》词："七子山幽。虎丘塔古，映带清流。邓尉梅稠，天平岩峭，任尔优游。　穰穰五谷丰收。可鼓腹、诗书解忧。酒洌茶香，花娇柳媚，好个苏州。"这小令中短短的十一句，可就把苏州恭维尽了。平日读昔贤诗集，见诗中着有苏州二字的，也爱不忍释，因便集成了好几首，如集黄仲则句云："相对空为斫地歌，酒阑萧瑟断肠多。我来惆怅斜阳里，如此苏州奈若何。"集孙子潇句云："断肠春色消魂语，愁杀新愁接旧愁。剩有丹诚心一点，满天风雨下苏州。"集龚定盦句云："春灯如雪浸兰舟，一夜吟魂万里愁。误我归期知几许，三生花草梦苏州。""人间无地署无愁，抛却湖山一邃秋。谁分苍凉归棹后，年来花草冷苏州。"集樊云门句云："青霜一夕紫兰秋，小劫还悲江上楼。红烛试停今夜雨，寒轻酒浅话苏州。""一行新雁过妆楼，眉妩萧娘满镜愁。昨夜画屏清不寐，倩郎作字寄苏州。""九死宾朋涕泪真，岁寒留得后凋身。共君曾在苏州住，千日常如一日春。"这些诗句虽是人家的，而一经我凑集拢来，可就不啻若自其口出。这七首诗，全都言之有物，也足见我之想杀苏州、爱杀苏州了。

苏州虽有它的缺点，然而仍不失其为江南一个良好的住宅区，足与杭州分庭抗礼，所谓"上有天堂，下有苏杭"，就是铁一般的明证。凡是生长在苏州的人，固然爱住苏州，就是其他地方的人，也会不约而同的住到苏州来。诗人是最敏感的，他们觉得苏州好，便要歌颂起来，所谓"怪来人说苏州好，水草崖花一味香""一样江南好山水，如何到此便缠绵"，这些都在给苏州作有力的宣传。而最最详细的，要算清代一位无名诗人的《吴门歌》："吴门人住神仙地，雪月风花分四季。满城排队看行春，又见花灯来炫视。千门挂彩六街红，笙歌盈耳喧春风。歌童舞女语南北，王孙公子何西东。观灯未了兴未歇，等闲又话清明节。呼船载酒共游春，蛤蜊市上争尝新。吴塘穿绕过横塘，虎丘灵岩复玄墓。菖蒲泛酒过端午，龙舟相呼喧竞渡。提壶挈盒归去来，南河又报荷花开。锦云乡中漾舟去，美人压鬓琵琶钗。玉颜皓齿声断续，翠纱汗彩红映肉。金刀剖破水晶瓜，冰山影里颜如玉。火云一天消未已，桐阴忽报秋风起。鹊桥牛女渡银河，乞巧人排明月里。南楼雁过是中秋，飒然毛骨冷飕飕。左持蟹螯右持酒，不觉今朝早重九。登高又向天池岭，桂花万树天香浮。一年好景最斯时，橘绿橙黄洞庭有。满园还剩菊花枝，雪片横飞大如手。安排暖阁开红炉，敲冰洗盏烘牛酥。寸薯饼兮千金果，黑貂裘兮红氍毹。一年四季恣欢娱，那知更有饥寒苦。"诗虽俚俗，却可作一部苏州四时风土记读，而太平盛世的赏心乐事，几乎尽在其中，也足见苏州人的太会享受了。此外还有清代词人沈朝初的三十馀阕《忆江南》，每一阕都以"苏州好"三字开端，写尽了苏州一切的风土人情，以至饮食男女等，几于无一不好，真可谓尽其大吹大擂的能事。现在的苏州，究竟经过了十年大劫，民穷财尽，物力维艰，再也够不上诗人词客所抒写的那么好了，然而风土的清嘉，还是值得我们称颂的。我们倘从海上来，只须跨下火车，就觉得换过了一种空气，使人的呼吸特别的舒服。当此八九月已凉天气未寒时，无论是一片风，一丝雨，一抹阳光，都会给你一种温柔爽快的感觉，是俗尘万丈中所不易得到的。苏州的小巷最多，配着柳巷、紫兰巷、幽兰巷等诗意的名字，全是曲曲弯弯的，正如小说故事、电影故事一样的曲折有味。你在秋天风日晴美的时光走过时，往往有桂花香若有意若无意地送进你的鼻管，原来是从人家的园子里飘出来的，端为苏州多旧家，旧家多庭园，而庭园中总得有一二株桂树与玉兰、海棠、牡丹为配，取玉堂富贵之意，因此你秋天走过那些门墙之外，鼻子里就常常有这种意外的享受了。

佳品尽为吴地有

苏州是稻米之乡，也是鱼虾之乡，所以"吃在苏州"，也是有口皆碑的。无论果蔬鱼鲜，四季不断地由农人、贩子出来担卖，一季有一季的时新货，称为"卖时新"。清代赵筠《吴门竹枝词》云："山中鲜果海中鳞，落索瓜茄次第陈。佳品尽为吴地有，一年四季卖时新。"若以秋季的时新而言，那么莲子和藕上市之后，就有南荡鸡头追踵而来了。鸡头即是新鲜的芡实，以出在黄天荡的为上品，又糯又韧又清香，剥去了表皮，只须加了水和白糖略略一煮，即可上口，实是清秋最隽永的点心。沈朝初《忆江南》词云："苏州好，荇水种鸡头。莹润每疑珠十斛，柔香偏爱乳盈瓯。细剥小庭幽。"此外便是各种菱的天下，小型的有沙角菱、圆角菱，大型的有水红菱、馄饨菱，先后出来应市，无论生吃熟吃，都很可口。沈朝初又有这么一首咏菱的词："苏州好，湖面半菱窠。绿蒂戈窑长荡美，中秋沙角虎丘多。滋味赛薪婆。"再说到鱼鲜，那么鲃肺汤已在筵席上出现了，只因于右任氏作了"……多谢石家鲃肺汤"一首诗，四方游客都以为只有木渎石家饭店的鲃肺汤做得好，其实苏州城内外菜馆中的鲃肺汤，全是挺好的。到了九十月间，阳澄湖蟹横行市上，声势最是浩大，更有鲈鱼也来凑趣，因此沈朝初又要抓作词料了："苏州好，莼脍忆秋风。巨口细鲈和酒嫩，双螯紫蟹带糟红。菘菜点羹浓。"至于苏州擅长的各种粗细点心，那么你只要蹓跶一下观前街，随喜一趟玄妙观，尽由你挑上甜的咸的一样一样的大嚼，也许是别处所吃不大到的。再说到筵席，谁也忘不了苏州颇颇有名的船菜，往年夏桂林的画舫，能办上一席挺好的船菜，可惜现在已烟消火灭了，继之而起的有金家画舫和王家画舫，常泊在胥门外万年桥畔，他们的船菜虽未必胜过夏桂林，却也值得去尝试一下的。游客们要是逢了风雨之天，不高兴出去游山玩水，那就不妨尝尝酒洌茶香的风味。喝酒的去处，以宫巷的元大昌为最热闹，常有人家妇女提篮携榼的把家常小菜来供人下酒，风味绝美。吃茶的去处，则以太监弄的吴苑深处为最方便，更有各种点心和零食，足快朵颐。要是吃过了茶接着喝酒而又喜欢环境清静一些的，那么宫巷碧凤坊的吴江同乡会是个好去处，那边略有庭园之胜，又有一个曲社设在一座船厅中，每逢曲期，红牙按拍，曼唱高歌，大可一饱耳福咧。

凡是游苏州的人，总得一游虎丘，好像不上虎丘，就不算到过苏州似的。虎丘的许多古迹，几于尽人皆知，不用词费，而我最爱剑池的一角，幽蒨独绝，当此清秋时节，倘于月夜徘徊其间，顿觉心腑皆清，疑非人境。苏州旧俗，中秋夜有"走月亮"之举，而以虎丘为目的地，长、元《志》有云："中秋，倾城士女出游虎丘，笙歌彻夜。"邵长蘅诗有"中秋千人石，听歌细如发"之句。沈朝初《忆江南》词也有这么一首："苏州好，海涌玩中秋。歌板千群来石上，酒旗一片出楼头。夜半最清幽。"海涌，就是虎丘的别名，当年中秋的盛况，可见一斑。不但清代如此，明代即已有之，但看袁中郎记虎丘云："虎丘去城可七八里，其山无高岩邃壑，独以近城故，箫鼓楼船，无日无之。凡月之夜，花之晨，雪之夕，游人往来，纷错如织，而中秋为尤胜。每至是日，倾城阖户，连臂而至，衣冠士女，下迨蔀屋，莫不靓妆丽服，重茵累席，置酒交衢间。从千人石上至山门，栉比如鳞，檀板丘积，樽罍云泻，远而望之，如雁落平沙，霞铺江上，雷辊电霍，无得而状。布席之初，唱者千百，声若聚蚊，不可辨识。，分曹部署，竞以歌喉相斗，雅俗既陈，妍媸自别。未几而摇头顿足者，得数十人而已。已而明月浮空，石光如练，一切瓦釜，寂然停声，属而和者，才三四辈，一箫，一寸管，一人缓板而歌，竹肉相发，清声亮彻，听者魂销。比至夜深，月影横斜，荇藻凌乱，则箫板亦不复用。一夫登场，四座屏息，音若细发，响彻云际，每度一字，几尽一刻，飞鸟为之徘徊，壮士听而下泪矣。（下略）"中郎此作，仿佛是记虎丘中秋夜的音乐会，自交响乐、大合唱、小合唱以至独唱，无所不有。可是十多年来的中秋节，除了白天还有士女前去游眺，借此点缀令节外，早已没有这种笙歌彻夜的盛况了。

不要忽视了山塘

领略了虎丘的秋光之后，可不要忽视了山塘，不管是仁者乐山，智者乐水，乐山也何妨兼以乐水，再加上一个"山塘秋泛"的节目，实在是挺有意思的。山塘在那里？就在虎丘山门之前，盈盈一衣带水，迤逦曲折，据说有七里之长，因此有"七里山塘"之称。那水是碧油油的，十分可爱，架在上面的桥梁，以青山桥与绿水桥为最著，你要是以轻红一舸，容与其间，一路摇呀摇的摇过去，那情调是够美的。昔人咏山塘诗，有黄仲则的两首："中酒春宵怯薄罗，酒阑春尽系愁多。年年到此沉沉醉，如此苏州奈若何。""寒山迢递镜铺蓝，小泊游仙一枕酣。夜半钟声敲不醒，教人怎不梦江南。"屠琴坞《山塘访秋》云："白公堤畔柳丝柔，十二红阑隐画楼。才到吴乡听吴语，泥人新梦入新秋。""绿酒红灯映碧纱，水晶帘外又琵琶。匆匆转过桥西去，一角青山两岸花。"读了这四首诗，就觉得山塘之美，真如殢人的尤物咧。某一年的春间，笔者曾随故张仲仁、陈石遗、金松岑诸前辈，以夏桂林画舫泛山塘，玩水终日，乐而忘倦，曾有《七里山塘词》之作："七里山塘春似锦，坠鞭公子试春衣。家家绮阁人人醉，面晕桃花映酒旗。""拾翠人来打桨邀，山塘七里绿迢迢。垂杨两岸傲傲舞，只解嬉春系画桡。""吴娃生小解温存，画出纤眉似月痕。七里山塘春水软，一声柔橹一销魂。""虎丘惯自弄春柔，七里山塘满画舟。好是平波明似镜，吴娘临水照梳头。""几树疏杨斗舞腰，真娘墓畔草萧萧。山塘七里瀰瀰绿，不见烟波见画桥。""七里山塘宛宛流，木兰桡上听吴讴。未须更借丹青笔，柳媚花娇画虎丘。"读了这几首拙作，也足见我对于山塘是倾倒之至了。其实清代承平之岁，山塘也着实热闹过一下，曾见某笔记载："虎丘山塘，七里莺花，一湖风月，士女游观，画船箫鼓。舟无大小，装饰精工，窗有夹层，间以玻璃，悬设彩灯，争奇斗巧，纷纶五色，新样不同。傍暮施烛，与月辉波光相激射。今灯舫窗棂，竟尚大理府石镶嵌，灯则用琉璃（俗呼明角），遇风狂，无虞击碎也。"诗人王冈龄，因有《山塘灯船行》长歌之作，极尽铺张扬厉的能事。现在的金家画舫与王家画舫，金碧辉煌，就是当年灯船的遗制，我们要是坐着去作山塘秋泛，自会油然而发思古之幽情的。

石湖串月的幽趣

中秋游虎丘兼泛七里山塘，这是秋游的第一个节目，第二个节目就是八十八夜石湖串月了。石湖在城西南十八里，是太湖的支流，恰界于吴县、吴江之间，映带着楞伽、茶磨诸峰，风景倒也不错。相传范大夫入五湖，就是在这里下船的。末代名臣范成大就越来溪的遗址，筑别业，中有天镜阁、玉雪坡、盟鸥亭诸胜迹，宋孝宗亲书"石湖"二字赐与他，因自号石湖居士。他的诗文集中关于石湖的作品很多，诗如《初归石湖》七律一首云："晓雾朝暾绀碧烘，横塘西岸越城东。行人半出稻花上，宿鹭孤明菱叶中。信脚自能知旧路，惊心时复认邻翁。当时手种斜桥柳，无限鸣蜩翠扫空。"读此一诗，就可知道他是石湖主人了。湖边有一座山岇峙着，即楞伽山，又名上方山，山上有楞伽寺，年年八月十八，香汛极盛。山顶有塔，共七级，中有神龛，供五通神，据说极著灵异，清代巡抚汤斌为破除迷信计，曾把它毁灭，可是后来又重行恢复，以至于今。山之东麓有石湖书院，昔为士子弦诵之所，今已废。东南麓有普陀岩，有石池、石梁诸胜，乾隆南巡，曾经到过这里，从此身价十倍了。袁中郎把它和

虎丘作比，说虎丘如冶女艳妆，掩映帘箔，上方如披褐道士，丰
神特秀，倒也取譬入妙。到了农历八月十七、十八这两天，这里
可就热闹起来了，苏州城乡各处的善男信女，纷纷上山进香，而
入夜以后，就有苏沪士女坐了画舫，到行春桥边来看串月。所谓
串月，据说十八夜月光初现时，入行春桥桥洞中，其影如串；又
说十八夜从上方塔的铁链中，可以瞧到这一夜月的分度，恰恰当
着铁链的中段，倒影于地，联为一串，因曰串月。沈朝初的《忆
江南》词，又有一首咏其事："苏州好，串月看长桥。桥影重重湖
面阔，月光片片桂轮高。此夜爱吹箫。"原来每逢此夜看串月时，
画舫中往往笙歌如沸的。或说葑门外五十三环洞的宝带桥边也可
一看串月，从宝带桥外出，光影相接，数有七十二个，比了行春
桥边似乎更为可观。清代诗人顾侠君有《串月歌》咏之云："治平
山寺何岧峣，湖光吐纳山连遥。烟中明灭宝带桥，金波万叠风骚
骚。年年八月十八夜，飞廉驱云落村舍。金盆出水耀光芒，琉璃
迸破银瓶泻。散作明珠千万颗，老兔寒蟾景相吓。鱼婢蟹奴争献
奇，手挈桂旗吹参差。水花云叶桥心布，移来海市秋风时。吴侬
好事邀亲客，舳舻衔尾排南陌。红豆新词出绛唇，粉胸绣臆回歌
席。绿蚁淋漓柁楼倒，醒来月在松杉杪。"看串月这玩意儿，大
概是肇始于清代，只不知道是谁发明的，真所谓吴侬好事了。

登高推荐贺九岭

　　秋游的第三个节目，该是重九登高了。向来苏人登高，就
近总是跑上北寺塔去，虚应故事，年来寺中驻着兵，早已可望而
不可即。至于山，城外高低大小多的是，随处都可登高，而笔者

顾名思义，却要推荐贺九岭，相传吴王曾登此岭贺重九，因以为名，崖壁上至今刻有"贺九岭"三大字，不知是什么时代刻上去的。明代文徵明曾有《过贺九岭》诗云："截然飞岭带晴岚，路出馀杭更绕南。往迹漫传入贺九，胜游刚爱月当三。岩前鹿绕云为路，木末僧依石作庵。一笑停舆风拂面，松花闲看落毵毵。"笔者于十馀年前也曾到过此岭，似乎平凡得很，并没有什么胜迹。但是从这里可以通到华山，却是游腻了虎丘、灵岩之后，非游不可的。华山在城西三十里，《吴地记》载，吴县华山，晋太康二年生千叶石莲花，故名。《图经续记》云，此山独秀，望之如屏，或登其巅，见有状如莲花者，今莲花峰是也。《吴郡志》云，山顶北有池，上生千叶莲华，服之羽化，因曰华山。山半有池一泓，水作玉色，逾数十丈，厥名天池。袁中郎游天池记云："从贺九岭而进，别是一洞天。峭壁削成，车不得方轨，飞楼跨之，舆骑从楼下度。逾岭而西，平畴广野，与青峦紫逻相映发。（中略）行数里，始至山足，道旁青松，若老龙鳞，长林参天，苍岩蔽日，幽异不可名状。才至山腰，屏山献青，画峦滴翠，两年尘土面目，为之洗尽，低徊片晷，宛尔秦馀，马首红尘，恍若隔世事矣。天池在山半，方可数十馀丈，其泉玉色，横浸山腹。山巅有石如莲花瓣，翠蕊摇空，鲜芳可爱。余时以勘地而往，无暇得造峰顶，至今为恨。（下略）"明代诗人高启诗云："灵峰可度难，昔闻枕中书。天池在其巅，每出青芙蕖。湛如玉女盆，云影含夕虚。人静时饮鹿，水寒不生鱼。我来属始春，石壁烟霞舒。滟滟月出后，泠泠雪消馀。再泛知神清，一酌欣虑除。何当逐流花，遂造仙人居。"对于这天池一水，可说恭维到了一百二十分。山上有石屋二座，四壁都凿着浮屠的像，此外有龟巢石、虎跑泉、苍玉洞、盈盈池、地雷泉、洗心泉、桃花涧、秀屏、鸟道诸胜迹，石壁上刻有明代赵宧光手书"华山鸟道"四字，遒劲可喜。山南有华山寺，北有寂鉴寺，寺庭中有金桂、银桂两株老树，秋仲着花累累，一寺皆香。寺旁有泉，曰钵盂泉，泉水是非常清冽的。清康熙帝南巡时，因雨欲游此山不果，赐以"清远"二字，后来乾隆帝南巡，总算游成功了。昔人游华山诗，佳作很多，而元代顾仲瑛一首足以代表一切："萦纡白云路，窈窕青山联。秋风吹客衣，逸兴良翩翩。扪萝度绝壁，蹑磴穷层巅。崖倾石欲落，树断云复连。两峰龈牙门，中谷何廓然。大山屹堂堂，直欲摩青天。小山亦磊落，飞来堕其前。阴阴积古铁，粲粲开青莲。神斧削翠骨，天沼含灵泉。玉龙抱寒镜，倒影清秋县。忆昔张贞居，寄我琳琅篇。逝者不可作，新诗徒为传。举酒酹白日，万壑生凄烟。幽欢苦未足，落景忽已迁。美人胡不来，山水空清妍。"读此诗，已足使人神往，那么何妨趁贺九岭登高之便，一游华山呢？往上津桥雇船，到白马涧镇上，步行八九里到贺九岭，再由此而西，就可到达华山了。

一片枫林围翠障

"远上寒山石径斜，白云深处有人家。停车坐爱枫林晚，霜叶红于二月花。"杜牧之这一首《山行》诗，道尽枫叶之美，所以天平山看枫，也就是秋游第四个节目了。枫叶须经霜而红，红而始美，因此看枫须等到秋深霜降之后，太早则叶犹未红，太晚则叶已凋落，大约须在农历十月间吧。所以蔡云《吴歈》有"天平十月看枫约，只合诗人坐竹兜"之句。天平的枫树，硕大无朋，叶作三角形，因称三角枫，在万笏朝天一带三太师坟前，有大枫九株，俗呼九枝红。因为那枫叶经霜之后，一片殷红，有如珊瑚灼海，而昔人称颂枫叶，说是"非花斗妆，不争春色"，真是再贴切也没有了。清人李果有《天平山看枫叶记》云："天平山，予旧所游也。乾隆七年十月朔之二日，马生寿安要予与徐北山游，泛舟从木渎下沙河可四里，小溪萦纡，至水尽处登岸，穿田塍行，茅舍鸡犬，遥带村落，纵目鸡笼诸山，枫林远近，红叶杂松际，四山皆松、栝、杉、榆，此地独多枫树，冒霜则叶尽赤。今天气微暖，霜未著树，红叶参错，颜色明丽可爱也。历咒钵庵，过高平范氏墓，岩壑溢秀，楼阁涨彩。折而北，经白云寺，憩泉上，升阁以望，则天平山色峻嶒，疏松出檐楹，凉风过之，如奏琴筑，或如海涛响。马生出酒馔，主客酬酢，客有吹笛度曲者，其声流于林籁，境之所涉，情与俱适，不自知其乐之何以生也。（下略）"天平不失为苏州一座最好的大山，可是粗粗领略，往往不易见它的好处，如万笏朝天一带的石笋，可就是绝无而仅有，而一线天以上，全是层层叠叠的奇峰怪石，自中白云以达上白云，一路目不暇接，消受不尽。加上深秋十月，经过了红艳的枫叶一番渲染，天平山真如天开图画一般，沈朝初所谓"一片枫林围翠嶂，几家楼阁叠丹丘。仿佛到瀛洲"，自是一些儿没有溢美啊。

春光固然易老，秋光也是不肯久留的。人生三万六千场，一岁可能游几度？姑苏台畔，秋光大好，正欢迎你们联翩蜡屐而来！

原载《旅行杂志》1948 年第 22 卷第 10 期

秋栖霞

　　栖霞山的红叶，憧憧心头已有好多年了。这次偕程小青兄上南京出席会议，等到闭幕之后，便一同去游了栖霞山。

　　南京本有一句俗语，叫作"春牛首，秋栖霞"，就是说春天应该游牛首山，秋天应该游栖霞山。因为栖霞山上有不少的三角枫和阔叶树，深秋经霜之后，树叶全都红了，如火如荼地十分美观，唐人诗中所谓"霜叶红于二月花"，确是并不夸张。记得在抗日战争期间，曾有一位文友写信给我说："秋深了，栖霞山的枫叶仍是异样的红，只是红的色素中已带了些惨黯的成分，阳光射在叶上，越发反映出一种可怕的颜色。'丹枫不是寻常色，半是啼痕半血痕'，整个的中国，也已不是寻常的景色，真的是半是啼痕半血痕啊！"可是现在我们走上栖霞山来看红叶，却怀着一腔愉快的心情，所可惜的，霜降节才过，枫叶还没有全红，大约还要再过半月，那就红叶满山，才是"秋栖霞"的全盛时代了。

　　我们先在栖霞古寺门前看了看那块用梅花石凿成的一丈多高的明征君碑，又看到了碑阴"栖霞"两个擘窠大字，很为劲挺，相传是唐高宗李治的亲笔。从寺旁拾级而登，看到了那座创建于隋代而重建于南唐时代的舍利塔，浮雕的四天王像和释迦八相图，都是十分精工的。附近一带的山石，都凿成了大大小小的佛龛，龛中都是佛像。我最欣赏那座称为三圣殿的大佛龛，中供一丈多高的无量寿佛坐像，两旁有观音、势至两菩萨的立像，宝相庄严，不同凡俗。而最足动人观感的，在一个佛龛中却并不是佛而是一个石匠，一手执锤，一手执凿，表现出劳动人民工作时的形象，据说那许多大小佛龛和佛像，全是他一手凿成的。

一步步走将上去，见大大小小的佛龛和佛像，更多得不可胜数，据说从齐、梁，以至唐、宋、元、明诸代陆续增凿增刻，多至七百馀尊，都是依着岩石的高低，散布在左右上下，号称千佛，因此定名千佛岩。这里一片翠绿，全是松树，与枫树互相掩映，到了枫树红酣的时节，那真变作一个锦绣谷，美不胜收了。

一九五七年十月

选自周瘦鹃著《行云集》，江苏人民出版社1962年11月初版

万古飞不去的燕子

"微风山郭酒帘动，细雨江亭燕子飞。"这是清代诗人咏燕子矶的佳句，我因一向爱好那"燕燕于飞"的燕子，也就连带地向往于这南京的名胜燕子矶。恰好碰到了出席江苏省文学艺术工作者代表会议的机会，就在一个星期日呼朋啸侣合伙儿上燕子矶去，要看看这一只长栖江边万古飞不去的燕子。

在新街口乘十二路无轨电车直达中央门，转搭八路的公共汽车，车行约四十分钟，燕子矶便涌现在眼底了。那块大岩石迭成的危崖，临江耸峙，真像一头挺大挺大的燕子，振翅欲飞。一口气跑到顶上，见崖边围着铁蒺藜，因为在旧时代里，常有活不下去的人到这里来从燕子背上跳下江去，结束他们的生命，所以借此预防。可是解放以来，早就没有这种惨剧了。我小坐休息了半晌，便从斜坡上跑了下去，直到江边的沙滩上。只因连月少雨，江水退落，就形成了一大片滩，可以供人行走，倒也不坏。放眼远望，只见水连天，天连水，远近帆影点点，出没烟波深处，给这萧索的寒江，作了很好的点缀。据前人游记中说："孤岑突立江上，崖之脉分胜也。铁锁贯足，江水抱其三面，一二亭表之，巅之亭最可憩望。去亭百步，有飞崖俯江，俯身岩上，攀木垂首而视，风涛舟楫隐隐其下也。矶崖之下，多渔人设罾，或依沙洲石濑为舍，或浮舍水上，或隐其身山鳞，或就崖树下悬居，或将鱼蟹向客卖换青钱，或就垆换酒竟去。悠悠天地，此何人哉！"
这是从前某一时期的情景，现在渔民有了公社，各得其所，可不
是这样了。从这里看到遥遥相对的一大片滩上，有着密密层层的
屋子，大概就是古人诗中所谓"两三星火是瓜洲"的瓜洲吧？

　　我沿着滩一路走去，时时仰望那突兀峥嵘的岩石悬崖，才认
识到了燕子矶特殊的美点，并且越看越像是燕子了。这时四下里
寂寂无声，只听得我们一行人踏在沙上的脚步声，在瑟瑟地响。
好一片清幽的境界，使我的胸襟也一清如洗，尽着领略此中静
趣，正如明代杨龙友来游燕子矶时所说的："时寒江凄清，山骨
俱冷，其中深远澄淡之致，使人领受不尽。因思天下事境，俱不
可向热闹处着脚。"这是从前诗人画家以及一般隐逸之士的看法，
而爱好热闹的人，也许要嫌这环境太清幽、太冷静了。

　　三台洞是江边著名的胜地，沿着滩，走了好些路，才到达头
台洞、二台洞，两洞都是浅浅的，似乎没有什么特点，在洞口浏
览了一下，就退了出来。另有一个观音洞，供奉着一尊金身的观
音像，金光灿然，瞧去并不很大，据说本是一位高僧的肉身，把
它装金改制而成，那么就等于是一个木乃伊了。此外无多可观，
我们也就匆匆离去，继续向三台洞进发。

　　三台洞倒是一个可以流连的所在，前人游三台洞诗，曾有
句云："石扉藤蔓迷樵路，流水桃花引客来。"这时节虽还没有桃
花，而三台洞的美名，却终于把我们引来了。洞的正面也供着一
尊佛像，地下有一个方塘，碧水沦涟，瞧去十分清冽，倒是挺好
的饮料。右边有一扇门，门额上有"小有天"三个字，足见里面
定是别有一天的。从这里进去，见有好多步石级，我们好奇心
切，拾级而登，到了一个转角上，顿觉眼前一片漆黑，伸手竟不

见了五指。我们却并不知难而退，还是暗中摸索地走将上去。我偶不小心，头额撞着了石块，疾忙低下头去，一面招呼后面的朋友们当心脚下，更要当心头上。好在摸到了一旁有阑干帮忙，我们就这样前呼后拥地扶着阑尽向上爬。再转一个弯，眼前豁然开朗，已到了一座孤悬的小楼上，却见上面更有一层，于是拾级再向上爬，就达到了第三层，大家才站住了脚，这一段摸黑的过程，倒是怪有趣味的。我定一定神，抬眼向江上望去，穿过了浩淼的烟波，似乎可以望到大江以北，恨不得摇身一变，变作了燕子，从燕子矶上飞将过去，绕个大圈儿再飞回来啊！

小立一会儿，觉得风力很劲，不可以久留，就又摸着黑，曲折地拾级而下。到了洞口，那个守洞的老叟招呼我们坐了下来，给了我们几杯茶，说是用方塘里的泉水沏的。据他老人家说，这泉水水质很厚，即使放下二十多个铜子，水也不会溢出杯外，这就可以跟我们苏州天平山上的钵盂泉水媲美了。老叟健谈，又对我们说起从前某一年在洪水泛滥时期，江水汹涌而来，直高出那扇榜着"小有天"三字的门顶，当下他指着墙上一道水印，依然还在。我听了舌挢不下，料知那时定有半个洞被水淹没了。这些年来，我政府大兴水利，洪水为患的恶剧，从此不会重演哩。

我们告别了老叟，告别了三台洞，在夕阳影里，仍沿着来路从沙滩上走回去。所过之处，常有发见先前被江水冲激进来的石块，我拾取了几块玲珑剔透的，揣在怀里，作为此游的纪念，预备带回家去作水盘供养，如果日久长了苔藓，那么绿油油的，也就是供玩赏了。

一般人以为燕子矶没有什么好玩，不过望望长江罢了。然而从沙滩上望燕子矶，就觉得它的美，大可入画，并且加上一个三台洞，好玩得很，所以到了燕子矶，就非到三台洞不可。归途犹有馀恋，就在手册上写下了两首诗：

"燕子飞来不记年，危崖危立大江边。幽奇独数三台洞，一径潜通小有天。"

"暗中摸索疑无路，不畏艰难路不穷。安得云梯长万丈，扶摇直上叩苍穹。"

一九五七年十一月

选自周瘦鹃著《行云集》，江苏人民出版社 1962 年 11 月初版

江上三山记

当我们烹调需要用醋的时候，就会连想到镇江。因为镇江的醋色香味俱佳，为其他地方的出品所不及，于是镇江醋就名满天下，而镇江也似乎因醋而相得益彰。然而镇江的三座名山——耸峙在江岸的金山、焦山、北固山，各据一方，鼎足而三，更是名满天下。

一九五八年我们苏州的几个朋友，刚从南京游罢回去，路过镇江，忽动一游三山之兴，并且想买些镇江醋，准备作持螯赏菊之用。于是就相率下车，欣欣然作三山之游。

金山和焦山，一向并称，好像手足情深的兄弟一样。金山是兄，焦山是弟，各有名胜，各有特色。明代王思任曾对金、焦品评过一下，他说："金以巧胜，焦以拙胜。金为贵公子，焦似淡道人。金宜游，焦宜隐。金宜月，焦宜雨。金宜小李将军，焦则大米。金宜仙，焦宜佛。金乃夏日之日，而焦则冬日之日也。"我们为了要体验这评语对头不对头，就决计先访"兄"而后访"弟"，先游金而后游焦。

到得我们游过金、焦之后，彼此作了对比，我觉得王思任的评语，自有见地。试以药来作比，金山之属于热性的，焦山是属于凉性的；试以文章来作比，金山是典丽裔皇的骈体文，焦山是隽永淡雅的明人小品。我曾把这个对比征求朋友们的意见，大家一致通过，并无异议。

一登金山，那座七层宝塔所谓江山寺塔，早就在那里含笑迎客了。我们一面抬头望着塔答礼，脚下却不知不觉地跨进了金山寺。这个寺原名江天寺，殿宇很多，气派很大，据说抗战初期的某一年不知怎么起了火，毁了一部分，遗址倒形成了一片小小的广场，使塔下空旷多了。塔在山的北部，宋元符末初建，名荐慈塔，又名慈寿塔，宋末毁于兵火，明代隆庆三年重建，改名江天寺塔。塔木质，七级，作八角形，四周有阑干，中有塔心。金山有此一塔，生色不少。山顶有江天阁，是登眺的好去处。另有一座海岳楼，宋代大书家米元章曾在这里住过，楼上有横额，三大字就是他的手笔。江边名胜有善才、石簰（一称石排）、巧石、郭璞墓等，都是游人流连的所在。清代诗人王渔洋曾有《登金山》诗，云："振衣直上江天阁，怀古仍登海岳楼。三楚风涛杯底合，九江云物坐中收。石簰落照翻孤影，玉带山门访旧游。我醉吟诗最高顶，蛟龙惊起暮潮秋。"这一首诗，差不多已道尽了金山之胜。所谓玉带山门，却包含着一段故事，据说宋代高僧佛印住金山寺，苏东坡前来谈禅，佛印对东坡说："这里有一句转语，要是回答不出，就得留下你的玉带来，镇住山门。"当时东坡听了转语，不知所对，只得解下了腰间玉带，留在寺中。现在寺中新辟了一个文物陈列室，不知有没有东坡的玉带啊？

金山的名胜，我只是粗粗领略，印象较为深刻的，却是号称"天下第一泉"的中泠泉。我们一行人被天下第一这个夸大的赞词吸引住了，就坐在那边的轩榭里品茗小憩，我们为了喝的是天下第一的泉水，就一杯又一杯地灌下去，似乎分外地津津有味。我喝饱了茶，就站起身来蹓跶一下，看轩榭中有没有好的联语。就中有两副，一副是集宋人词句："阑干斜照未满，江山特地愁余。"一副是

"予初无心皆可乐，人非有品不能闲。"语意空泛，都是与天下第一泉无关的。这时我们就告别了"金兄"，再去拜访它的"焦弟"。

焦山浮在江上，正如古美人头上的螺髻，峨峨高耸，显得十分美好。我们一个个踏上了渡船，不多一会儿，早就到了焦山脚下。怎么叫做焦山呢？只因汉代有处士焦光隐居在这里，从此得名，而在汉代以前，是称为谯山的。山并不太大，而山上的岩和石，却丰富多彩，名目繁多，岩有狮子、栈道、观音、瘗鹤、罗汉、独卧、浮玉诸称，石有善才、心经、虾蟆、铜鼓、翠微、霹雳、系缆、钓鱼、角觗以及醉石、音石诸称。这许多岩啊石啊，散在各处，都要自己去找寻，自己去观赏的。

山麓有一石洞，洞壁刻着一头张牙舞爪的狮子，因名狮窟。窟外有小院，堆石为山，叫做一笑崖。崖有小石龛供弥勒佛，老是对人作憨笑。崖下有小池，种着莲花，中有片石矗立，刻着章太炎手写的"寿山福海"四字，古朴可喜。这小院的面积不过二三丈，而小小结构，很有丘壑，带着一些苏州园林的风格。上了山，一路多小庵，有碧山、石壁、自然、香林、玉峰诸称，而以松寥阁最为幽秀，小轩面江，和象山遥遥相对，站在岗前看山看水，长江滚滚，后浪推着前浪，似乎要滚到窗子上来，看着看着，真可以大豁胸襟，大开眼界哩。

定慧寺是山中著名的古刹，建自东汉，历史悠久，已饱阅了沧桑。寺门口的石壁上，有"海不扬波"四大字，用石砌成，非常光滑，听说旧时一般船户往往取了制钱在这四个字上用力磨擦，带回去给小孩子佩带在身上，说是可以压邪的。山门内有地一弓，绿竹漪漪，很有幽致。贴邻就是纪念焦光的焦公祠，这里陈列着不少文物，多数是和焦山有关的。最好玩的是用清水养着的几个奇石，石纹如画，有的像梅鹤，有的像寿星，有的像美人，有的像船只，五色斑烂，十分可爱。

出焦公祠，鱼贯登山，那古来著名的《瘗鹤铭》残碑，就在山麓的石壁上。宋代爱国大诗人陆放翁和他的朋友们曾来此寻碑，勒石为记："陆务观、何德器、张玉仲、韩无咎，隆兴甲申闰月二十九日，踏雪观《瘗鹤铭》，置酒上方。烽火未息，望风樯战舰，在烟霭间，慨然尽醉。薄晚，泛舟自甘露寺以归。明年二月壬午，圜禅师刻之石，务观书。"文章和书法，堪称双绝。从这里上观音崖，有楼名夕阳楼，可以送夕阳，迎素月。再上去，有轩名听涛书屋，当前有一株挺大的枇杷树，绿叶重重，垂荫很低，树下有石案石磴，坐在这里望江听涛，真可扑去俗尘一斗。左面有亭翼然，名坚白亭，有集句联云："金山共此一江水，王母来寻五色龙。"好语如珠，把金山联系起来，自觉隽永有味。最后我们直上东峰，在吸江楼上放眼四望，忽有一种豪情涌上心头，想长啸，想高歌，终于想起了清代诗人李龙川的一首诗，就临风朗诵起来："长江水，长江水，千古兴亡都若此。扁舟来往几千年，借问长江谁似我。我来焦公岩下坐，秋阴黯黯迷朝暮。别有秋心天外飞，化为孤鹤横江过。江云漠漠水悠悠，雨雨风风总是秋。江妃知我心中事，一夜秋声到枕头。"

游过了金焦，当然不肯放过那鼎足而三的北固山。一上北固山，当然忘不了那刘备相亲的甘露寺，因为《三国演义》中的这一出喜剧，早就在我们心上扎了根了。传说刘备相亲时，和他的舅子孙权同在一起，为了示威起见，曾挥剑向殿前一块椭圆形的大石头砍去，砍出一条裂纹来，后人就称此石为试剑石。近旁另有一块较平的石头，没有名称，据说是刘备和他的未婚妻孙尚香曾经坐在石上赏月的。寺下的山坡，叫做跑马坡，传说是当时孙权和刘备跑马竞赛的所在。传说毕竟是传说罢了，姑妄听之，又有何妨。山门大书"天下第一江山"六字，是南宋吴琚的手笔，又有明代米万锺所写的"宏开鹫岭"四字，都是铁划银钩，雄健得很。

山上最大的特点，就是江苏全省独有的那座铁塔，塔为唐代李德裕所建，已有一千一百馀年的历史。据文献记载，铁塔共有七层，作八角形，高约十三公尺，乾符中毁，宋元丰中裴据重建。明万历癸未童谣："风吹铁宝塔，水淹京口闸。"这一年海啸塔颓，后经僧性成、功淇重建。清同治七年，塔顶又断，迄未修复，只剩最下二层，面目全非。

甘露寺内有小楼，名石骚楼，踏进去时，忽有桂香扑鼻，很为浓郁，可是并不见有桂花，奇极！也许是我的错觉吧。此外又有一楼，名风价楼，横额上有跋云："昔人谓'五月买松风，人间本无价'，而华阳洞三层楼乃得终日听之。今窃二义，用题兹额，谁欤欲买松风，请于此中论价也可。蒋寿昌。"寥寥数语，却也隽妙可诵。又有五言联："山从平地有，水到远天无。"也是很可玩味的。临江有亭，叫做江山第一亭，这是金山最胜处，望江也好，看山也好，望长江如在脚下，看金焦如在肘腋间。入亭处横额上题有"头头是道"四字，并不见好，而亭柱上的三副联语，却很可取，我尤其爱"客心洗流水，荡胸生层云""此身不觉出飞鸟，垂手还堪钓巨鳌"二联。一面唱，一面踱下山去，我虽不能垂手钓巨鳌，却已"荡胸生层云"了。

一九五八年二月

选自周瘦鹃著《行云集》，江苏人民出版社1962年11月初版

绿杨城郭新扬州

扬州的园林与我们苏州的园林，似乎宜兄宜弟，有同气连枝之雅。在风格上，在布局上，可说是各擅胜场，各有千秋的。个园是扬州一座历史悠久的旧园子，闻名已久。我平日爱好园林，因此一到扬州，即忙请文化处长张青萍同志带同前去观光。园址是在城内东关街，通过一条小巷，进了侧门，就看到一带重重叠叠的假山，沿着一片水塘矗立在那里。张同志对于这些假山有一种特别的看法，给它们分作春、夏、秋、冬四个部分。他指着前面入口处的两旁竹林和一根根的石笋，说这是春的部分，而把竹林的"竹"字劈分为二，成为"个个"，个园的名称，大概就是由此而来的。他又指着左面的一带太湖石假山，说这些山石带着热味，就作为夏的部分；而连接在一起的黄石假山，石色很像秋季的黄叶，可以作为秋的部分，瞧上去不是分明带着肃杀之气吗？最后他带着我到右面尽头处去，指着一大堆宣石的假山，皑皑一白，活像是雪满山中的模样。我识趣地含笑说道："这不用说，当然是冬的部分了。"张同志点头称是，又指着壁上两个圆形的漏窗，正透露着春的部分的几株竹子，他得意地说："您瞧您瞧！春天快到，这里不是已漏泄了春光吗？"我笑道："您这一番唯心论，发人所未发，倒也挺有意思。"

张同志伴同我在那些假山中间穿行了一周，他要我提些意见。我觉得有好多处曾经新修，不能尽如人意，不是对称而显得呆板，就是多馀而有画蛇添足之嫌。倒是随意放在水边的那些石块，却很自然而饶有画意。那一带黄石假山，是北派的堆法，不易着手，这里有层次，有曲折，自有它的特点。可惜正面的许多石块，未免小了一些，而接笋处的水泥过于突出，很为触目，使人有百衲衣的琐碎的感觉。最使我看得满意的，却是那一大堆宣石的假山，堆得十分浑成，真如天衣无缝，不见了针线迹，并且石色一白如雪，像昆山石一般可爱。总之，现在我们国内堆叠假山的好手几等于零，非赶快培养新生力量不可，设计构图，必须请善画山水的画师来干。假山最好的范本，要算是苏州环秀山庄的那一座，出清代嘉道年间名家戈裕良手，好在是他懂得"假山真做"的诀窍，拙朴浑厚，简直是做得像真山一样。

为了要瞻仰市容，出了个园，就一路蹦跶着。全市已有了两条柏油大路，十分平坦，拆城以后，就在城墙的基地上造了路，以利交通。在历年绿化运动中，又平添了不少大大小小的街头花园，利用了街头巷角的空地，栽种各种花木，有的还用湖石点缀，据说全是居民群众搞起来的。萃园招待所的附近，有较大的一片园地，标明"五一花圃"，布置得很为整齐，常有学生在上课下课的前后，到这里来灌溉打扫，原来这是学生们自己所搞的园地，经常可作劳动锻炼的场合。扬州旧有"绿杨城郭"之称，就足以说明它本来是个绿化的城市，现在全市有了这许多街头花园，更觉绿化得分外的美丽了。

瘦西湖是扬州的名胜，也是扬州的骄傲，大概是为的比杭州的西湖小了一些，因称瘦西湖。

扬州的芍药久已名闻天下，古人诗词中咏芍药必及扬州，如宋代王十朋句"千叶扬州种，春深霸众芳"，元代杨允孚句"扬州帘卷春风里，曾惜名花第一娇"等，足见扬州芍药的出类拔萃，不同凡卉了。在这瘦西湖公园里，有一个小小的芍药花坛，种着一二十丛芍药，这时尚未凋谢，以紫红带黑的一种为最美。据说扬州芍药，旧有三十多种，现存十多种，最名贵的"金带围"尚在人间。目前全扬州花农们所培养的共有一千多丛，已由园林管理处全部收买下来，蔚为大观。

走过一顶小桥，又是一片名为凫庄的园地，占地不大，而布置楚楚可观，周游了一下，就通过一条小径，踏上五亭桥去。这一座集体式的桥，可说是我国桥梁中的杰作，近年来曾经加以修饰，好像五姊妹并肩玉立，都换上了新装，虽富丽而并不庸俗。莲性寺的白塔近在咫尺，倒像是一尊弥勒佛蹲在那里，对人作憨笑，跟五亭桥相映成趣。附近还有一座钓鱼台，矗立在水中，也给增加了美观。这一带是瘦西湖的精华所在，我们在桥上左顾右盼，流连不忍去。

在莲性寺吃了一顿丰富的素斋，休息了一会儿，就坐了游船，向平山堂进发，在碧琉璃似的湖面上划去，听风听水，其乐陶陶。到了平山堂前，舍舟上岸，进了大门，见两面入口处的顶上，各有横额，一面是"文章奥区"，一面是"仙人旧馆"，原来这里是宋代大文学家欧阳修的读书处。那所挺大的堂屋中，也有一个"坐花载月"的横额，两旁有几副楹联，都斐然可诵，其一云："衔远山，吞长江，其西南诸峰，林壑尤美；送夕阳，迎素月，当春夏之交，草木际天。"其二云："云中辨江树，花里弄春禽。"其三云："晓起凭阑，六代青山都到眼；晚来对酒，二分明月正当头。"这三副联各有韵味，耐人咀嚼。壁间有好几块书条石，都刻着前人的诗词，其一是刻的苏东坡吊欧阳修词："三过平山堂下，半生弹指声中。十年不见老仙翁。壁上龙蛇飞动。　　欲吊文章太守，仍歌杨柳春风。休言万事转头空。未转头时皆梦。"末二句，显示出他当时的人生观是消极的。后面另有一堂，名谷村堂，我独爱门口的一联："天地长春，芍药有情留过客；江山如旧，荷花无恙认吾家。"原来作者姓周，下联恰合我的口味，不由得想起爱莲的老祖宗濂溪先生来了。

庭中有一座石涛和尚塔，顿时引起了我的注意，凑近去看时，见正面的石条上，刻着几行字："石涛和尚画，为清初大家，墓在平山堂后，今已无考，爱立此塔，以资景仰。"石涛那种大气磅礴的画笔，是在我国艺术史中永垂不朽的，可惜他的长眠之地已不知所在，不然，我也要前去献上一枝花，凭吊一下。

出了平山堂，舍舟而车，赶往梅花岭史公祠去。我在中学里念书的时候，明代民族英雄史可法的忠肝义胆，给我的影响很大，念念不忘。这时进了祠堂，瞻仰了他的遗像，肃然起敬。三十年前，我第一次来扬时所看到的两副楹联："生有自来文信国，死而后已武乡侯。""数点梅花亡国泪，二分明月故臣心。"还有那"气壮山河"的四字横额，都仍好好地挂在那里，这是我一向背诵得出的。此外还有两副银杏木的楹联："自学古贤修静节，惟应野鹤识高情。""斗酒纵观廿一史，炉香静对十三经。"笔力遒劲，都是史公的真迹，而也可以看到他的胸襟。他那封大义凛然的家书的石刻，也依然嵌在壁间，完好如旧。

第三天的下午，到城南运河旁的宝塔湾去参观。那边有一座整修好了的文峰塔，也是扬州古迹之一。塔共七级八面，平面作八角形，用砖石混合建筑而成。它最初起建在明代万历十年，即公元一五八二年，同时又在塔旁建寺，就叫做文峰寺。清代康熙年间，因地震震落了塔尖，次年由一个姓闵的捐款修葺，安上一个新的，并增高了一丈五尺，修了半年才完工。到得咸丰年间，寺毁，塔也只剩了砖心，后由当地各丛林僧人集合大江南北住持募捐修复。近几年间塔身有了裂缝，岌岌欲危，市人委为了保存古文物起见，才把它彻底修好了。当下我们直上塔顶，一开眼界，而这一座美好的绿杨城郭新扬州，也尽收眼底了。

一九五八年六月

选自周瘦鹃著《行云集》，江苏人民出版社 1962 年 11 月初版

听雨听风入雁山

日思夜想，忽忽已二十五年了，每逢春秋佳日，更是想个不了。这是怎么一回事？却原来是害了山水相思病。想的是以幽壑奇峰著称的浙东第一名胜雁荡山，不单是我一个人为它害相思，朋友中也有好几位是同病的，只因一年年由于天时人事的牵制，都一年年地拖延下来，只索一年年地作神游作梦游罢了。

我平日喜欢做盆景，去年做了个雁荡山的盆景。挑选了几块大大小小的广东英山石，像玩七巧板一般，凑放在一只玛瑙石的长方形浅盆中，利用石上白条子的天然石筋，当作瀑布，就算是我那渴想已久的大龙湫了。从这一天起，我就把它作为案头清供，还胡诌了一首诗："神驰二十五春秋，幽壑奇峰梦里游。范水模山些子景，何妨看作大龙湫（元代高僧韫上人能作盆景，称为些子景）。"

我天天看着那盆假山假水的假雁荡，看得有些儿厌了，老是惦念着雁荡的真山真水。恰恰今年五月下旬，有上雁荡山的机会，便毅然决然地走了。

一行七人，先到了温州，一路听雨听风地进入雁荡山，来回半个月，二十五年相思一笔勾。

雁荡山在浙江省东南部，多奇峰，以北雁荡山（乐清县东北）、中雁荡山（乐清县西）、南雁荡山（平阳县西南）为著，古称"东瓯三雁"。北雁荡山最为奇秀，周约一百八十里，据说山上有一百零二峰、六十一岩、四十六洞、二十六石、十三瀑、十七潭、十四障、十三溪、十岭八谷、八桥七门、六坑四泉、四水二湖等等。你要游吧，游不胜游；你要写吧，也写不胜写。一般人游踪所至，主要是在灵峰、灵岩、大龙湫三个风景区，单是这二灵一龙，也就足够你游目骋怀，乐而忘返了。

我们刚到灵峰寺，就一眼望见群峰环拱，光怪陆离，真的如入山阴道上，应接不暇。明代王季重曾说："雁荡山是造化小儿时所作者……山故怪石供，有紧无要，有文无理，有骨无肉，有筋无脉，有体无衣，俱出堆累雕錾之手。"他简直把雁山看作造化小儿的玩具和手工堆成的盆景，而灵峰一带的奇峰怪石，也确是活像一座座几案上的石供。

雁荡的峰啊岩啊，大半是因象物象形而定名的，例如灵峰区的接客僧、犀牛望月、老猴披衣、双笋峰、合掌峰等，灵岩区的上山鼠、下山猫、老僧拜塔、天柱峰、展旗峰等，都很妙肖，有的峰岩换一个角度看，也会换一个形象。导游的乐清县副县长倪丕柳同志随时指点，倍添兴趣，我曾记之以诗："千岩万石如棋布，移步换形各逞妍。一路情殷劳指点，使君舌上粲青莲。"

灵峰区的奇峰，以合掌峰为最，高高地插入云霄，双岩相并，好像是两只巨灵的手掌合在一起，而腰部却又突然开朗，造起了九层高楼，有如古画中的仙山楼阁，却又可望而可即，顿时把我们吸引了上去。不知走过多少石级，就到了楼上，见有"石釜天成"一个横额，并有联语："天可阶升，无中道而废；泉能心洗，即出山亦清。"我们当然不肯中道而废，就一层又一层地走上去，也看到了一个又一个的奇景，扩大了视野。洗心泉清澈见底，可鉴毛发，而漱玉泉水从洞顶细碎地泻下来，水珠亮晶晶的，仿佛在洞前挂上一张珠帘。最高处天开奇境，一洞空明，中供观音像，因称观音洞。从这里放眼望去，只见群峰竞秀，气象万千，真使人如登仙界，疑非人境了。

"簇簇群峰围古寺，陆离光怪总堪思。爱他一柱擎天表，卓立千秋绝代姿。"这是我到灵岩寺时，一见那顶天立地、气势雄伟的天柱峰，情不自禁地口占了这首诗歌颂起来。跟天柱峰对立而分庭抗礼的，又是一座高大的奇峰，好像是一面大纛旗般在空中飘扬，这就是展旗峰，清代袁枚有诗："黄帝擒蚩尤，旌旗不复收。化为石步障，幅幅生清秋。"当时诗人的想象，真比喻得出奇，而现在我们看到东方红太阳照耀全峰时，真好像是一面大红旗哩。

看了雁荡不可胜数的胜景，足证祖国的"江山如此多娇"，真使人有游不尽看不足之感。在山七天，几乎天天是听风听雨，但我们还是冒着风雨出游，并不气馁，畅游之下，几乎把家都忘了。身在二灵，不无灵感，戏作一字韵诗，以谢山灵："听雨听风入雁山，二灵端的是灵山。群峰排闼如留客，底事回头恋故山。"

一九六一年六月

选自周瘦鹃著《行云集》，江苏人民出版社1962年11月初版

欲写龙湫难下笔

在雁荡山许多奇峰怪石、飞瀑流泉中，大龙湫和小龙湫是一门双杰。两者虽相隔十多里，各据一方，各立门户，却是同露头角，同负盛名。它们是雁荡的两条巨龙，龙涎长流，亘古不绝。我在未游雁荡之前，早就久慕大名，心向往之，甚至假想雄姿，制成盆景，朝夕相对，聊慰相思，也足见我对它们的倾倒了。

大龙湫是雁荡名胜重点之一，也可说是雁荡的骄傲，清代诗人江湜曾有"欲写龙湫难下笔，不游雁荡是虚生"一联，给龙湫大力鼓吹，说它们的妙处，简直是难画难描的。这一次我们一行七人游了雁荡，总算不虚此生，而我平生偏爱瀑布，对二龙尤其是梦寐系之，岂可束手不写，因此也就不管下笔难不难了。

古往今来文人墨客，对二龙的评价很高，有些说法当然是夸张过了头的，例如有一位诗人曾这么说："怪哉两龙湫，喷沫彻昏晓。灏气包八荒，幻迹凌三岛。"这是多大的口气。凡是诗文歌赋称颂雁荡胜景的，十之七八总要涉及二龙，尤其是大龙湫，独占不少篇幅。我们这回游雁荡，早知名胜太多，不可能一一游遍，而大小龙湫却已定在游览日程表上，以为无论如何，一定要去拜访。

小龙湫在东谷灵岩寺后，水从石城诸溪涧来，会集于屏霞障的右胁，从岩溜中间泻下，一半是沿着崖壁下来，不像大龙湫的一空依傍，飞舞作态。据说它的高度是三千尺，而大龙湫是五千尺，大小的区别，即在于此。明代诗人裴绅有《小龙湫歌》："瀑布喷流千仞冈，僧言中有老龙藏。吞云激电下东海，随风洒润如飞霜。我来到此看不足，古殿阴森毛骨凉。疑是素丝挂绝壁，倒悬银汉注石梁。屏风九迭锦霞张，影落澄潭青黛光。老僧指点矜奇绝，忽如雷雨来苍茫。深山大泽人迹荒，夕曛风起驿路长。万山回首转羊肠，空留馀润沾衣裳。"我们刚到灵岩寺，先从后窗中窥见了小龙一角，活像是一匹又粗又大的白练，煞是好看。于是我们急不及待，就匆匆地前去欣赏了。从后门出去，不到五分钟已到了那里。这一带奇峰罗列，使小龙湫分外生色，就中有双峰作飞舞之势的，是双鸾峰；一峰瘦削无依，挺身独立的，是独秀峰；一峰如妙女临妆，妩媚多姿的，是女峰；一峰下圆上锐，如大笔卓地的，是卓笔峰。小龙湫恰就在这些奇峰环拱之间，汤汤下泻，自是气派不凡。只因昨夜曾下大雨，洪流奔放，似乎其势汹汹，怒不可遏，发出大发雷霆一般的声响，在空谷中激落着，自觉分外雄壮，小龙倒也不小，不过前人说它高三千尺，那是要大打折扣的。

在山七天，天天下雨，只有一天是个晴天，于是我们就钻了空子，赶往大龙湫去。据说要翻过一千六百多级的马鞍岭，来回步行三十多里，但我们意气风发，没一个掉队的。一路上看到不少新桥新路，所费不多，听说是由于群众的通力合作，才取得了这个多快好省的成绩。大龙湫在西谷的连云嶂旁，我们刚到那双尖夹峙似乎要剪破青天的剪刀峰下，就听得一片沸喊鼓噪的声音，似远似近，在我这瀑布迷较有经验的听觉上，早就知道大龙湫在欢呼迎客了。我们加快了脚步，兴高采烈地赶上前去，先见龙头，后见龙腰，终于看到了龙尾。据明代王季重说："初来似雾里倾灰倒盐，中段搅扰不落，似风缠雪舞，落头则似白烟素火裹坠一大筒百子流星，九龙戏珠也。"我们此来正在大雨之后，所以看不到这样的光景，只见一条粗壮的大白龙，张牙舞爪地咆哮跳跃下来，正如清代一位诗人所歌颂的，"殷雷鸣空谷，天河落九霄。岂因连夜雨，惊起卧龙跳"。原来他也是在大雨后来看大龙湫的。我因慕名已久，此番幸得身临其境，于是，正看侧看，远看近看，走着看，站着看，末了索性披上雨衣，坐近了看，定要看它一个饱。相传唐代开山祖师诺矩罗曾在这里观瀑坐化，我也倒像有不辞坐化之意。我一边看，一边听，仿佛听得一片金戈铁马之声，原来山半有洞，风卷入内，就砰砰轰轰地响了起来。这时阳光万道，照着万斛飞泉，顿觉眼花缭乱，五色缤纷，无怪古人游记中说它："五采注射，作五色长虹，炫煜不定。白者白跗，青者青莲，绿者绿珩，红者红蕖，紫者紫磨金，人面衣裳，皆受采绘，变而又神矣。"这些话虽觉夸张，却也近于现实，而歌颂大龙湫极其夸张之能事的，要算清代袁随园的一首诗："龙湫山高势绝天，一条瀑走兜罗绵。五丈以上尚是水，十丈以下全为烟。况复百丈至千丈，水云烟雾难分焉。初疑天孙工织素，雷梭抛掷银河边。继疑玉龙耕田倦，九天咳唾唇流涎。谁知乃是风水相摇荡，波回澜卷冰绡联。分明合并忽迸散，业已坠下还迁延。有时软舞工作态，如让如慢如盘旋。有时日光来照耀，非青非红五色宣。夜明帘献九公主，诸天花散维摩肩。玉尘万斛橘叟赌，明珠九曲桑女穿。到此都难作比拟，让他独占宇宙奇观偏。更怪人立百步外，忽然满面喷寒泉。及至逼近龙湫侧，转复发燥神悠然。直是山灵有意作游戏，教我亦复无处穷真诠。

（下略 ）”大龙湫的妙处，已被这首诗渲染得够了，我正不必辞费。我们在这里流连很久，如醉如痴，游侣中的老吕、老顾都是摄影能手，给我们一一收入了镜头。为了对大龙湫表示敬意，我于临别时也献上了一首诗：“神龙游戏人间世，攫日拏云扫俗氛。破壁飞腾容有日，和平建设正需君。”龙而有知，应加首肯。

我们一行七人，大半是六十以上的，倘以龙来作比，七十三岁的老刘是龙头，五十四岁的老蒋是龙尾。这条龙足足游了七天，天天风里来，雨里去，忽登山，忽涉水，而老子婆娑，兴复不浅，只觉其逸，不觉其劳，倒像是因祖国年轻而也一个个年轻起来了。一路上彼此形影相随，寸步不离，而导游的乐清县倪丕柳副县长和统战部张友孚秘书，更多方照顾，无微不至。我于感激之馀，申之以诗：“老子婆娑半白头，相随形影共绸缪。情长恰似龙湫水，日夜牵心日夜流。”可不是吗，人与人之间的一片情谊，真的像龙湫水一样长了。

一九六一年五月

选自周瘦鹃著《行云集》，江苏人民出版社 1962年 11 月初版

雁荡奇峰怪石多

　　浙江第一名胜雁荡山，奇峰怪石，到处都是，正如明代文学家王季重所比喻的件件是造化小儿所作的糖担中物，好玩得很。自古以来，人们就象物象形给题上了许多奇奇怪怪的名称，脍炙人口。天下名山，大半如此，不独雁荡为然。我过分自命风雅，以为这是低级趣味，并无可取。可是一想到这是劳动人民所喜闻乐见，并且是津津乐道的，也就粲然作会心之笑，跟他们契合无间，立即口讲指划地附和起来。

　　山中七日，掉臂游行，在乐清县倪丕柳副县长和统战部张友孚秘书热情导游、殷勤指示之下，几乎看遍了"二灵一龙"三个风景区的奇峰怪石。好在到处还有木牌一一标明，更增加了我们的兴趣。一行七人，都是老有童心的，除了评头品足，在像与不像的问题上大动口舌外，一面还要别出心裁，有所发明。例如在灵峰区合掌峰的观音洞中，依着岩壁望出去，看到了那个小小的一指观音。同时我们却又发见了一块突出的岩石，有人硬说是像一个土地庙里的老土地，而我却认为活像是一个戴着罗宋帽的上海老头儿，彼此竟引起了争论，可发一笑。

　　灵峰区的花样儿可真多啦！观音洞的对面，有一座五老峰，好像是五个肥瘦不一的老公公，连袂接踵地在那里走，劲头很足。灵峰寺前，有双笋峰，两峰并峙，体圆顶尖，真像是两只挺大的玉笋，清代诗人凌襞曾宠之以诗："瑶笋千年生一芽，何时两两茁丹霞？凌空未运青云帚，拔地齐抽碧玉丫。"倒是一首好诗。寺左有一岩石，好像是一头鸡，翘首向天，因名金鸡峰，而换了一个角度，再从将军洞外望过去时，却又形似一个女子在那里梳头，因此又称之为玉女梳妆了。寺右偏后有一岩石，似是一头犀牛，正在举首望明月，再像也没有，这就叫作犀牛望月岩。在五老峰的东北，有双峰并起，似是两头大公鸡伸颈相对，分明要斗将起来，于是被称为斗鸡峰，然而它们只是做了个斗的架式，斗是永远斗不成的。

我们两度住在灵峰寺中，天天看着五老双笋、犀牛金鸡，也看得有些儿腻了，很想换换眼界。有一天冒雨上东石梁洞去，走上谢公岭，一眼望见远处有岩，好像是一个和尚危立天际，合掌迎客，据说旧名老僧岩，今称接客僧，清代曾有人咏以诗云："大得无生意，真成不坏身。兀然山口立，笑引往来人。"这与接客的含义，倒是相近的。

从灵峰寺上灵岩寺去，在烈士墓的附近向西望去，见有一座岩石，仿佛是一头老猴子，作昏昏欲睡状，而从净名寺前东望时，却又活像这猴子披着一件长大的蓑衣，要爬上山去。这座岩旧名猕猴石，现在就称之为老猴披衣，更觉形象化了。到了灵岩寺，就望见西南方一岩巍然，好像是一个老和尚，正在拱手礼拜前面一块高耸的大石，因此叫作僧拜石，又称僧抱石，前人有诗："说法终年领会稀，坐中片石解皈依。老僧喝石石大笑，独抱青天看鸟飞。"意含讽刺，大可玩味。

在灵峰、灵岩之间，有一座命名最雅的岩石，这就是听诗叟，远远望去，似是一位清癯的老叟，侧着头，倚着岩壁，作倾听的模样。所谓听诗，不知是听李白的诗呢，还是听杜甫的诗？清代诗人袁随园却别有高见，要请他老人家听谢朓的诗，他是这样说的："底事听诗听不清，此翁耳壳欠分明。拟携谢朓惊人句，来向青天颂数声。"诗人说他老人家耳聋听不清，真是形容绝倒，但不知朗诵了谢朓惊人之句，他可听得清听不清呢？

我们去看小龙湫瀑布时，见有一峰亭亭玉立，婉娈作态，像个美女子模样，因名玉女峰。听说春光好时，峰顶开满了映山红，仿佛鬓上簪花，打扮得更美了。因此明代就有诗人们纷纷赞美，就中一首是："琼媛明妆爱胜游，梳云不作望夫愁。蓬松只恐人来笑，又倩山花插一头。"诗人工于想象，描写得很为生动。去此不远，又有一座岩，近顶处豁然开裂，中间嵌着一块大圆石，好像含着一颗大珍珠一样，据说就叫做含珠岩。我想这也许是小龙湫的小龙跟大龙湫的大龙双方抢珠时，一不小心，把珠儿掉落在这里的吧。

当我们往看大龙湫的大瀑布，向马鞍岭进发时，刚走到灵岩附近的一个所在，猛听得领先的伙伴中，有人大惊小怪地嚷起来道："咦，一头猫！一头猫！"那时我恰恰落后，一听之下，心想瞧见了一头猫，有什么稀罕，要是见了一头虎，那才稀罕哩。到得赶上前去探看时，原来在路旁的高坡上，有一块岩石，好像是一头大猫正跑下山来，眼耳口鼻，栩栩欲活。当下倪副县长给我们解说道："这叫作下山猫，那边还有一头上山鼠哩。"说时，伸手向对面的山上指点着。我们疾忙偏过头去向上一望，果然见到另一块较小的岩石，活灵活现地像一头老鼠在逃窜，而那头大猫恰像是在向它追赶的样子，真是天造地设的一个画面啊。后来我在马鞍岭上坐下来休息时，好奇地把手提包中携带着的志书翻开来查阅一下，才知旧时称为伏虎峰，又名望天猫，袁随园又有一首五言好诗，题这一幅天然的灵猫捕鼠图："仙鼠飞上天，此猫心不许。意欲往擒之，望天如作语。"我想这头猫真是枉费心机，追了几千百年，可也始终追不到啊。

"剪水裁云别样图，年年针线寄麻姑。自从玉女无心嫁，刀尺都陪夜月孤。"这是明代诗人杨龙友的剪刀峰诗，原来从大龙湫外望时，就可看到一峰高耸，分作两股，像一柄剪刀模样。再进却又变了样，似是一张大船帆，那船正在迎风行驶，因此又名一帆峰。要是转到大龙湫前回望时，那么这座峰似乎大仅丈许，又好像擎天一柱，真可说是移步换形，变化多端了。

怪石奇峰雁荡多，这些不过是我们亲眼见到而比较突出的。此外如将军抱印、童子诵经、二仙会诗、一妇抱儿等，都是像人像仙的峰石，不一定全都相像。至于像狮、像虎、像象、像龟、像凤凰、像橐驼等牲畜的，以至像宝冠、像宝簪、像金鼎、像镜台、像茶炉、像药杵等用具的，那更不胜枚举，只得从略了。

一九六一年六月

选自周瘦鹃著《行云集》，江苏人民出版社 1962 年 11 月初版

南湖的颂歌

为了南湖是革命的圣地，是党的摇篮，我就怀着满腔崇敬和兴奋的心情，从苏州欢天喜地地到了嘉兴。下了车，放眼一望，便可望见一大片绿油油明晃晃的湖光，正在含笑相迎。老实说，在过去，我来游南湖，已不知有多少次了，这时如见故人，分外亲切。可是由于我的无知，听到它那段光辉的史迹，还是最近的事。南湖南湖，我要向您陪个罪，道个歉，我……我实在是失敬了。

南湖在嘉兴市南三里许，面积八百馀亩，一名鸳鸯湖，据《名胜志》载，湖中多鸳鸯，或云东南两湖相接如鸳鸯然，故名。据我看来，后一说比较近似，至于说湖中多鸳鸯，近年来却没有见过，也许是偶或有之吧。前人曾有诗云："东西两湖水，相并若鸳鸯。湖里鸳鸯鸟，双双锦翼长。"《名胜志》说是东南两湖，而诗中却说是东西两湖，不知孰是。古人所作南湖的诗歌，以清代朱竹垞的《鸳湖棹歌》一百首最为著名。后来又有一班诗人受了它的影响，也纷纷地作起棹歌来，例如："浮家惯住水云乡，不识离愁梦亦香。依荡轻舟郎撒网，朝朝暮暮看鸳鸯。""鸳鸯湖水浅且清，鸳鸯湖上鸳鸯生。双桨送郎过湖去，愿郎莫忘此湖名。"都不是一时一人所作，而是借鸳鸯湖这个名称来各自抒情歌唱的。鸳鸯湖的名望太大了，甚至把"鸳湖"来作为嘉兴的代名词。

烟雨楼兀立湖心，是南湖惟一胜景，据说是吴越钱元璙所建，原来的位置是靠近湖岸的，直至明代嘉靖年间，为了开浚城河，把河泥填在湖心，构成了一个小岛屿，于是烟雨楼来了个"乔迁之喜"，移到了小岛上来，而环境更显得美了。从明清两代到现在，不知经过多少次的修葺，今天才成为劳动人民游息的好去处。登楼一望，确如昔人所谓"诚有晨烟暮雨、杳霭空蒙之致"，即使是日丽风和的晴天来游，也觉得烟雨满楼，别饶幽趣。为了位在湖心，整个南湖展开在它的四面楼窗之下，你只要移动两眼，一面又一面地向窗外望去，不但全湖如画，尽收眼底，连你自己也做了画中人哩。

楼的近旁有鉴亭、来许亭、望梅亭、菱香水榭等几座亭榭，好像众星拱月一样，簇拥着烟雨楼。楼的前檐有山阴魏碱手书的"烟雨楼"三字横额，铁画银钩，颇见工力。听说魏是清末时人，能驰马击剑，挽五石弓，却又精书法、能文章，是一位奇士。鉴亭壁间，有嘉兴八景图石刻，出包山秦敏树手，画笔还不差。所谓八景，是"南湖烟雨""东塔朝暾""茶禅夕照""杉闸风帆""汉塘春桑""禾墩秋稼""韭溪明月""瓶山积雪"。这个八景，实在是勉强凑成的，有的不能称之为景，例如瓶山是旧县城里一个低小的土墩，据说韩世忠当年曾在这里犒军，兵士们喝完了酒，把酒瓶抛在一起，堆积成山，因名瓶山。在这八景之中，自以"南湖烟雨"最为突出，清代诗人许瑶光曾有诗云："湖烟湖雨荡湖波，湖上清风送棹歌。歌罢楼台凝暮霭，芰荷深处水禽多。"以好诗咏好景，使人玩味不尽。楼上下有楹联很多，可以称为代表作的，有天台山农所写的一联："如坐天上，有客皆仙，烟雨比南朝，多少楼台归画里；宛在水中，方舟最乐，湖波胜西子，无边风月落尊前。"又陶在东联云："问当年几阅沧桑，鸳鸯一梦；看今日重开图画，烟雨万家。"此外有一长联说到"春桑""秋稼"，这倒和我们广大群众年来特别关心农事的意义，是互相符合的。

近三年来，南湖换上了明靓的新装，烟雨楼面目一新，连烟雨迷蒙，也好像变作了风日晴美，原来这里已有了新的布置，使人引起了新的观感。不但陈列着太平天国时代的文物，还有一个革命历史资料陈列室，展出在党成立以前关于社会基础、思想基础、组织基础三个方面的历史文物，党的第一次、第二次全国代表大会的照片、图表等各种宝贵的文物。在这里可以看到毛主席"星星之火，可以燎原"的亲笔题词，可以看到当年出席"一大"的代表们的照片，看了肃然起敬，自有高山仰止、景行行止之感。不单是这些，还有一件特大的革命文物引人注目使人追想的，是四十年前举行党第一次全国代表大会的那只丝网船的仿制品，长达十四米，宽约三米，船身髹着朱光漆，光亮悦目，只见明窗净几，雕梁画屏，以至舱房床榻，一应俱全，瞧着那十二位代表的席位，更使人想到当年毛主席他们在这里艰苦奋斗，创造了惊天动地的大事业。啊，这一艘丝网船是多么伟大的船，而毛主席又是多么伟大的舵手！

到了南湖，瞧了那一大片一大片的菱塘，就会使你连带地想起南湖菱来。这种菱绿皮白肉，形如馄饨，上口鲜嫩多汁，十分甘美而又妙在圆角无刺，不会扎手。每逢中秋节边，人民公社的女社员们，结队入湖采菱，欢笑歌呼，构成一个绝美的画面。清代名画师费晓楼曾给南湖采菱女写照，并题以诗云："十五吴娃打桨迟，微波渺渺拟通词。郎心其奈湖心似，烟雨迷离无定时。""南湖湖畔多柳阴，南湖湖水清且深。怪底分明照妾貌，模糊偏不照郎心。"这种软绵绵的情词，并无内容，不过是掉弄笔头罢了。

一九六一年八月

选自周瘦鹃著《行云集》，江苏人民出版社 1962 年 11 月初版

双洞江南第一奇

这是第二次了，时隔二十六年，"前度刘郎今又来"，来到了宜兴，觉得这号称江南第一奇的双洞——善卷和张公，还是奇境天开，陆离光怪，而善卷又加上了近年来的新的设备，更使人流连欣赏，乐而忘返了。一九六一年九月上旬，中国作家协会江苏分会组织了一部分作家，到镇江、扬州、无锡、苏州、宜兴等地参观旅行。我跟程小青、范烟桥、蒋吟秋三老友参加了宜兴之游。一行二十人，大半是青年作家，只有我们四人都已年过花甲，因此被称为苏州四老。这一次联袂同行，实在难得，也可说是老兴不浅了。

我们于九月二十五日清早由苏州出发，先到无锡，再搭长途汽车转往宜兴，下榻于瀛园招待所，所有假山池塘，很像是我们苏州的园林。饭后休息了一下，就上街蹓跶，参观了纪念周处斩蛟的长桥，也算给我们周家老前辈捧捧场。第二天早上秋高气爽，大家喜孜孜地跳上了一辆团体车，一路谈笑风生地上善卷洞去。导游的有年逾古稀精神矍铄的吕梅笙县长，有精明干练热诚周到的文化局何键局长，有当初曾经帮助她父亲储南强先生整修双洞而熟知洞中一泉一石的储烟水同志，"众人拾柴火焰高"，使我们的游兴更浓了。

谁也料想不到在这山清水秀的江南，会有这样一个出神入化百怪千奇的善卷洞。洞在宜兴县城西南的螺岩，距城约二十八公里，有公路直达洞前。据说善卷是虞代时人，舜要将天下让给他，他慨然答道："我逍遥乎天地之间，心意自得，又何必要什么天下呢？"于是避到这里隐居起来，因此称为善卷洞。只因洞壑幽奇，千百年来吸引了不知多少游人。历代诗人、词客、画家，如许浑、苏轼、唐寅、文徵明等，都先后来游，或付之吟咏，或写以丹青，赞美不绝。可是久已失修，日就荒废，直到一九二一年间，储南强先生发愿兴修，亲自督工，投下了大量的人力物力，足足费了十一年的时间，不单修了善卷洞，并且把张公洞也修好了。抗日战争期间，日寇怕这两洞中潜伏游击队，便大肆破坏。胜利后先把善卷小修了几次，还是破破烂烂的，不足以供游览。到了解放以后，才一次次的鸠工庀材，大力兴修。这几年来，不但恢复旧观，并且呈现了一片新气象，成为广大人民的洞天福地。

我虽是旧地重游，却像初临胜地一样，先就三脚两步地赶到洞口。当门一峰突起，旧称"小须弥山"，现已改名"砥柱峰"。峰后就是一片广场，可容千馀人集会，称为"狮象大场"，因为两旁石壁突出的部分，一如雄狮，一如巨象，瞧去十分相像，并且好像是在迎客一样。洞顶石钟乳累累四垂，活像是一串串带叶的大葡萄。石壁上都有题字，不及细看，而最为触目的，是梁代陶弘景篆书"欲界仙都"四个大字，是啊，像这么一个"奇不足言，几于怪；怪不足言，几于诞"的洞府，真不愧为欲界的仙都哩。

我们在这"狮象大场"中啜茗小坐了一会儿，就从一旁的石级上一步步盘旋曲折地走上去，好像是到了大楼上，这就是所谓上洞了。只因四下里迷迷蒙蒙的，似乎密布着云雾，所以名为"云雾大场"。可是仗着电灯照明，云雾并不妨碍我们的视线，一眼便能望见那一块像云一般倒挂着的大横石上，刻着"一片飞云掩洞门"七个隶书的大字。当下我对小青他们说："这七个字倒是现成的诗句，我们四个老头儿何不借它来合作一首辘轳体诗，倒是怪好玩的。"烟桥、吟秋听了，也一诺无辞。于是就以年龄为序，由小青首唱："一片飞云掩洞门，洞中云气净无痕。忽闻雷响来岩底，九迭流泉壑口奔。"烟桥继云："在山泉冷出山温，一片飞云掩洞门。奇秘如何关得住，依然斧凿到乾坤。"我是老三，不得不用仄韵："朅来仙洞纵游眺，洞里乾坤罗众妙。一片飞云掩洞门，应知洞外江山好。"当然，我又联想到毛主席的名句"江山如此多娇"上去了。吟秋来个压轴："仙境嬋媛万古存，探奇揽胜乐无垠。流连直欲此间住，一片飞云掩洞门。"言为心声，他大概要在洞里住下来，不想回去哩。

这上洞的花样儿真多，使人目不暇接。石壁的这一边有两个池，约略作半形，彼此相去不远，池水活活，清可见底。两池的面积虽不大，却以两个开天辟地的大人物作为名称，一名娲皇池，一名盘古池。在这里临流看水，不但觉得眼目清凉，连五脏六腑也似乎一清如洗了。那一边又有两个挺大的石柱，高高矗立，彼此也相去不远，柱顶上接洞顶，密密麻麻地布满着石颗石粒，瞧去活像是一朵朵梅花，这两个石柱，就形成了两株硕大无朋的梅树，因此称之为"万古双梅"。再看那一边，又有一只特大的石床，别说巨无霸躺上去绰绰有馀，就是二十多个大汉也尽可抵足而眠，这个石床，叫做"五云大床"。此外上下左右，怪石纷陈，或像鳌鱼，或像蛟龙，或像奇禽异兽，更使人眼花缭乱，看不胜看了。

游罢了上洞，仍回到中洞休息了一下，就由隧道拾级而下，到下洞中去，一路上只听得水声淘淘，震耳欲聋，直好像风雨雷霆交战天际，千军万马卷地而来。到得"壑口"，就瞧见两道飞瀑，像两匹粗大的白练一般倾泻下来，就这样狼奔豕突地向下面翻滚而去，一迭又一迭，化整为零地变做了九迭流泉。我们一面看飞瀑，看流泉，一面听着那咆哮不停的水声，一面东张西望，贪婪地欣赏那奇形怪状的石壁石柱、石鼓石钟。曾瞧到当头一石，像一只大手模样的伸下来要抓人，据说这叫做"佛手幕"；也曾瞧到一根大树干模样的石柱子，上面蓬蓬松松地长满着枝叶，据说这叫做"通天石松"；也曾瞧到石壁上有一个老头儿模样的形象，似乎跨上了鹤背要飞上天去，据说这叫做"寿星骑鹤"；也曾瞧到石壁上隐隐绰绰地有些人形，仿佛伸着脚要跳下来似的，据说这叫做"仙人挂脚"。此外，还有显出瓜藕菜蔬一类形象的，那简直是好一派丰收景象哩。

从这里回身向后转，那就是长达一百二十馀公尺别饶奇趣的水洞了。清代诗人咏水洞诗云："石晴闻雨滴，窦冷欲生风。只恐弹琴久，潭深起白龙。"轻描淡写，实在不足以形容水洞之奇。我们一行二十人，分成两组，我挨在第一组，先行上了小船，曲曲折折地一路荡去，洞中黝暗，全仗电灯照明，不致暗中摸索。有时岩石碍头，必须低头而过，行经"龙门""鳌门"，一湾又一湾过了"三湾"，这才一眼瞧见前面石壁上"豁然开朗"四大字，通知我们已到洞口，而真的重见了天日，豁然开朗起来。我们舍舟登陆，转身走上十多步石级，到了一个长方形的台上，据说这里叫做"壑厅"，是给游客们小憩的所在。壁间有石刻，都是各地来宾赞美善卷的诗文，满目琳琅，语多中肯。就中有无锡老教育家侯保三先生的一文，略云："……比利时之汉人洞，法兰西之里昂洞，以通舟著称，而不能如此洞之嵌空玲珑，窍穴穿透，纯然石壑，四壁无片土，一舟欸乃，如游娜嬛……"把比、法两洞都比了下去，足为善卷水洞张目，足为祖国山水张目。

这些年来，在舞台上，在银幕上，在曲艺场中，在收音机里，我们常可碰到祝英台，什么《十八相送》《楼台会》《英台哭灵》等等，都是群众所喜闻乐见的。可是在善卷洞外，我们又碰到了祝英台。据说这里附近，旧时曾有碧鲜庵，与善卷寺同毁于火，相传英台读书处，原有唐刻的石碑，共六字，现存"碧鲜庵"三字，笔致很为古朴。昔人曾有句云："蝴蝶满园飞不见，碧鲜空有读书坛。"此外还有英台阁、英台琴剑之冢等，都是从前遗留下来的。有人认为祝英台是东晋时代的上虞人，怎么宜兴会有她的读书处？是耶非耶，不可究诘。我因此做了一首诗："英台遗迹认依稀，莫管他人说是非。难得情痴痴到死，化为蝴蝶也双飞。"我在这一带蹦跶了好一会儿，忽又在碧鲜岩的石壁上发见了不少秋海棠，正在开花，一丛丛粉红色的花朵，鲜妍欲滴。我一向知道秋海棠并不是野生的，怎么岩壁上会有这多，并且在后洞瀑布那边，就有大片的好几丛，都在开着好花。储烟水同志给我连根拔了一些，准备带回苏州去留种。我如获至宝，很为高兴，就根据古代诗人说秋海棠是思妇眼泪所化的神话，牵扯到祝英台身上去，咏之以诗："碧鲜庵里读书堂，佳话争传祝与梁。遮莫相思红泪落，年年岩壁发秋棠。"姑妄言之，又有何妨？

我们游过了善卷洞，继游张公洞。难为吕县长和何局长跟湖氿公社先行联系，给我们准备了火把、汽油灯。第二天我们就搭了专车直达湖氿镇，然后步行四五里到张公洞。洞在盂山之下，只因这座山形如覆盂，才以此为名。张公洞一名庚桑洞，据道书中说，天下福地七十有二，此居五十八，庚桑公治之，因称庚桑洞。后来张道陵和张果老都在这里隐修，才又名为张公洞。洞高数十丈，分为三层，下层好像是一座大厅，名"海王厅"。当初虽经整修，而在抗战时遭到日寇破坏，未曾修复，因此使我这个"前度刘郎"，不免有风景不殊之感。洞中因经常有泉水下滴，遍地沮洳，我们都穿上了雨鞋，跟着汽油灯和火把走，为了四下里一片漆黑，不得不步步小心，像蜗牛般走得很慢。我们由公社同志们提灯为导，青年作家们擎着火把从旁协助，在许多小洞中忽上忽下，穿来穿去。有时岩石碰头，有时前无去路，有时石级滑不留脚，险些跌跤。虽有小小困难，大家一一克服，满不在乎，而趣味也就在此。虽有人说："老先生们还是留下来，不要去吧！"而我却老有童心，不肯示弱，还是勇气百倍地跟着青年们走，先后到了水鼻洞、七巧洞、盘肠洞、棋盘洞、万福来朝、一片灵光等处。储烟水同志原是识途老马，每到一处，就口讲指划，历历如数家珍。

张公洞之妙，妙在洞中有洞，秘中有秘，一入其中，好像进入了迷魂阵，走投无路，比了善卷洞，似乎复杂多了。清代词人陈维岱曾有《满江红》一首咏之云："移此山来，是当日、愚公夸父。还疑借，五丁力士，凿成紫府。曲磴崎岖犹可入，悬崖偪侧真难渡。只洞中、蝙蝠共飞攀，羊肠路。　　石窦者，形如釜。石突者，形如鼓。更左拏右攫，狰龙狞虎。仙去已无黄鹤到，人来尚忆青鸾舞。渐云迷，丹灶日西斜，催归步。"读了这首诗，可以窥见洞中奇奥的一斑。

我们由火把和汽油灯一路照着，在那些洞中洞里上上下下、来来去去盘旋了好一会儿，才到达了一个豁然开朗的所在，这大概就是出口了。这个出口也真特别，不在底下而却在高处，岩石真像被五丁力士劈了一大斧，才开出这么一个大天窗似的罅口来。我们一行人纷纷坐下来休息，回头向洞中一望，我不禁惊喜交并地喊了起来，原来洞顶上密布着盈千累万的石钟乳，蔚为天下奇观，奇形怪状，不是笔墨所能描摹。明代都穆说它们"如笋之植，如凤之骞，如兽之怒而走，饥而噬，盖洞之妙，至此咸萃"。我以为还不止此，那些石乳，有的像帝皇平天冠上的冕旒，有的像仙女五铢衣上的璎珞，有的像珠穆朗玛峰上永不消溶的冰筋，有的像昆仑山千年古木上的瘿瘤，有的像宣化、通化果农场中的牛奶大葡萄，有的像……而石色也是有青、有白、有黄、有绛，还有斑斑驳驳辨认不出是什么色彩的，总之我自愧少了一枝生花妙笔，实在是难画难描，无所施其技了。

饱游了这江南第一奇的宜兴双洞，周身轻飘飘的，倒像带着仙气似的回到苏州，心神恍恍惚惚，仿佛真的从仙人洞府中来。过了一天，却又欢欣鼓舞地进入了鱼龙曼衍、灯彩辉煌的另一境界，原来是跟大家欢度普天同庆的第十二个国庆节了。

一九六一年九月

选自周瘦鹃著《行云集》，江苏人民出版社 1962 年 11 月初版

浔阳江畔

一九六二年一月十七日，晴

下午三时，在南京江边登江安轮，四时启碇向九江进发，一路看到远处高高低低的山，时断时续。到了五时左右，暮霭已渐渐地四布开来。吃过了晚饭，到甲板上去看落日，但见西方水天相接的所在，有一抹红光特别的鲜妍，在它的上面，有一大片晚霞，作浅红色，可是不见落日，以为早已悄悄地落下去了。谁知到五时半光景，却见那一抹红光，色彩更浓，简直是如火如荼，一会儿浓缩成一个半圆形，接着渐扩渐大，竟变作了整圆形，中间偏右，有一二抹黑影，倒像是沾上了一些儿墨迹似的。这一轮落日，逐渐下沉，而馀晖倒影入水，随着波光微微漾动，光景美绝。有时有一二只帆船驶过，就把这倒影立时搅碎了。大约持续了十分钟，这落日馀晖才淡化下去，终于形消影灭，而夜幕就罩住在整个江面上了。由于风平浪静之故，船行极稳，倒像是粘着在水上，并不在那里行驶似的。可惜这不是春天，不然，我可要哼起那"春水船如天上坐"的诗句来了。

这次南行，有南京博物院曾昭燏院长、研究员尹焕章同志同行，说古论今，旅次差不寂寞。六时许过马鞍山，早就进了安徽境，听说马鞍山的对面是乌江镇，那边有一条乌江，就是当年楚霸王项羽兵败自刎的所在，暗呜叱咤的一世之雄，而今安在哉！

一月十八日，晴

昨晚七时半就就寝，这是好多年来从没有过的新纪录。大约过了两小时醒回来，听得上一层和左右都有脚步声，服务员在招呼有些旅客起身，说是芜湖到了。等到汽笛再鸣，轮机重又开动的时候，我又迷迷糊糊地入睡了，直到清早听得广播机报道铜官山快到时，这才离开了黑甜乡。这一夜足足睡了十二小时，也是好多年来从没有过的新纪录。起身盥洗之后，疾忙赶到甲板上去看日出。可是这时已六点钟了，还是没有动静，但见天啊水啊，都被轻纱蒙着，显出鱼肚白的一大片。只有东方一个所在，却有一抹淡淡的红晕，似是姑娘们薄施胭脂一样。一会儿这红晕渐渐地浓起来了，蓦然之间，却有一颗鲜艳的红星，从中间涌现了出来，红得耀眼，一会儿却又不见了，似是被谁摘去了似的。但是隔不多久，就在这所在跳出了一个猩红的大圆球，影儿倒在水面上，连水也被染红了。这红球越放越大，光也越亮越强，而沉睡了一夜的大地，也就完全苏醒了。我贪婪地看着看着，看这一片江上日出的奇景，似乎沉浸在诗境里，耳边仿佛听到一片"东方红，太阳升，中国出了个毛泽东……"的豪放的歌声，我的心顿时鼓舞起来，也情不自禁地歌唱了。

早餐后闲着没事，在休息厅里捡到一本去年十一月份的《解放军文艺》，先读散文，得《塞上行》《草地篇》《柳》《访秋瑾故居》诸作，全写得美而有力。继读小说《强盗的女儿》，也是有声有色的好作品。我不知道这几位作家是不是解放军中的战士，如果是的话，那真是能武能文的文武全才，使人甘拜下风了。

中午到达安庆，停泊约半小时，就和曾、尹两同志登岸一瞻市容，江边有几座美奂美轮的大厦，是旅社，是百货公司，是食品商店，都是崭新的建筑物，大概也是"大跃进"的产物吧。我们随又找到旧时代的街道上去蹓跶一下，觉得新旧的对比十分强烈，毕竟是新胜于旧，旧不如新。

过了安庆，我只是沉缅于那本《解放军文艺》里，爱不忍释，直到五时左右，才读完了最后的一篇，两眼已酸涩了，于是到甲板上眺望江景。只见左边有二十多座高高低低的山，一座连着一座，而前后左右，层次分明，倒像是画家画出来的一幅青绿山水长卷。过了这些连绵不断的山，却见有一座山孤单单地站在一边，姿态十分秀美，仿佛有美一人，遗世独立的模样，一望而知这是颇颇有名的小孤山了。山顶有庙宇，似很雄伟，山腰有白粉墙的屋宇多幢，掩映于绿树丛中，真像仙山楼阁一样，这时被夕阳渲染着，瞧去分外瑰丽，如果有丹青妙笔给它写照，可又是一幅绝妙好画了。十时三十分到达九江，就结束了这历时三十二小时的江上旅行。夜宿南湖宾馆，睡得又甜又香。

一月十九日，晴

南湖宾馆占地极广，建于一九五九年，面对南湖一角，环境很为清幽。早起凭窗远眺，见庐山沐在初阳之下，似乎好梦初回，正在晓妆。九时半由交际处万秘书陪同往访古刹能仁寺。寺初建于公元五〇〇年前后，现在有建筑是公元一八六九年即清代同治八年前后所建。梁初原名承天院，唐代增建大雄宝殿和大胜宝塔，当时占地二十馀亩，原是一个大丛林，因迭经兵燹，并被美法教会侵占，以致寺址日削。寺内有八景，除了那七层的大胜宝塔外，有双阳桥、海汝泉、雨穿石、冰山、雪洞、石船、铁佛等。双阳桥下的池子，原与甘棠湖相通，水很清澈，每当傍晚夕阳将下时，从池东看水面，可见双日倒影，因名双阳。

出了能仁寺，又往西园路去看古迹浪井，居民都在这里汲水应用。据说这井是汉高祖六年灌婴筑城时所凿，因历年太久，早就湮塞。三国时孙权在这里立了标，命人发掘，恰恰正在原处，于是重又出水了。唐代李白曾有"浪动灌婴井，浔阳江上风"，宋代苏轼曾有"胡为井中泉，浪涌时惊发"等诗句，可以作为旁证。清代宣统年间，才在井旁立碑，题上"浪井"二字，只因长江近在咫尺，听说江上浪大时，井中也会起浪，称为"浪井"，更觉名实相副了。

下午二时十五分，我们搭火车转往南昌，六时半到达，省交际处以汽车来接，过八一大桥，据说全长一千一百米，跨在赣江上，是我国数一数二的长桥。夜宿江西宾馆，此馆才于去年建成，设计极为新颖，高达九层，耸峙于八一大道上，邻近八一广场，气势极为雄伟。内有房间百馀，布置精美。三层楼上有一餐厅，作浑圆形，以白色大理石作柱，浅赭色大理石铺地，所有墙壁窗户以及一切设备，色调多很和谐。在此进餐，身心感到舒服，真可以努力加餐。

一月二十日，晴

上午九时半，由文化局戴局长伴同我们访问文管会并参观博物馆。凡飞禽、走兽、水族、蔬果农作物以至历史文物、革命文物，陈列得井井有条，并有不少塑像图画以及描写农民起义等历史彩画，可说应有尽有。尤其是革命文物，丰富多彩，蔚为大观，参观之后，仿佛上了一堂革命历史的大课，不但眼界顿时扩大，心胸也跟着扩大起来。

下午二时半，驱车往郊外参观明末大画家八大山人纪念馆，这里本是清云谱道院，据清代夏敬庄所作记有云："清云谱道院距豫章城一十五里，旧名太乙观。从城南门出，崇冈毗连，络绎奔赴，迤逦前进，豁然平野，芳草绿缛，溪流澄澈，青牛掩映于松下，幽禽唱和于林中，徐而接之，有琳宫贝阙，巍峨矗起于烟霞之表者，即青云谱也。（中略）有明之末，有宁藩宗室遗裔八大山人者，遭世变革，社稷丘墟，义不肯降，始托僧服佯狂玩世，继乃委黄冠以自晦，是为朱良月道人。道人故善黄老学，既易装，益兢兢内敛，复邀旧友四人同修真于院内，而以青云圃名其居，取青云左券之意也。道人居此既久，于道有得，颇著书，复工丹青，书法亦超妙，今二门额题'众妙之门'四字，即遗墨也。（下略）"

读了这一节文字，可以明了八大山人和青云谱的关系。在八大山人时代，青云谱本称青云圃，清代嘉庆年间礼部尚书戴钧元重修时，不知怎的改"圃"为"谱"，沿用至今。院内外有香樟、罗汉松等树，都是数百年物，郁郁葱葱，四时常青。尤其是中庭一枝古桂,据说是唐代遗物,枯干虬枝,分外苍老,枯干的中心又挺生出五小干来,合而为一,被树皮密密包裹,而在根部还是可以看出内在的五干的。瞧它蓊郁冲霄,欹斜作势,开花时节,一院皆香。壁间有清代南丰张际春集句联云:"闻木樨香否,从赤松子游。"就是为这古桂和那罗汉松而作。

纪念馆尚未布置就绪,当由老道出示八大山人书画十馀轴,多系真迹,题款"八大山人"四字,似哭似笑,表示哭笑不得,所画鸟兽,往往白眼看天,而就中有一字轴题款"牛石慧",隐藏着草书"生不拜君"四字,表示他决不向清帝屈膝的一副硬骨头。我们又看到他中年和老年的两幅画像,中年的那幅,头戴竹笠,面容清癯,上端自题"个山小像",并题句云:"甲寅蒲节后二日,遇老友黄安平,为余写此,时年四十有九。"又云:"生在曹洞临济有,穿过临济曹洞有,曹洞临济两俱非,赢赢然若丧家之狗,还识得此人么?罗汉道底。个山自题。"老年画像是黄壁的手笔,山人作打坐状,两眼向上,也分明是白眼看天的模样,至于那时的年龄,画上并没写明,就不可考了。后院有八大山人当年的住所,书斋前所挂"黍居"二字,是他的好友黎元屏所书。据说山人于清顺治十八年(公元一六六二年)到这里来,初建青云圃,他从三十六岁到六十三岁这二十六年间,有大半的时间都隐居在这里,过着"吾侣吾徒,耕田凿井"的田园生活,并从事于艺术创作,书啊画啊,都是戛戛独造而寄托着故国之思的。三百年来,青云圃屡经兴废,饱阅沧桑,但把山人自编青云圃中的木刻图绘和现有建筑对照一下,那么可以看出外形结构,大致是相同的。"黍居"中有五言联"开径望三益,卓荦观群书"一联,是山人手笔。又"黍居"外壁上有石刻山人七言联云："谈吐趣中皆合道，文辞妙处不离禅。"足见他对于道教和佛教都很信仰，而推测其原因，还是为了痛心于国亡家破，有托而逃的。

离开了青云谱，我们怀着十分崇敬的心情，参观了八一纪念馆，它的前身是江西大旅社，一九二七年八月一日南昌起义，就是由朱德、周恩来、刘伯承、贺龙、叶挺诸同志在这里运筹策划，发号施令的。终于以一万多人而歼灭了国民党反动军队三万馀人，获得了辉煌的胜利。我们从底层一室又一室瞻仰到三楼，看到了不少的图文实物，又瞻仰了周恩来、叶挺诸同志的卧室和办公室。念兹在兹，心向往之，想起了三十五年前为了救国救民而艰苦奋斗的过程，不由肃然起敬，而联想到今天新中国的发扬光大，成绩斐然，真不是轻易得来的。在最后一室中，听讲解员同志指着井冈山的模型而讲到毛泽东同志和朱德同志的会师，娓娓道来，十分生动，眼前仿佛看到那种气吞山河的豪迈场面，真有开拓万古心胸之感，恨不得插翅飞到井冈山去，看一看黄洋界，而把毛主席那首《西江月》词放声朗诵一下，让山灵瞧瞧我们是怎样的兴高采烈哩。

晚七时到省采茶剧院去看采茶剧团的《女驸马》，这是从黄梅戏改编过来的。主演女驸马的青年演员陈明秀，声容并茂，获得很大的成功。听说采茶剧是近年来发掘出来的赣南传统剧种，因为唱腔近似采茶歌调，所以名为采茶剧，曾往首都演出，载誉而归。

一月二十一日，晴

上午十时往洪都机械厂幼子连的家里，跟连儿夫妇阔别年

馀，常在惦念，今天才得一叙天伦之乐。次孙江江，生才十三个
月，似乎已很解事，一见了我，就非常亲热，老是对着我笑，抱
在手上，真如依人小鸟一样，他不但已在学舌唤爸唤妈，并且已
能扶床学步了。中午就餐，难为他们俩给我做了九个菜，鱼肉虾
蛋，汤炒冷盆，一应俱全，酒醉饭饱，尽欢而返。这一对小夫
妇，是我家下一代十个子女六个婿媳中仅有的两个共产党员，生
活在春风化雨似的党的教养之下，安心工作，并且进步得很快。
我常常以此自慰自勉，要鼓足老劲，力争上游，因为我是一个光
荣人家的光荣爸爸啊！

归途经过一个规模很大的百货商场，进去参观一下，遍历三
楼，见百货充牣，顾客云集，一片繁荣景象。随又小游中山路，
欣赏了花鸟商店中的几只绿毛娇凤，和几个松、柏、鸟不宿盆
景，总算是尝鼎一脔，亦足快意了。

一月二十二日，晴

今天是我预定参观园林绿化的日子，上午九时，园林管理
处余处长和技术员李同志来访，出示人民公园、八一公园和浔
上烈士陵园的设计图纸，说明这三个园子正在进行建设，要逐
步充实提高。我仔细一一地看过了三张图纸，先就心中有数，
于是一同出发到现场去参观。先到人民公园，面积广达五六百
亩，还没有普遍绿化，道路也还没有建成。他们有一个开挖池
塘、堆造假山的计划，但还没有施工。我建议先把绿化工作做
好，多种花树果树，并分类成片，一年四季都要有花可赏，而
池塘也须分作鱼池和莲塘两种，养鱼可供食用，当然重要，而

莲塘既可观赏，也有经济价值，所以不养鱼的池塘，就非大种莲花不可。至于堆造假山，当然不可能采用苏州的太湖石，何妨就地取材，挑选南昌一带纹理较好的山石，用土包石的手法，适当地点缀一下。除此以外，我又建议划出地面百亩，开辟一个药圃，凡是庐山和江西其他地区的药用植物，都可引种过来，分门别类地广为培植，不但可以治病救人，而开花时有色有香，也是大可观赏的。

八一公园位在市中心，占地不到百亩。特点是有一片挺大的池塘，池水澄清可喜，备有划子十馀，可以供人嬉水。有桥长达九米，与一小岛相通，可惜桥面桥栏，全用木制，如果改用石造，那就经久耐用，可以一劳永逸了。至于那个小岛，更要作为全园重点之一，好好地布置起来，地点恰好邻近百花洲，正可在岛上多种观赏花木，那么百花齐放，四季皆春。堤岸上有垂柳碧桃，互相掩映，而池边浅水滩上，也可成行成片地种植芦苇、蓼花和芙蓉花，年年九秋时节，就可看到芦花如雪，红蓼和芙蓉争妍斗艳了。岛的中心可建一八角形的亭子，簇拥在百花丛中，可称之为百花亭。此外他们还计划在园中冲要地区，建立一座八一纪念堂，我因又建议将来落成之后，应在四周全种红色的花花草草，而以石榴为主体，那么红五月里"蕊珠如火一时开"，眼看着一片猩红，更显示出这是天地间的正色，而联想到八一起义时树在南昌城中的第一面红旗来了。

沄上烈士陵园僻在郊外沄上地区，是革命烈士们的陵墓所在。现已绿化的约在三千亩左右，可以发展到一万馀亩，作为一个大型的果园和森林公园。现已种下桃、梨、枇杷共七千多株，而以桃为大宗，葡萄也有栽植，收获不多。我以为果树品种似乎太少，柑、橘、李、杏、苹果也有引种必要，而名满天下的南丰橘，是江西特产，更非在这里扎根成长大大繁殖不可。此外如富于经济价值的杉、栲、香樟、银杏、乌桕、油桐等树，也要像"韩信将兵，多多益善"，何妨百亩千亩地培植起来。至于烈士陵墓部分，我以为在进口处应建一墓门，以壮观瞻，而墓前墓后，还该建立一个战斗场面的大型塑像和表扬烈士们丰功伟绩的纪念碑，可以供人凭吊，永垂不朽。风景区的建立，千头万绪，一时难以着手，何妨以地点较为近便的狮子脑一带作为尝试。那边有山有水，条件不差，只要布置得富有诗情画意，便可引人入胜。

总的说来，南昌的园林建设，为了人力物力的关系，必须分别缓急，先把八一公园和人民公园充实提高起来。树木独多柏树，还须多多搜罗其他品种，使其丰富多彩，为全市生色。目前省领导上正在掀起一个全省性的植树运动，干部人人动手，波澜壮阔，十年树木，事必有成，将来浔阳江畔，定然成为一个绿天绿地的大绿化区了。

入晚，省文化局长石凌鹤同志来，商谈重建滕王阁事。我早年读了王勃赋中"落霞与孤鹜齐飞，秋水共长天一色"的名句，向往已久，那知此阁早已夷为平地，只存一个空名罢了。前天我在博物馆中看到一张《滕王阁图》，崇楼杰阁，宏伟非常，如果照样重建，谈何容易。我因建议必须仿照苏州市整修旧园林多快好省的办法，先把全省旧建筑摸一摸底，集中旧装修备用。凡是雕工细致的门窗挂落都须尽量搜罗，有了这些基本材料，才可动手兴工。此外绿化环境，也要多多搜罗高大苍老的树木，才可和古色古香的滕王阁配合起来，相得益彰。

一月二十三日，晴

一梦蓬蓬，还在惦念着井冈山，不能自已，只因行色匆匆，将于今天结束在南昌的参观访问，再也不可能前去瞻仰这革命胜地，只得期诸异日了。黎明即起，收拾行装，即于六时三刻告别了曾、尹二同志，搭车到向西站，再搭上海来车转往广州。别矣南昌，行再相见！浔阳江畔的四天，在我生命史上又描上了绚烂的一笔。

一九六二年二月

选自周瘦鹃著《行云集》，江苏人民出版社1962年11月初版

举目南滇万象新

"羊城我是重来客，举目南滇万象新。三面红旗长照耀，花天花地四时春。"可不是吗，一九五九年六月，我曾到过广州，这一次是来重温旧梦了。住在那硕大无朋而崭新的羊城宾馆里，是一个新的环境，凭着窗举目四顾，觉得整个广州真是"日日新，又日新，新新不已"，而花天花地，四时皆春，又到处呈现出一片欣欣向荣的新气象，几乎忘了我那个瑟缩在寒风里的苏州老家，禁不住也要像刘禅那么欢呼起来"此间乐，不思蜀"了！

这一次我来广州，是特地为了补课来的，要到上次我所没有到过的地方去参观访问。第一个课题是什么？就是至至诚诚地去拜访往年毛主席所领导的农民运动讲习所。看了毛主席住过的那个屋不成屋的廊庑一角和简单朴素的桌椅竹箱，谁也料不到竟在这里发出了旋乾转坤的原动力，造成了惊天动地的大事业，又连带想起了当时的盘根错节，缔造艰难，才知今天我们六亿五千万人民的幸福，真不是偶然得来的。观光之下，等于上了一堂革命大课，深受教育，更觉得我们非听毛主席的话、跟着党走不可。

第二个课题是到海南岛去参观访问，这是祖国南方的一个宝岛，有着无穷无尽的宝藏，即使不想去觅宝，也该去赏赏宝啊！可是我是个单干户，此去孤零零的，未免有举目无亲之感。却不料洪福齐天，恰恰遇到了从上海来的七位男女朋友，就凑成了

"八仙过海"的一个集团，以团长胡厥文同志权充张果老，率领我们七仙浩浩荡荡地飞往海南岛去。先就到了海口，参观了五公祠、海瑞墓，发一下思古之幽情。又访问了海口罐头厂，尝到了精制的凤黎、荔枝、波萝蜜和椰子酱，不单是甜在口舌上，直甜到心窝里。听了厂长的报告，才知道也是经过了一番惨淡经营，从烂摊子逐渐发展起来的。

从这里转往一百十三公里外的嘉积，会见了琼海县妇联主任冯增敏同志，大家向她致敬。瞧她只是一位无拳无勇的老大娘，那知她就是电影《红色娘子军》的主角，当年还是一个冲锋陷阵、杀敌如麻的连长哩。

凡是来过海南岛的人，谁不啧啧赞美国营华侨农场，于是我们也就兴兴头头地到了兴隆，一万多回国的侨胞，先后在这里安家落户。这一个华侨农场，完全是从无到有、白手起家的场合，看到了林林总总、不可胜数的橡树、油棕、椰子、咖啡、胡椒、剑麻以及其他香料作物和药用作物，一株株都有经济价值，一株株都是摇钱树。我们这个集团中的朋友们，以为我种了好多年的花花草草，定是一个见多识广的专家，往往指着那些奇奇怪怪的花草树木来考考我，谁知我一踏上这个宝岛，竟变做了个无知无识的大傻瓜，除了回报得出少数自有的品种以外，几乎交了白卷，只能勉强地给批上个一二分罢了。

到了榆林港鹿回头，我们住在椰子林中间，别有一天，而又两度到小东海、大东海的海滩上去观海。我最欣赏苏东坡诗中所提起过的那个"天涯海角"，凭着岩石望到远处，顿觉胸襟豁然开朗，真有海阔天空之感，因有诗云："榆林港外看恬波，叶叶风帆栉比过。洗尽俗尘三百斛，海天啸傲一高歌。"这两次我的收获可大了，不但拾到了五色斑斓的无数贝壳，又捡到了不少光怪陆离的石块，手捧，袋装，帕子包裹，还觉得不顶用。团员们笑我贪得无厌，愚不可及，却不知道这正是我充实盆景的好材料，回去还可以举行一个海南宝贝的展览会，高唱得宝歌哩。

接着我们又驱车到莺歌海去，刚过立春，虽还没有听到莺歌，却看到了大片大片的盐池和雪一般皑皑白的几个盐丘。吃了大半世的盐，从没有见过盐池盐丘，今天才开了眼。此外又到八所港去看海舶接运含铁量百分之六十到九十的石碌矿砂，从皮带运输机的长长皮带上一堆堆地传送过去，这又是我破题儿第一遭所看到的。

离了八所，前往那大，此地属儋县，旧为儋州，一名儋耳，那位"日啖荔枝三百颗，不辞长作岭南人"的诗人苏东坡，曾在这里作太守，遗风馀韵，犹在人间。听说四十公里外有东坡祠，因限于时间，欲去不得，只得向他老人家道个歉，恕我失礼不来拜谒了。但是忙里偷闲，仍然参观了周总理亲笔题赠"儋州立业、宝岛生根"八个字的亚热带作物科学研究所，在标本园中蹓跶一下，又增长了好多关于亚热带作物的知识。经过了一夜的酣眠，才又回到海口。这七天里东西南北，几乎绕了一个圈儿，仿佛到了世外桃源，精神和物质，都获得了丰收，简直是消受不尽，于是我又情不自禁地唱了起来："鹏抟千里来琼岛，瑶草琪花尽是春。掉臂游行经七日，此身恍已隔红尘。"

第三个课题是以湛江市为目标，上了飞机，仅仅四十五分钟就到了。车过处绿阴交织，如张油碧之幄，一条条都成了绿街。我们参观了雷州青年运河灌区的大土坝，曾有三十五万人在这里胼手胝足地参加过工作，嘘气成云，挥汗如雨，要在人间造成一条天上的银河，这是一个多伟大多豪迈的功业啊！我们在那曲曲折折长达七公里的大坝上行进，经过了三八、五四、民兵、太平、横山等几个坝，一面放眼观赏那清可见底的湛湛绿水，又不时看到一个个盆景一般的小岛屿，好像都在向我提供制作山水盆景的好范本。我更欣赏坝头几条并行的大渠道，绿油油的水不断地激荡翻滚而下，倒像是一匹匹的绿罗缎，美丽极了。

从湛江飞回广州，喘息未定，《羊城晚报》的女记者俞敏同志早就等着我，自告奋勇地伴同我当晚去游花市。这本来是我的第四个课题，当然是乐于从命了。我们赶到了越秀区的花市，这里不单是万花如海，也竟是万人如海，灯光映着花光，花光映着人面，都是喜孜孜地反映出欢度春节的热情。我在人堆里挤呀挤的尽着挤，贪婪地要看一看那"慕蔺已久，恨未识荆"的吊钟花，经俞敏同志一指点，才得看到，真的是相见恨晚了。据说今年因立春较迟，花也迟开，含蕊的多，开放的少，有白色的，也有粉红色的，花瓣重重，很为别致，中间吊出几个垂丝海棠似的小花蕾，那就是具体而微的钟了。第二天是除夕，就在下午三时伴同我们八仙集团中的"仙侣"和俞振飞同志再逛花市，看花人和买花人纷至沓来，比昨晚上更热闹了。巴金同志伉俪也带着一双儿女同来看花，相视而笑，我希望他回去一挥生花之笔，要给花市捧捧场啊。红喷喷的牡丹、山茶、大丽、碧桃、海棠等等，还夹杂着黄澄澄的金橘和柑橘，似乎都带着笑，在欢迎那些辛勤工作了一年的劳动大众，恨不得都要从竹架上跳下来，跟他们回到家里去好好地慰劳一下。

陈叔通老前辈在离开广州的前夕，曾对我们说："从化温泉区是个人间仙境，最爱无花不是红，你们从海南岛回来后，非去不可。"于是我们才回到广州，过了除夕，就于春节第一天赶往从化去。那个偌大的宾馆园地，分作三个区，松园、竹庄、翠溪，到处是嫣红姹紫的花，到处是老干虬枝绿阴如盖的荔枝树和其他从未见过的南国嘉树。尤其难得的是，南来第一次看到的一个小梅林，好多株宫粉红梅正在怒放，让我们饱领了色香。我们住在湖滨大楼，下临大片碧水，简直是净不容唾，环境幽静已极，只听得嘤嘤鸟鸣，住在这里，真像是羽化登仙，进了仙境哩。我并不想坐下来休息，就忙不迭的在那独用的温泉小浴池里洗了一个澡，在水上拍浮了一会，又让莲蓬头中喷下来的温暖碧绿的水，冲去身上积垢，更觉得脚健手轻，精神百倍。在这里欢度春节，住了一夜，才恋恋不舍地回广州去，车中写了两首小诗，以志一时胜事："竹庄才看萧萧竹，更向松园抚稚松。我住湖滨凌碧水，琳宫贝阙一般同。""一脉温泉真绿净，解衣旁薄浴于斯。醍醐灌顶无馀垢，快意生平此一时。"

一九六二年三月

附　录

南国赏花词

　　春节前薄游广州，偶值陈叔通前辈于羊城宾馆，为道南来看花，意兴飚举，因赋诗志快，有"最爱无花不是红"之句，盖游踪所至，看花多作胭脂色也。予周游羊城、佛山、湛江、从化以至海南岛诸地，历时半月馀，看花多矣，自谓老眼无花，与叔老殊有同感，因撷取其句，率成小诗十绝，以博爱花者一粲。

　　最爱无花不是红，羊城处处有春风。当年碧化苌弘血，此日花妆分外浓（广州起义烈士陵园，别称红花岗公园，园中多以红花作点缀，殆即为诸烈士碧血所化之象征欤）。

最爱无花不是红，东风催放百花红。他乡故旧相逢好，六尺昂藏一品红（象牙红原为旧识，一名一品红，此间皆作地栽，无不茁壮可喜，竟有繁枝挺秀，高出人家墙外者）。

南溟景色原如画，最爱无花不是红。犹有碧桃慵未放，紫荆先自笑春风（广州越秀公园与从化温泉区，夹道大树林立，干高叶巨，着花如小喇叭，作玫瑰红色，据云原名紫荆花，与苏沪所见花小如粟子而密附树枝上者，迥不相同。斯时碧桃尚未盛开，而此花则烂然怒放矣）。

最爱无花不是红，六街花市喜追从。牡丹弄巧先春发，滴粉搓脂点染工（除夕广州花市上，有牡丹多株，花颇肥硕，或紫或红。此间花农，不用温室催花，而以经常灌水曝日为之，所费心力多矣）。

最爱无花不是红，海棠低亸似娇慵。桃僵李代浑闲事，芍药权将大丽充（广州芍药绝少，花市上有红、紫各色大型花标名芍药者，实皆大丽也。或云广州人以大丽为芍药，由来久矣）。

最爱无花不是红，岭南浑似绮罗丛。吊钟花放催春到，应有钟声度九重（吊钟花为岭南所独有，花作粉红或桃红色，亦有白色者，一花六七蕊，多至十二蕊，开放后下悬作钟形，故名）。

最爱无花不是红，黄花也爱弄新红。昨宵花市曾相见，一笑嫣然脸晕红（花市上所陈菊花，五色缤纷，而以红色者为尤艳，纵使渊明再生，亦将瞠目不相识矣）。

十分春色弥琼岛，最爱无花不是红。橡树椰林齐结缘，胭脂浓抹绿阴中（海南岛多橡树椰林，往往见有一品红、爆仗花等掩映其间，令人有"万绿丛中一点红"之感）。

最爱无花不是红，偏教没福见梅公。那知荔树蕉阴里，却有寒香发几重（南来未见梅花，引为遗憾，无意中忽于从化温泉区得之，凡十馀株，皆为宫粉梅，有含蕊者，有怒放者，有已发叶茂密者，真奇观也）。

最爱无花不是红，纷罗眼底尽嫣红。花名花性多难识，愧未专深愧未红（南来看花，多为奇葩异卉，见所未见，花名花性，悉茫无所知，自愧种花多年，而浅见薄识，去红透专深之境远矣）。

选自周瘦鹃著《行云集》，江苏人民出版社1962年11月初版

公园赏荷

在苏州市葑门外二里左右，有荷花荡，东南和黄天荡相接。这一带全是农民们所种的荷花，作为副产品，年年收获很好。花以白色的居多，挺生水上，仿佛是无数洛浦神女，素服淡妆，结队踏波而来。多数的白荷中间，偶然隔几朵红荷，红裳翠盖，也是婀娜多姿。

俗传农历六月二十四日是荷花生日，从前每逢这一天，黄天荡、荷花荡这一带，画船箫鼓，士女如云，都是为专诚赏荷而来。这风俗由来已久，明朝天启年间，就见之于记载，写出那时"摩肩簇舄"的盛况。到了清末民初，还极一时之盛，一只只的画船，一船船的男女，都趁这一天赶到荷花荡，兰桨桂楫，在连衍好几里的荷花、荷叶丛中荡来荡去，加着管弦丝竹，吹吹唱唱，倒像真的是为荷花祝寿来的。抗日战争以后，此风早已消歇，不过每逢仲夏荷花盛开时，总有人雇了船前去欣赏，领略一下荷塘清趣。那边的农家孩子们，往往就地采了新鲜的荷花和莲蓬，一枝枝地掮在肩上，向着赏荷人的船，纷纷泅水而来，向人兜卖。远远望去，只见荷花、荷叶和莲蓬，一簇簇地在水面上晃动，由远而近，却并不瞧见一个人影。像这样的奇景，煞是好看！

荷花荡的赏荷风光，我是一再领略过的，所以今年荷花生日，并不去看荷花荡，只约了一二友好，就近到公园里去赏荷。在东斋后面的大荷池旁边品茗清谈，而两眼却贪婪地不住地飞到荷花上去，饱餐它们的秀色。我于公园的荷花，一向很有好感的，因为它们全作桃红色，比了粉红十八瓣娇艳得多。打一个比，活像"醉酒"里的杨太真，玉颜双酡，撒娇撒痴的模样，真的是美极了。我在茗边微吟着唐代诗人卢照邻"浮香绕曲岸，园影复华池"的名句，边吟味，边欣赏，流连了好久才恋恋不忍地舍去。

苏州园林中，本以拙政园赏荷为炎夏一件胜事，因为园中水多，所以荷花也多，建筑物如远香堂、香洲、藕香榭、荷风四面亭等，都是临水而筑，可供坐憩赏荷之用。可是前几年有人在池中下了鱼秧，如今鱼都成长了，缺乏食料，就把水底的藕、水面的叶全都吃光，以至去夏无荷可赏，真是大杀风景！

选自周瘦鹃著《苏州游踪》，金陵书画社 1981 年 4 月初版

探梅香雪海

"邓尉梅花锦作堆，千枝万朵满山隈。几时修得山中住，朝夕吹香嚼蕊来。"这一首诗是我为了热爱邓尉香雪海一带的梅花而作的。每年梅花时节，一见我家梅丘上下的梅花开了，就得魂牵梦萦地怀念香雪海，恨不得插翅飞去，看它一个饱。三月八日早上，我正在给那盆百年老绿梅"鹤舞"整姿，蓦见我的一位五十年前老同学翁老，泼风似地跑进门来，兴高采烈地嚷道："我刚从香雪海来，那边的梅花全都开了，枝儿上密密麻麻的，全是开足了的花，简直连花蕊儿也瞧不出来了。您要是想探梅，非赶快去不可！"我一听他传来了这梅花消息，心花怒放，仿佛望见那万树梅花，正在向我含笑招手，于是毅然决然地答道："好啊！谢谢您给了我这个梅花情报，明儿一清早就走！"

真是幸运得很！九日恰好是一个日暖风和的晴天，我就邀约了一位爱花的老友老刘和一位种花的花工老张，搭了八时四十五分的长途汽车，向光福镇进发，十时左右，已到了光福。我们下车之后，决定沿着那公路信步走去，好边走边看梅花，尽情地享受。走不多远，就看到了疏疏落落的梅树，偶有一二株开着红的花或绿的花，而大半都是白的，被阳光照着，简直白得像雪一样耀眼，不由得想到了王安石的两句诗："遥知不是雪，为有暗香来。"真的，要不是有一阵阵的暗香因风送来，可要错疑是雪了。

　　就在一片梅林之旁，我惊异地看到了一排红砖砌成的厂房，这是前几年我来探梅时所没有的。原来一九五八年发现了潭山铁矿，立时建厂开采，这是"大跃进"的崭新产物。在路旁常可瞧见红中带黑的许多矿石，一块块都是宝啊！

　　走了大约三刻钟光景，就到了马驾山。据《苏州府志》说，马驾山向未有名，四面全都种着梅树，清康熙中，巡抚宋荦题"香雪海"三字于崖壁，才著名起来。清帝康熙、乾隆先后南巡时，曾到过这里，住过这里，料想也曾看过梅花的了。汪琬《游马驾山记》云："马驾山在光福镇西，与铜井并峙。山中人率树梅、艺茶、条桑为业，梅五之，茶三之，桑视茶而又减其一，号为光福幽丽奇绝处也……前后梅花多至百许树，芗气翁勃，落英缤纷，入其中者，迷不知出。稍北折而上，望见山半累石数十，或偃或仰，小者可几，大者可席，盖《尔雅》所谓礐也。于是遂往，列坐其地，俯窥旁瞩，濛然暍然，曳若长练，凝若积雪，绵谷跨岭无一非梅者……"这篇文章对于马驾山的评价是很高的。当下我们走上山径，拾级而登，山腰有轩有亭，解放前破败不堪，前几年已经做了整修。我们在轩里小憩了一会儿，就走上了山顶的梅花亭。亭作梅花形，所有藻井的装饰，全嵌着一朵朵的小梅花，围着中央一朵大梅花，连亭柱和柱础也是作梅花形的，真是名副其实的梅花亭了。从亭中下望，见崦西一带远远近近，全是白皑皑的梅花，活像是一片雪海，不禁拊掌叫绝，朗诵起昔人"遥看一片白，雪海波千顷"的诗句来。我想三五月明之夜，疏影横斜，暗香浮动，梅花映月，月笼梅花，漫山遍野，都是晶莹朗澈，真所谓玉山照夜哩。下了山，就在夹道梅花丛里行进，一阵又一阵的清香，缭绕在口鼻之间，直把我们送到了柏因社。

柏因社俗称司徒庙，这是我一向梦寐系之的所在。苏州的宝树"清""奇""古""怪"四古柏就在这里，枯干虬枝，陆离光怪，可说是造物之主的杰作。有人说是汉光武时代的遗产，虽无从考据，至少也有一千年以上的高寿了。我三脚两步赶进去瞧时，不觉喜出望外，前几年的一次台风，又把那株"奇"刮断了一大根旁枝，搁住在下面的虬枝上。其他三株，依然老而弥健，苍翠欲滴。还有那较小的两株，也仍是好好的，倒像是它们的一双儿女，依依膝下似的。客堂中有两副楹联，都是歌颂四古柏的，其一是清同治年间吴云的"清奇古怪画难状，风火雷霆劫不磨"，其二是光绪年间潘遵祁的"此中只许鸾凤宿，其上应有蛟螭蟠"，我以为这些歌颂的语句，并不过分，四古柏确可当之无愧，但看那十二级的台风也奈何它们不得，不就是"风火雷霆劫不磨"的证明吗？

出了柏因社，仍由公路向石崂进发，一路上随时随地都有一丛丛的白梅花，供我们闻香观赏，红、绿梅却不多见。据说在含蕊未放时，就把花苞摘下来，卖给收购站，是可以输出国外去的。这件事意义重大，有助于社会主义建设，那么我们何必一定要看红、绿梅，还是欣赏那香雪丛丛的白梅花为妙。况且结了梅子，又是公社中一种有用的产品，经济价值很高，比那不结实而虚有其表的红、绿梅好得多了。

在石崂住了一夜，第二天早上，又游了太湖边的石壁，领略那三万六千顷的一角。这一天半到处看到梅花，也随时闻到梅香，简直好像是掉在一片香雪海里，乐而忘返。在那石崂西面不远的地方，有几座红瓦鳞鳞的建筑物，矗立在梅花丛中，遥对太湖，风景绝胜，那是劳动人民的疗养院。石崂精舍住持脱尘和尚，在山上种茶、种竹、种梅、种桃，是个生产能手，毛竹几百竿，直挺挺地高矗云霄，蔚为大观，全是他十多年来一手培植起来的。万峰台在石崚高处，从这里四望山下的梅花，白茫茫一片，真是洋洋大观。下午二时半，我们就从潭东站搭车回去。身边带着四株小梅桩，当作新的旅伴，原来是昨天傍晚从光福公社的花田里像觅宝一般选购来的。还有那公社天井小队送给我的一大束折枝红、绿梅，安放在车窗边，倒也有色有香，似诗似画。于是我仍然一路看着梅花，看呀看的，一直看到了家里。

香雪海探梅必须算准时期，不要忘了日历，大概每年惊蛰前后一星期内前去，才恰到好处，如果太早或太迟，那么梅花自开自落，是不会迁就你的。

选自周瘦鹃著《苏州游踪》，金陵书画社 1981 年 4月初版

观光玄妙观

同志，您到过苏州吗？如果到过苏州那么您一定逛过玄妙观了。因为它坐落在城市的中心，仿佛一头巨兽，张口雄踞在那里，一天到晚，不知要吐纳多少人。它的东西南北，都有通道，而前面的那条大街，就因这座玄妙观而称为观前街，可说是苏州市商业的心脏，一个最繁盛的地区。

远在公元二七七年前后，距今大约已有一千六百八十多年了，时在晋代咸宁中叶，苏州就有一个真庆道院，是道教的圣地。相传当初吴王阖闾，曾在这个地点兴建他的宫殿，壮丽非凡。到得公元七二八年前后，在唐代开元中叶，就改名为开元宫，末了有将军孙孺勾结朱全忠兴兵叛变，攻入苏州，烧开元宫，只剩下了正殿和山门，巍然独存，乱平，才重行修建。到公元一〇〇九年，即宋代大中祥符二年，又改名为天庆观。淳熙六年，那正中供奉圣祖天尊的圣祖殿突然失火，随即重建，改名为三清殿，直到如今。公元一二六四年，即元代至元元年，把天庆观改名为玄妙观。至正末年，张士诚起义失败，在兵乱中又毁于火。公元一三七一年，即明代洪武四年，玄妙观早已修复，又改名为正丛林。到了清代康熙年间，因康熙帝名玄烨，为了避讳之故，改作圆妙观。以后由清代中叶以至民国，却又恢复了玄妙观的旧称。看了玄妙观的历史沿革，真是变化多端，建了又毁，毁了又建，连名称也一改再改，莫名其妙，足见保存一个古迹，真是不容易的。

　　玄妙观中原有二十五殿，是个建筑群，现在却只剩下祖师殿、真人殿、天后殿、雷尊殿、星宿殿、火神殿、机房殿、药王殿、文昌殿、太阳宫，再加上一个最近失火被毁的东岳殿，已不到半数了。正中的三清殿，是最大的一个，俨然是各殿的老大哥。殿中供奉着三尊像，就是三清像，每尊各高五丈许，金光灿烂，宝相庄严。据旧时志书载称，殿高十二丈，用七十四根大柱子支撑着，这大概是原始的记录，足见建筑的雄伟。可是为了历代迭经改建，早就打了个很大的折扣。殿上盖着两重大屋顶，四角有高高翘起的飞甍，屋脊两端的大龙头，还是宋代的砖刻，十分工致。正中有铁铸的平升三载，也是古意盎然。殿内的承尘上，原有鹤、鹿、云彩和暗八仙等彩绘的藻井，所谓暗八仙，就是传说中的八仙吕洞宾、铁拐李等所佩带的宝剑、葫芦等八种东西，本是丰富多彩的，却因历年来点烛烧香，乌烟瘴气，以致模糊得看不清了。西壁上有挺大的一块石刻老君画像，原是唐代大画家吴道子的手笔，而是由宋代名手照刻的，上面还有唐玄宗的像赞和颜真卿的题字，自是一件宝贵的文物。殿前横额，是朱地金字的“妙一统元”四字，笔致遒劲，并不署名，相传这还是金兀尤的真迹，像他这么一个喑呜叱咤的武夫，怎么写得出这一手好字，这毕竟是民间传说罢了。那么是谁写这四个字的呢？其实是清初吴江的书家金之俊，曾有人说他是金圣叹的叔父，却不可靠。殿门前有一座青石的平台，三面石阑，原是五代遗制，由石匠加工雕刻而成，在艺术上自有一定的价值，不过现在只有残存的一部分了。

　　老一辈的苏州人，总津津乐道三清殿后面原有的一座弥罗宝阁，是当时整个玄妙观中最精美的建筑物，上下共三层，像三清殿一般高大，据说是明代正统年间，由巡抚周忱和苏州知府况钟监造的。人们要是看过名满天下的昆剧《十五贯》，总很熟悉这两个人物，在那个时代是苏州不可多得的好官。这座阁共有六十根用青石凿成的大柱子，每柱各有六面，一共就有三百六十面，面面雕着天尊像，并且全有名号，作为一年三百六十周天的象征，倒也很有意思。阁上第一层供奉着"万天帝主"，左右供奉着三十六天将；第二层上供奉着"万星帝主"，左右供奉着"花甲星宿如尊"；第三层上有刘海蟾像的石刻，原来是松江大画家杨芝所画的。清初词人陈其年秋日登弥罗宝阁，曾宠之以词，调寄《沁园春》云："肃肃多阴，萧萧以风，危乎高哉。见飞甍复树，虹霓镣轕，梅梁藻井，龙鬼琶碦。灯烛晶荧，铎铃夐触，虎篆雷音百幅裁。锵剑佩，是南陵朱鸟，北极黄能。　　玲珑月殿云阶，况珠斗斓斒绝点埃。正井公夜戏，犀枰象博，麻姑昼降，绣帔瑶钗。叱日呼烟，因蛟锁魅，五利文成未易才。银鸾背，笑蟾蜍窟里，金粟争开。"读了这首词，可以想象当年的盛况。可惜四十年前，阁中不知怎样起了一场大火，竟化为灰烬了。后由地方士绅在这里造了一座中山堂，用以纪念孙中山先生。解放以后，一度改作第一工人俱乐部，给工人兄弟们作为文娱活动的场所。近三年来，南门已造好了工人文化宫，这里就改为观前电影院。要是有谁发思古之幽情，提起弥罗宝阁来，大家都会茫然哩。

　　可不要小觑了这一座城市中的小小道观，根据旧时内外竟有三十六景之多，内景外景，各有十八个，其实无所谓景，只是历代留下的许多古迹。可是为了一年年饱阅沧桑，有的虽还存在，大半却已找不到遗迹了。现在可以供我们流连欣赏的，不过是三清殿前那座青石平台上的一部分石阑和殿内那块吴道子所画老君像的石刻，此外引人注目的，那就是殿外东面地上的一大块没字碑，巍巍然耸立在那里，已经几百度春秋了。原来明代洪武年间，大文学家方孝孺写了一大片文章，就有人给刻在这块碑上，铁划银钩，不同凡品。后来朱棣硬从他侄子的手里篡夺了皇位，自称永乐帝，定要方孝孺给他写一道诏书，诏告天下。方孝孺天生一副硬骨头，誓死不从，因此贡献出了他的生命，并且十族都被株连，同遭惨杀，连这大石碑上的碑文也不能幸免，全被铲除，就变成了一块没字碑。然而这碑上虽不着一字，却永远默默地在控诉着暴君的罪恶。

其他列入三十六景之内的，有水火亭、四角亭、六角亭、五十三参、一人弄、五鹤街、一步三条桥、和合照墙、麒麟照墙、望月洞、三星池、七泉眼、半月石水盂、运木古井、鱼篮观音碑、靠天吃饭碑、永禁机匠叫歇碑、八骏图石刻、赵子昂手书三门记石刻、坐周仓立关公像等等，真是五花八门，名目繁多，可惜的是现在十之七八都已找不到了。祖师殿前庭，有一座长方形的古铜器，名"武当山"，似是殿宇的模型，高四尺许，横五尺许，下有石座，高四五尺，这铜器铜色乌黑，上有裂纹，据说是宋代的作品，虽不像夏鼎商彝那么名贵，却也是玄妙观的一件"传家之宝"。

玄妙观中并没有什么宝塔，而三十六景内却有所谓"双宝塔"，其实并不是真的宝塔，而是东岳殿前庭的两株大银杏树，相传是宋代的遗物，分立两边，亭亭直立，好像是两座宝塔一样。每一株的树干粗可二三人合抱，枝叶四张，绿沉沉地荫满一庭，虽非宝塔，却是玄妙观的宝树。不料前年东岳殿失火，祸延银杏，直烧得焦头烂额，面目全非，虽然生机未绝，也不过苟延残喘罢了。

过去的玄妙观，全是些杂货和饮食的店和摊，以及所谓"九流三教"的营生，全都集中在这里，杂乱无章，简直把那些富有历史价值和艺术价值的古文物，全都掩没了。一九五六年春，苏州市人民委员会就鸠工庀材，把它整理起来，顿时焕然一新，给观前街生色不少。正山门的两翼，有两座新式的三层大楼，一般人以为跟古式的正山门不大调和，何必画蛇添足？其实这是早就有了的，拆去未免可惜，所以刷新了一下，利用它们辟作商场，现在东面的大楼，是工艺美术品的陈列馆和服务部，苏州著名的刺绣、缂丝、雕刻檀香扇等，应有尽有，满目琳琅，充满着艺术的气氛，使人目迷五色，恋恋不忍舍去。

玄妙观整修以后，古为今用，曾不止一次地在三清殿举行文物展览会和书画展览会，而最为别致的，是举行过一个饮食品展览会，给"吃在苏州"作了一个有力的说明。会中陈列佳肴美点一千馀种，都是全市制菜制点名手的劳动结晶品。每一种佳肴和每一种佳点，都有一个五色缤纷的结顶，用各种色彩的面和粉做成人物、花果、龙凤、暗八仙、十二生肖等等，制作非常精巧，不知要费多少工夫。内中最引人注目的，是黄天源冯秉钧老师傅手制的一座三清全景，全用糯米粉制成，黑白分明，色调朴素，每一扇门，每一根柱子，都很精细地给塑造了出来，连殿前平台的三面石阑和一只古铜鼎，也一应俱全，真是一件匠心独运的艺术品，只因体力劳动和脑力劳动互相结合起来，才有这样美好的成果。

这一座年高德劭享寿一千六百多岁的玄妙观，终于换上了崭新的面貌，返老为童了。加上这几年来从事绿化，辟了花圃，种了许多柏、榆、桂和桃树等，更见得勃勃有生气。一年到头，不但苏州市民趋之若鹜，就是在各地来的游客以及国际友人们的游览日程表上，"观光玄妙观"也是一个必要的节目。

选自周瘦鹃著《苏州游踪》，金陵书画社 1981 年 4 月初版

访古虎丘山

"苏州好，蜡屐虎丘来。塔影桥边看塔影，白莲池上白莲开。胜日此盘桓。"

"苏州好，蜡屐虎丘来。高阁凌云能致爽，生公说法剩空台。顽石已非顽。"

"苏州好，蜡屐虎丘来。石坐千人成集体，冷香阁上看缃梅。春晓冒寒开。"

"苏州好，蜡屐虎丘来。一角剑池流泪泪，品泉遥指铁花岩。陆羽也颜开。"

"苏州好，蜡屐虎丘来。装点后山齐绿化，呵成一气到前山。仿佛画屏开。"

这是我歌颂苏州的近作《望江南》词一百首中的五首，是专为歌颂虎丘而作的。说虎丘，话虎丘，虎丘胜景不胜收，决不是我这五首小词所能概括得尽，这不过是个轮廓罢了。对于虎丘最有力的赞词，莫如《吴地记》中的几句话："虎丘山绝岩耸壑，茂林深篁，为江左丘壑之表。吴兴太守褚渊过吴境，淹留数日，登览不足，乃叹曰：'昔之所称，多过其实。今睹虎丘，逾于所闻。'斯言得之矣。"不错，耳闻不如目睹，到了虎丘才会一样地赞叹起来的。何况解放以后这几年间，年年不断地加以整修，二山门外开了河，造了桥，修好了云岩寺塔、拥翠山庄。最近又整理了后山，跟前山打成一片，顿使这破败不堪的旧虎丘，一变而为朝气蓬勃的新虎丘，已成为广大劳动人民郊外的乐园。

开宗明义第一章，先得说一说虎丘的历史和传说。虎丘山又名海涌山，在城市西北八里许，高约十三丈，周约二百十丈，吴王阖闾葬在山中，当时以十万人造坟，临湖取土，用水银为灌，金银为坑，葬了三天，有白虎蹲踞坟上，因此取名虎丘。秦始皇东巡时，到了这里，要寻找给阖闾殉葬的扁诸、鱼肠等三千柄宝剑，正待发掘，却见一头虎当坟蹲踞着，始皇拔佩剑击虎，没有击中，却误中石上。那头虎向西逃跑二十五里，直到虎疁才失踪了（虎疁即今之浒墅关）。始皇没有找到宝剑，而他所误击的石竟陷裂成池，因此叫做剑池。到了晋代，司徒王珣和他的弟弟司空王珉把这山作为别墅，据说云岩寺塔所在，还是王珣的琴台遗址哩。唐代因避太祖名讳，改虎丘为武丘，可是唐以后，仍又沿称虎丘了。古今来歌颂虎丘的诗词文章很多，美不胜收，而我却偏爱宋代方仲荀的一首诗："海涌起平田，禅扉古木间。出城先见塔，入寺始登山。堂静参徒散，巢喧乳鹤还。祖龙求宝剑，曾此凿屠颜。"我以为他这样闲闲着笔写虎丘，是恰到好处的。

是一个风好日丽、柳绿桃红的大好春天，我怀着十分愉快而又带一些骄傲的心情，偕同苏州市文物保管委员会同人，走过了那条前年用柏油铺建的虎丘路，悠闲地踱上了虎丘山。先就来到了那座一千年来饱阅沧桑的云岩寺塔下，满脸堆着笑，抬头瞧着它，不由得默祷似的悄悄地对它说道：祝贺您，塔老！您终于受到了党的重视和关怀，今天已是第一批全国重点文物保护的一个单位了。过去您在黑暗统治的时间里，受尽了折磨，老是歪着头，破破烂烂地站在那里，寒伧得什么似的。解放以后，我们兀自为您担心，生怕您有一天会支撑不住而倒塌下来。经过了几年的调查研究，做好了充分的准备，才在一九五六年给您整修起来。有人以为您应该好好地打扮一下，穿上一件漂亮些的外衣，而我和几位文化界的朋友，却以为您一向是朴素惯了的，如果太漂亮了，就失去本来面目，人家会不认识您的。末了还是依照我们的主张，仍然保持着您那朴素的风格。在整修过程中，我们在您这七层的身子里，发现了许多宝贵的文物，对于建筑、雕刻、丝织、刺绣、陶瓷、工艺各方面，都提供了有价值的历史艺术资料，并且从文字记载上，确定了您起建于公元九五九年，即周显德六年己未，而完成于公元九六一年，即宋建隆二年辛酉，屈指算来，您已足足达到了一千岁的高龄了。塔老，今天我们来到这里，一方面祝贺您成了全国重点文物保护的单位，一方面也就祝贺您这一千岁的高寿，从此您即获得了新生，可以永久立于不败之地，与河山同寿了。

虽然我们可以直上第七层塔顶去一看苏州全市的新貌，只因限于时间没有上去，就在塔内的底层巡视了一周，商量今后怎样更好地来保护它。

出了塔，就到左旁的致爽阁去啜茗坐谈。这是山上最高的一个建筑物，前后左右都有长窗短窗，敞开时月到风来，真可致爽，使人胸襟为之一畅。凭着后窗望去，远近群山罗列，耸翠堆蓝，仿佛是一幅山水大画屏，大可欣赏。阁中有老友蒋吟秋同志写作的一副对联："高丘来爽气，大地展东风。"书法遒劲，语句写实而含新意。可不是吗，高丘来爽气，在这里就可以充分体验得到，而遥望山下林林总总的新工厂新烟囱，虎丘公社到处绿油油的香花——茉莉、玳玳、玫瑰、珠兰——和农作物，工农业并驾齐驱，双双跃进，也就是大地展东风的说明。

从致爽阁拾级而下，向左转，到了云岩寺大殿前，走下那名为五十三参的五十三步石级，再向左去，过了那个传说当年清远道士的养鹤涧，沿着山路行进，就可达到那新经整修大片绿化的后山。这一带石壁的上面，有平远堂、小吴轩、玉兰房等美轮美奂的建筑物，高低起伏，错落参差，有如在画中仙山楼阁一般，都是可以远眺下望、流连休憩的所在。在这里挹清风，曝暖日，送夕阳，延素月，尽可给你的四肢百骸，舒服地享受一下清福。

虎丘的中心是千人石，是一块挺大的大盘石，坎坷高下，好像是大刀阔斧刻削而成，面积足有一二亩大，寸草不生，这是别的山上所没有的。北面有一座生公讲台，据说当时人们都坐在石上听生公说法，因此石壁上刻有篆书"千人坐"三字，就是说这里是可容千人列坐的。旧时另有一个传说，阖闾当年雇工千人造坟，坟里有许多秘密的机关，造成之后，怕被泄露出去，因下毒手，将这一千工人杀死，借此灭口，后人就把这块大盘石叫做千人石。清代诗人翁照有《千人石夜坐》诗云："幽寻常得好开怀，月冷风清独举杯。此景有谁能领略，千人石上一人来。"月夜独个儿到这里来喝酒，真所谓自得其乐了。

这座生公讲台，又名说法台，是神僧竺道生讲经的所在。传说他讲经时因为没有人相信，就聚石作为徒众，对它们大谈玄理，石都领会而点起头来。白莲池的一旁有一块刻有篆体"觉石"二字的石，就是当时的点头石。这种神话，可发一笑，而"生公说法，顽石点头"，后来却被用作成语了。白莲池周围一百三十多步，巉石旁出，中有石矶，名为"钓月"，池壁上刻有"白莲开"三字，古朴可喜。旧时又有一个神话，当生公说法的时候，正在严冬，而池中忽然开出千叶白莲花来，香远益清。现在池中也种有白莲花，洁白如玉，入夏可供观赏。

穿过千人石而向北行进，见有两崖似被划开，中涵石泉一道，这就是剑池。池广六十多步，水深一丈有半，终年不干，可惜并不太清。崖壁上刻有唐代颜真卿所写的"虎丘剑池"四大字和宋代米元章所写的"风壑云泉"四大字，都是铁划银钩、有骨有肉的好书法。旧时传说秦始皇和孙权都曾在这里凿石，找寻阖闾殉葬的宝剑和珍物，两人各无所得，而凿处就形成了这个深池。当年池水大概是很清的，可以汲饮，所以唐人李秀卿曾品为"天下第五泉"。宋代张栻曾有《剑池赞》云："湛乎渊渟，其静养也。卓乎壁立，其自守也。历四时而无亏，其有常也。上汲而不穷，其用不胶也。其有似乎君子之德乎？吾是以徘徊而不能去也。"以池水一泓，而比作君子之德，确是极尽其赞之能事了。

我们这一次是专为访古而来，而探访云岩塔更是最大的任务。此外逢到古迹，也少不得要停一停，瞧一瞧。一路从剑池直到二山门，又探访了那个刻着陈抟像和吕纯阳像的二仙亭，那个曾由陆羽品为第三泉的石井，那个采取苏东坡"铁花绣岩壁"诗句而命名的铁花岩，那个利用就地山石雕成观世音像的石观音殿，那个历代艳名齐小小的真娘墓，那个一泓清味问憨憨的憨憨泉，那个相传吴王试过剑的试剑石，那个相传生公枕过头的枕头石。一路走，一路瞧瞧它们还是别来无恙，我们也就得到了安慰。冷香阁的梅花早已谢了，要看红苞绿萼，还须期之来年，因此过门不入，去而云他。最后就到了拥翠山庄，这一座山林中的小小园林，是当年赛金花的丈夫苏州状元洪文卿所发起兴建的，中有灵澜精舍、不波小艇、问泉亭等，气魄不大，而结构精巧，以文章作比，这可不是燕许大手笔，而是一篇六朝小品文。我们在这里流连半晌，便商量作归计，回头遥望云岩寺塔，兀立斜阳影里，仿佛正在那里对我们依依惜别呢。别矣虎丘，行再相见！

选自周瘦鹃著《苏州游踪》，金陵书画社1981年4月初版

灵岩揽胜记

没有到过苏州游过灵岩的人，一听得灵岩之名，就可意想到这是一座灵秀的山，而具有灵秀的岩壑的。这灵秀两字的考语，灵岩自可当之无愧。

一九五六年秋，老友田汉来苏州，约我伴游，于是我们就消磨了一个美好的秋日。

灵岩在苏州城西三十里外，因与出产砚石的嶂村相连接，又名砚石山，现在砚石早已采完，人家也不知道灵岩有这个别名了。山高三百六十丈，西北绝顶上有琴台，明代户部尚书王鏊题有二字，相传西施就在这里操琴。这所在是登高望远最好的一处，宋代范成大曾说："平瞰太湖及洞庭两山，滴翠丛碧，在白银世界中。"明代袁中郎（袁宏道）也说："登琴台，见太湖诸山，如百千螺髻，出没银涛中，亦区内绝景。"可说是所见略同了。据《吴郡志》载，琴台下有大偃松一株，身卧于地，两头崛起，交荫如盖，却不见根在那里，后因雷震，死了一枝，现在已完全没有了。

由琴台东去，可见玩月池和浣花池，相传是当年吴王和西施浣花玩月之处。后来不知是谁，在这一带布置了一个俗不可耐的园圃，堆叠了不成模样的假山，栽种了外来的雪松龙柏，实在是多此一举。据说这两个池虽逢天旱，水也不会干涸。池中曾产过莼菜，夏季吃了可以去热，秋季吃了却又可以去寒，在清代每年由地方官采去晒干后，是进贡给皇帝去享受的。山腰另有井两口，圆形的叫吴王井，八角形的叫智积禅师井，别有日池和月池之称，四周石光如镜，有泉常清。平坦的地方就是灵岩寺所在，一名崇报寺，原是吴王馆娃宫的遗址。其后有阁，名涵空阁，有塔，为灵岩塔，塔共九层，是宋代孙承祐所造的。塔前有石壁，称为灵芝石，灵岩也因此得名。

沿着塔西上，有小斜廊，就是所谓响屟廊，又称鸣屐廊。据《图经》载称，吴王用楩梓木材铺地，下面搁空，所以西施和宫娥们在廊上行走时，就趸趸作响，响屟廊就是这样得名的。廊东是百步街，有石龟、石鼍、石马、石罗汉等，都是石的象形。更有石人，就是游人所乐道的"痴汉等老婆"。又有藏经的石幢，俗称梳妆台，又附会到西施身上去了。此外更有石射垛，又名石鼓，最大的竟达三十围。据《吴地记》称"南有石鼓，鸣即兵起"，晋隆安二年，孙恩起义，山上石鼓就响了起来，这当然是不足信的。西南有石壁耸峙，名佛日岩，其下有披云岩，有苏东坡题字，又有望月台，可登临望月。

百步街南有石窗，旧为西施洞，据《图经续记》说，是吴王囚禁范蠡的所在，现在却供着一尊石观音，改称观音洞了。洞右有牛眠石，前有出洞龙、猫儿石，也都是象形的。东西两面，有两个划船坞，是吴王当年积潴了水，在这里划龙船作耍的所在。其下有泉，名妙湛泉，是明代万历初年太仓曹允儒所发现而加以疏浚的。山的东岗有醉僧石，东麓尽头处又有槎头石，都是有名的岩石。明代高启曾说，灵岩拔奇挺秀，若不肯与众峰列，尤多奇石。可是嘉靖年后，屡经采伐，这些奇石多半被毁，江都诗人王醇曾作《采石谣》加以讽刺。万历年末，有黄习远其人，捐金赎山，勒石永禁采伐，总算保存了一些。清代康熙、乾隆二帝，先后南巡，都曾在山上小驻，行宫就在山顶。现在用砖块砌作人字形的所谓御道，就是当时赶造起来的。经过了千百年悠悠岁月的灵岩山，所有名胜古迹，有存有废，全在游人们自己去寻幽探胜了。

田汉同志虽已年近花甲，而还是当年那种水浒英雄"霹雳火秦明"的脾气，一下了汽车，就一马当先，三步并作二步地向御道赶了上去。凤凰同志穿着半高跟鞋，也追赶不上，就伴着我一同落后。她是我们当年喜爱的电影小明星，在银幕上出现时，还只十岁，而现在已是三九年华了。

到了灵岩寺前，田同志在一块大磐石上站住了，指着前面一条直直的像箭一般的小溪，向我说道："我们看了西施洞，又到了采香泾。"放眼望去，见那白晃晃的溪流，有如一匹白练摊在那里，不知当年馆娃宫里的宫娥们在这里种香采香，该是什么景象？

只因跑得太快太急，六个人都出汗了，便进了寺，到茶室中休息。照料游客茶水的，都是本寺僧人，卖茶所得，贴补全寺百馀人的生活费用。住持妙真上人的禅室中，满挂书画。近年来他尽力搜罗佛教中的古今文物，特辟专室陈列。我们因限于时间，来不及参观，他特地从画箱中取出一幅绢本观音画像给我看，据说是元人手笔，共有三十二幅，幅幅不同，笔触工致古雅。他又伴我到大厅中去看几幅古画，有石涛、新罗山人等六幅名作，不知是不是真迹，而画笔都是很苍老的。

我们又来到灵岩塔前，凡是国际友人来游山时，总挑选这里摄影。

古时山上梅花很多，绿萼红苞，烂如锦绣。唐代诗人罗昭谏曾有句云："吴王醉处十馀里，照野拂衣今正繁。"自宋代以下，所见独多松柏。如李复圭诗云："吴王昔日馆娃宫，殿阁鳞差轶碧空。寂寂香魂招不得，惟馀松柏韵天风。"刘无降诗云："晓乘轻舸出江城，晚上篮舆却倦行。尽日松风响岩谷，小窗听作乱泉声。"到了现代，漫山遍谷几乎都是松的天下，尤以御道两旁为多，疏疏密密，终年常青。元代周伯琦游灵岩诗，有"丹梯百尺到松林"之句，倒可以移咏的。我们六个人从御道上群松夹峙中跑下去时，倒活像六头松鼠，从松林中纷纷跳下来。

下山去时，走过两块大岩石，一高一低，并列在一起，高约丈许，都刻有佛像，旧名鸳鸯石，大概就为它们双双并列，如羽族中的鸳鸯一样。

这时快近午刻，大家急于下山。田汉同志拎了一只刚才在寺门前买到的元宝式柳条篮子，据说是要送给他的爱女的。我一面跑，一面回头望着苍翠的山色，微吟着元曲中的佳句道："日月居诸，台殿丘墟。何似灵岩，山色如初。"可不是吗？吴宫的台殿峨峨，早已变作了丘墟，一无所有，惟有苍苍山色，仍如当初。

到了山下，上了汽车，别了灵岩，向天平山驶去。我在车上，想作一首诗歌颂灵岩，可是搜索枯肠，想不出什么好句来，却记得从前有一位无名诗人，曾有《灵岩吊古》七绝二首：

"锦帆游处百花新，今日飞尘扑路人。惟有数株杨柳色，青青不改归时春。"

"西施歌舞百花中，十里香飘趁晚风。一别姑苏三百载，鹧鸪不到馆娃宫。"

这两首诗写得还不差，就借它作为结束。

选自周瘦鹃著《拈花集》，上海文化出版社1983年6月初版